나는 I Am the Cheese
치즈다

나는 I Am the Cheese
치즈다

로버트 코마이어 장편소설

김연수 옮김

창비

나는 지금 자전거를 타고 가고 있으며, 여기는 매싸추쎼츠 주 마뉴먼트에 있는 31번 도로이고, 버몬트 주 루터버그가 목적지인데, 지금 미친 듯이 페달을 굴리는 까닭은 이 자전거가 변속기도 없고 흙받기도 없는, 있는 것이라고는 갈라진 고무 손잡이가 달린 핸들에다 제대로 먹지 않는 브레이크와 뒤틀린 바퀴뿐인 낡은 것이기 때문이다. 평범한 자전거, 오래전 아빠가 소년 시절에 타던 종류다. 페달을 밟는 동안 차가운 바람은 마치 뱀처럼 내 소매 속을 기어 올라가고 외투와 바지 다리 안으로 들어간다. 하지만 나는 계속 페달을 밟고 또 밟는다.

　여기는 마뉴먼트의 머캐닉 스트리트이고, 내 오른쪽 위로는 언덕이 보이는데, 거기에는 병원이 있다. 내가 그곳을 힐끔 쳐다본 뒤 버몬트 주 루터버그에 있는 아빠를 생각하는 동안, 페달을 밟는 속도는 더욱 빨라진다. 지금은 아침 10시이고 이번 달은 10월인데, 토머스 울프의 문장처럼 '불타는 나뭇잎과 유령 바람'의 10월이 아니라 음산하고 춥고 햇살이 없어서 습기 차고 온기라고는 어디에서도 찾아볼 수 없는 끔찍한 10월이다. 나는 이제 아무도 토머스 울프를 읽지 않는다고 생각한다. 아빠와 나만 빼고. 『거미줄과 바위』(토머스 울프의 소설—옮긴이)에 대한 독후감을 썼는데, 영어 2의 파커 선생님은 나를 좀 의심했는지 여느 때와 달리 A가 아닌 B⁻를 줬다. 하지만 파커 선생님이니 학교니 그딴 모든 것들은 지금 내 뒤에 있고 나는 페달을 굴린다. 이렇게 낡은 자전거를 타려면 허벅지가 터지도록 다리를 굴려야겠지만, 내 다리는 튼튼하고 강해 아직도 힘이 남아 있다. 나는 하얀색 나무 울타리로 둘러친 집을 지나가다가 보도에 서 있는 꼬마가 달려가는 나를 바라보고 있는 걸 보고 손을 흔든다. 꼬마는 외로워 보였으므로. 꼬마도 손을 흔든다.

　나는 어깨 뒤를 힐끔 돌아보지만, 따라오는 건 아무것도 없다.

　집을 떠나올 때, 나는 누구에게도 이제 간다고 손을 흔들지 않았다. 그냥 떠났다. 팡파르도 없이. 학교에 가지 않았다. 전화도 걸지 않았다. 에이미를 떠올렸지만, 전화하지 않았다. 오늘 아침에 일어났을 때, 유리창 가장자리에 낀 성에를 봤는데, 그 순간 나는 아빠를 생각하고, 또 서재에 있는 캐비닛을 생각했다. 나는 숨도 쉬지 않은 채 거기 누워 있다가 어디로 가야만 하는지 깨닫고 일어났다. 하지만 나는 머뭇거리고, 주춤거렸다. 두 시간이나 그렇게 떠나지 못했던 건 내가 겁쟁이이기 때문이다. 정말이다. 내가 무서워하는 건 수천, 수백만 개도 넘는다. 마치, 이런 게 가능한지는 모르겠지만 밀실공포증 환자인 동시에 탁 트인 공간을 두려워하는 식이랄까? 그러니까 말하자면, 나는 엘리베이터만 타면 겁에 질린다. 나는 세워진 관 속에 서 있다. 몸에서는 땀이 흘러나오고 심장은 쿵쾅거리고 숨이 막혀 죽으리라는 끔찍한 느낌과 함께 문이 다시 열리지 않는 게 아닌가 하는 걱정이 든다. 그런데 그다음 날에는 센터필드를 지키고 있다가—나는 야구를 싫어하지만, 학교에 가면 어쩔 수 없이 뭘 차지하고 있어야만 한다—어쨌든 그 광활한 공간 한가운데에 서 있었는데, 갑자기 지구의 표면에서 우주 공간으로 날아갈지도 모른다는 생각이 들었다. 땅을 박차고 뛰어오르고 싶은 욕망을 억누르고 나는 지상에 들러붙었다. 그리고 개들도 있다. 집 안에 앉아서 버몬트 주의 루터버그까지 가는 동안 만나는 모든 개들이 나를 공격할 것이라고 생각하면서 이렇게 중얼거렸다. 미친 짓이야. 안 갈 거야. 하지만 동시에 나는 내가 갈 것이라는 걸 알고 있었다. 돌멩이를 손에서 놓으면 땅에 떨어지는 것과 마찬가지로 나는 내가 가리라는 걸 알 수 있었다.

나는 서재에 있는 캐비닛으로 가서 아빠에게 받은 선물을 꺼냈다. 알루미늄포일로 싼 뒤에 다시 신문지로 둘둘 말아서 스카치테이프로 안전하게 붙였다. 그러고 나서 지하실로 내려가 바지와 신발과 외투를 챙긴 뒤, 족히 삼십 분은 걸려서 모자를 찾았다. 찾기는 찾았다. 반드시 필요했던 모자, 아빠의 낡은 모자. 버몬트까지 가는 길은 추울 게 분명했으므로 모직으로 만든 이 모자는 완벽했다. 만약 추워진다면 덮개를 내려 양쪽 귀를 가릴 수 있었다.

그다음에는 저금통으로 달려갔다. 나는 돈이 많다. 35달러 93센트가 있다. 버몬트까지는 그레이하운드 버스(고속버스 전문 업체—옮긴이) 1등석을 타고 갈 수 있다. 그 버스는 버몬트를 지나 몬트리올까지 간다. 하지만 나는 내가 버몬트 주의 루터버그까지 자전거를 타고 가리라는 걸 안다. 갑갑하게 버스를 타고 가고 싶지 않다. 내 앞에 펼쳐진 길을 따라, 바람을 타고 달려가고 싶다. 자전거는 차고에서 기다리고 있었다. 나는 그걸 타고 가고 싶었던 것이다. 자전거로. 나의 정신력과 힘으로. 아빠를 향해서.

떠나기 전 나는 2층 부모님 방에 올라가 옷장에 붙어 있는 전신거울에 내 모습을 비춰봤다. 거울에 비친 내 모습을 찬찬히 뜯어봤다. 괴상한 모자에 낡은 외투, 나는 웃겨 보일 게 분명했다. 하지만 알 게 뭐람, 에이미가 말하던 것처럼, 냉정하게.

에이미 생각이 간절했다. 하지만 그 애는 학교에 있었기 때문에 전화를 한다는 건 불가능했다. 속일 방법은 있었다. 학교에 전화해서 에이미 아빠인데 집에 급한 일이 생겼으니 통화할 수 있겠냐고 묻는 것이었다. 에이미의 아빠는 『마뉴먼트 타임즈』에서 기자로 일하는데, 신문의 헤드라인처럼 항상 급한 일이 있다는 듯 얘기한다.

그렇지만 나는 지금 그런 모험을 걸 만한 기분이 아니다. 사실 그런 짓으로 말하자면, 에이미가 전문가였다. 게다가 내 마음은 벌써 버몬트로 가는 길 위에 있었다. 나는 에이미 허츠를 사랑한다. 성이 렌터카 회사 이름과 같은 허츠라는 건 좀 웃기지만—아마 지금까지 자동차 좀 빌리자는 식의 농담을 수천 번은 들었을 것이다. 하지만 맹세코 나는 그런 농담을 한 번도 하지 않았다. 어쨌든 나는 에이미에게 전화하지 않기로 결심했다. 떠나기 전까지는. 버몬트 주 루터버그까지 가는 동안 전화할 수 있을 것이다. 나는 에이미와, 에이미랑 하던 숫자놀이와, 에이미에게 입을 맞추고 안고 있던 시간들을 떠올리며 힘든 걸 참아낼 것이다. 하지만 여행을 준비하는 동안에는 그런 것들을 생각하고 싶지 않았다.

나는 부엌으로 가 찬장에 있던 약병을 꺼냈다가 하나도 가져가지 않기로 마음먹었다. 나는 어디에도 기대지 않고, 무엇에도 도움받지 않고 고스란히 이 여행을 경험하고 싶었다. 나는 뚜껑을 열고 약병을 뒤집어서 안에 들어 있는 알약들—초록색과 검정색으로 이뤄진 캡슐들—이 개수대 쓰레기 분쇄기로 들어가는 걸 지켜봤다. 점점 힘이 세지고 결심이 굳어지는 걸 느낄 수 있었다.

나는 차고에서 자전거를 끌고 나와 집 앞 진입로를 따라 걸어가면서 안장 위로 몸을 날릴 준비를 했다. 아빠의 꾸러미는 앞바퀴 위에 있는 바구니에 담아뒀다. 비상식량이나 여분의 옷 없이 가볍게 여행할 계획이었다.

마침내 용기를 내어 한번 해보자는 마음으로 자전거 위에 올라 탔다. 그 순간 태양이 구름 밖으로 어지러울 정도의 밝은 빛을 내뿜 었다. 좋은 징조였다. 나는 몸을 흔들며 도로를 따라 자전거를 타고 갔다. 내가 도로 한가운데로 올까 봐 자동차가 경적을 울렸다. 자전거 위에서 내 몸이 흔들렸고, 앞바퀴가 삐걱거렸다. 멍청한 짓이야, 이렇게 루터버그까지 간다는 건. 그런 생각이 들었다. 하마터면 자전거를 다시 돌릴 뻔했다. 하지만 그러지 않았다. 아빠를 떠올리고 나는 페달을 굴리기 시작했다. 페달이 다시 힘을 받았다. 나는 이제 계속해서 가리라는 것을, 그 무엇도 나를 멈추게 하지 못하리라는 것을 알았다. 그 무엇도.

곧 나는 마뉴먼트를 떠나 애스웰로 들어가는 경계선을 가로지른다. 길가에 세워놓은 입간판에 애스웰 로터리클럽은 매주 월요일 12시에 정기모임을 가진다고 쓰여 있다. 이제 4, 5마일(1마일은 약 1.6km에 해당한다—옮긴이)쯤 온 것뿐인데 벌써 다리에 힘이 빠진다. 다리는 풀리고 등은 아프다고 비명을 질러댄다. 컨디션이 별로 안 좋기 때문이다. 솔직히 말해 내 컨디션이 좋았던 적은 한 번도 없었다. 운동이라면 그게 무엇이든 딱 질색인 에이미 허츠는 그래서 꽤나 기뻐했다.

힘도 풀리고 등도 아팠지만, 나는 계속 페달을 굴린다. 굳은 각오로 루터버그를 향한다. 양껏 들이켠 차가운 공기가 내 폐를 간지럽

한다. 이마는 땀으로 축축하지만, 나는 모자로 양쪽 귀를 덮는다. 아직도 가야 할 길이 만만치 않다.

"천천히 하자고. 천천히. 1마일씩 가면 되는 거지."

나는 혼자 중얼거린다.

그때 갑자기 긴 내리막길이 내 앞에 펼쳐지고 자전거는 속도를 내기 시작한다. 힘을 주지 않아도 두 다리는 미친 듯이 돌아가고 자전거는 저절로 탄력을 받는다. 나는 내 몸을 바람에 맡긴다. 애스웰까지 멋지게 질주하는 동안 나는 길을 따라 날아오른다.

테이프 OZK001   0930   날짜 삭제 T-A

T: 잘 잤니? 내 이름은 브린트다. 우리 서로 얘기할 시간을 갖도록
   하자.

   (5초간 침묵)

A: 안녕하세요.

T: 당장 시작해볼까? 네가 준비됐다는 얘기를 미리 들었다. 빨리
   시작하는 게 아무래도 네게 도움이 될 듯한데.

A: 어디서부터 시작해야 할지 모르겠어요.

T: 일단은 마음을 편하게 갖도록 해보자. 그러면 이런저런 생각들

이 흘러나올 거야. 시간이 필요해. 서둘 필요는 하나도 없어. 제일 오래된 기억으로 돌아가 보는 건 어떨까?

(8초간 침묵)

A: 흐릿해요. 단편적인 인상만 몇 개 남아 있어요.

T: 그게 어떤 인상들이지?

(5초간 침묵)

A: 밤이에요.

T: 어떤 밤이었는지 말해줄 수 있겠니?

A: 마치 내가 태어났던 밤 같아요. 내 말은 내가 사람으로, 그러니까 인간으로 처음 느껴진 밤이라는 뜻이에요. 그 이전은 아무런 기억도 없어요. 그냥 단편적인 인상들 — 빛, 냄새, 향수, 엄마가 늘 뿌리던 향수, 라일락. 그게 다예요. 그러고는 그날 밤이에요.

(12초간 침묵)

T: 그 밤에 대해서 얘기해보렴.

그는 침대에 누워 있었고 주위의 시트는 구겨져 있었다. 몸은 뜨거웠고, 눈동자는 날양파 같았으며, 머리가 아팠다. 그는 한 번이나 두 번 정도 소리 내어 울었다. 머뭇머뭇 나지막하게. 그는 문을 향해 고개를 들었다. 조금 열린 문틈으로 기울어진 희미한 빛이 방 안에 들어오고 있었다. 그는 침대에서 몸을 웅크리고는 귀를 기울였다. 그는 밤이면 항상 그렇게 귀를 기울였다. 때로 그는 침실에서 엄마와 아빠가 나지막하게 얘기하는 소리, 침대가 소리를 내며 움직이는 소리를 들었다. 엄마와 아빠의 목소리가 함께 들릴 때면 어찌나 좋았던지. 그 목소리는 마치 항상 껴안고 자는 둘도 없는 친구들, 곰 인형 비티와 돼지 인형 포키 같은 푹신푹신한 동물 인형들처럼 부드러웠다. 아빠는 "이 녀석, 네 나이가 벌써 세 살하고도 반이야. 내일모레면 네 살이 될 놈이 아직도 인형하고 놀 테냐?"라고 말하곤 했다. 그건 순전히 농담일 뿐 아빠가 친구들을 진짜 없애버리지는 않으리라는 걸 그는 알고 있었다. 어쨌든 그럴 때면 엄마는 "그만, 그만. 네 살이 되려면 아직 멀었다니까."라고 말하곤 했다. 엄마의 그 따뜻한 목소리. 봄의 라일락 같은 그 향기.

아이는 제일 좋아하는 인형인 돼지 포키를 가슴에 꼭 안고 침대에 바짝 누웠다. 하지만 잠이 오지 않았다. 잠들 수 없게 하는 뭔가가 있었다. 방을 반쯤 채운 어둠 속에서 깨어나 그는 엄마와 아빠의 목소리가 다르다는 걸, 평소의 밤처럼 부드럽게 속삭이는 목소리가 아닌 큰 목소리라는 걸 깨달았다. 정확히 말하면 큰 목소리가 아니라 거친 목소리였다. 속삭이는 건 마찬가지였지만, 밤과 어둠을 긁어대고 있었다. 그러다가 그는 엄마가 "쉿, 애가 깨겠어요."라고 말하는 소리를 들었다.

아이는 돼지 포키처럼 꼼짝도 하지 않고 누워 있었다.

옆방에서 침대가 삐걱댔고, 아빠가 맨발로 그의 방을 향해 걸어오는 소리가 들렸다. 아빠의 몸이 비스듬히 들어오던 빛을 가렸다.

다시 아빠의 발소리가 물러가고 빛이 방 안으로 들어왔다. 아빠를 속였다는 생각에 그는 우쭐해졌다. 포키에게 자기가 얼마나 똑똑한지 말하고 싶은 걸 꾹 참으며 아이는 감히 몸을 움직일 엄두는 내지도 못하고 말없이 누워서 소리에 귀를 기울였다. 귀뿐만 아니라 심혈을 기울였다.

T: 무엇을 들었니?

A: 확실한 건 아니에요. 제 말은, 진짜로 내가 그런 말들을 들었는지, 아니면 종이 위에 빈칸이 있어 거기 뭔가를 억지로 채워 넣는 것처럼 지금 지어내는 것인지 잘 모르겠다는 뜻이에요. 전 겨우 세 살 반쯤이었으니까. 어쨌든 제 얘기를 하고 있었어요. 그냥 하는 얘기 말고요. 앞으로 나를 어떻게 할 것인지 같은 느낌의 이야기. 그러다가 나는 겁에 질렸고 울기 시작했어요. 하지만 소리는 내지 않았을 거예요. 그러니까 내가 우는 소리를 못 들었겠죠.

(5초간 침묵)

T: 왜 겁에 질렸던 거지?

A: 글쎄요, 엄마 아빠가 그때 내 운명을 결정하려고 했다고나 할까. 나를 어딘가로 보내려 한다고 생각했어요. 엄마가 이렇게 말하는 소리를 들었거든요. "하지만 쟤한테는 뭐라고 해요?" 그 말에 아빠는 "상관없어. 어려서 아무것도 모를 거야."라고

대답했어요. 내가 진짜 그런 말을 들었거나, 들었다고 하더라도 그게 무슨 뜻인지 알았을까요? 그다음에는 우리 셋이서 함께 떠나는 여행에 대해 말하기 시작했고, 저는 안심했어요. 그때는 겨울이었고, 바깥에는 눈도 내리고 추웠으니까 아무리 좋고 따뜻한 곳이라도 집 밖으로 나가고 싶진 않았어요. 하지만 엄마 아빠랑 함께라면 달랐죠.

T: 그 여행에 대해서는 기억나니?

A: 역시 희미해요. 여행은 기억해요. 끝없는 여행. 버스를 탔고, 역겨운 배기가스 냄새가 났고. 문이 열릴 때면 뱀처럼 쉭쉭거리는 소리가 났고. 그런 인상들이죠. 짐을 든 사람들로 북적북적. 얼굴들, 아빠의 담배, 하지만 담배 냄새가 아니라 성냥 냄새만. 성냥의 유황 냄새. 이상해요…….

(6초간 침묵)

T: 뭐가 이상하지?

A: 그때까지 내게는 두 가지 냄새가 늘 중요했어요. 엄마에게서 나는 향수 냄새와 아빠에게서 나는 담배나 연기, 혹은 성냥 냄새. 하지만 그날 밤 버스 여행 이후로는 더 이상 아빠를 봐도 담배가 떠오르지 않았어요. 아빠가 더 이상 담배를 피우지 않으니까. 그 후로 아빠가 담배를 피우는 건 한 번도 보지 못했어요. 하지만 엄마의 향수 냄새는 그대로였어요.

T: 그 여행에 대해 기억나는 게 또 있니?

A: 정확하게 기억나진 않아요. 대개는 그 여행의 분위기, 느낌만. 뭐랄까…….

T: 뭐랄까?

A: 유령처럼 무시무시한. 하지만 귀신의 집 안에 있는 것과는 좀 다른 느낌의. 뭐냐면 쫓기는 듯한 느낌이었어요. 우리는 도망치고 있었던 것 같아요. 차창 밖을 바라보던 엄마의 얼굴이 기억나요. 어찌나 슬픈 얼굴이었던지. 눈 밑으로 자줏빛 반달이 보였죠. 너무 슬펐어요. 그리고 버스는 밤새 달렸어요…….

(15초간 침묵)

T: 그리고 또?

A: 우리는 다시 돌아오지 않았어요. 그러니까 내가 집이라고 생각했던 곳으로 말이에요. 다른 집으로 갔어요. 다른 곳. 다른 분위기의 집. 여전히 겨울이었고 추웠고 엄마와 아빠와 나는 함께 있었지만, 모든 게 달랐어요.

T: 겉으로 드러난 것만 보자면 이렇구나. 너희 가족은 이사한 거야. 한 지방에서 다른 지방으로. 하지만 그렇게 멀리 이사한 건 아니야. 떠날 때도 겨울이었는데 도착했을 때도 겨울이었다면. 이사를 하는 집은 많지. 어른들은 직장 때문에 전근을 가잖아. 네 아빠 역시 전근한 것 같구나.

A: 그럴 수도 있죠.

T: 그런데 좀 석연찮은 표정이구나. 그렇지 않을 수도 있다는 뜻이

니?

A: 그래요.

T: 어떤 점이?

A: 잘 모르겠어요.

하지만 그는 알고 있었다. 그러나 의사에게 자기가 알고 있는 것을 털어놓고 싶지 않았다. 의사는 생판 모르는 사람이나 마찬가지였다. 의사가 아무리 친절하게 그에게 동감한다고 해도 그런 말을 할 만큼 편안한 상대는 아니었다. 의사에게 모든 것을 다 말하고 나면, 가슴속에 있는 모든 궁금증들을 털어내고 나면 마음이 편해질 게 분명했지만, 계속하려면 어떻게 해야 할지 알 수 없었다. 그 단서를 의사에게 말해도 되는 것인지도 그는 알 수 없었다.

T: 단서라면?

A: '단서'라니요?

T: 방금 말했잖아. '단서'라는 말을 썼잖니.

그는 멍하니 입을 꾹 다물었다. 이 의사는 내 마음을 읽을 수 있는 것일까? 그럴 리가. 어쩌면 약이 그런 이상한 일을 하는지도 몰랐다. 약이라는 건 항상 자신을 속였으니까. 그 약 때문에 스스로는 생각만 한다고 하는 것들을 큰 소리로 떠들어대고 있는지도 모

르는 일이었다. 더 조심해야만 했다. 자신을 지켜보고, 자신의 목
소리에 귀를 기울여야만 했다. 마음 깊은 곳에서 돌연한 공포가 치
밀더니 온몸이 얼얼할 정도로 아팠다.

A: 이제 가봐도 될까요?
T: 물론.
A: 힘들어요.
T: 그렇겠지. 억지로 하지는 말자. 시간은 많으니까.
A: 고맙습니다.
T: 다 잘될 거야.

테이프 끝 OZK001

"애스웰. 페어필드. 카버!"

보스턴 북역에서 방송하는 장내 아나운서처럼 그 남자는 그 이름들을 큰 소리로 외친다.

"플레밍. 훅셋. 벨튼 폴즈!"

목구멍에 돌멩이가 가득해 그 너머로 들려오는 듯한 걸걸한 목소리였다.

"벨튼 폴즈는 정확히 뉴햄프셔와 버몬트 구간 위에 있지. 그다음에 강을 건너서 바로 있는 다음 정거장, 그러니까 너한테는 마지막 정거장이 될 거기가 바로 버몬트 주 루터버그란다."

그는 다시 지도를 들여다본다.

"운이 좋은 거야, 날쌘돌이. 너는 세 개의 주(州)를 지나게 될 거다. 지금 서 있는 곳은 매싸추쎄츠이고 그다음에는 뉴햄프셔와 버몬트지. 하지만 주 경계선을 따라 비스듬하게 갈 테니까 70마일 정도만 가면 돼."

70마일이라면 그다지 멀게 느껴지지 않는다. 빨리 자전거 페달을 밟고 달려가고 싶어서 근질근질한 다리로 여기 주유소에 서 있는 내게 70마일은 하찮아 보인다.

지도를 들여다보던 노인은 고개를 들었다.

"예상 속도는 얼마나 되느냐, 날쌘돌이?"

빨리 떠나고 싶은데, 손에 들고 있는 지도처럼 울긋불긋한 핏줄이 뒤섞인 하얀 얼굴의 이 백발 노인은 너무 친절하다. 나는 휴식도 취할 겸, 지도도 구하고 자전거 타이어의 바람도 체크하러 이 주유소에 멈췄다. 별로 할 일이 없어 보였던 이 노인은 도와주고 싶어서 안달이 난 사람처럼 자전거의 공기압을 체크한 뒤, 쏜살같이 지도를 찾아 나섰다.

"시속 10마일 정도는 갈 수 있어요."

내가 말한다.

"5마일만 갈 수 있어도 복 받은 거란다. 4마일밖에 못 갈지도 몰라. 오늘 그 길을 다 갈 수는 없을 거야, 날쌘돌이."

노인이 말한다.

"엄마하고 아빠하고 저하고, 이렇게 셋이서 벨튼 폴즈에 있는 근사한 모텔에서 잔 적이 있어요. 거기까지 갈 수 있다면, 오늘 밤은 거기서 보낼 거예요."

노인은 눈을 가늘게 뜨고 지도를 쳐다본다. 지도가 바람에 펄럭인다.

"글쎄, 어쩌려나. 하지만 그전에도 모텔은 몇 개 있어."

노인은 지도를 접기 시작한다.

"어디서 오는 길이냐, 날쌘돌이?"

"마뉴먼트에서요."

점점 추워지는가 싶더니 태양이 구름 뒤로 모습을 감췄다.

"보자. 여기는 애스웰이니까. 마뉴먼트에서 여기까지 오는 데는 얼마나 걸렸냐?"

나는 정말 출발하고 싶었다.

"한 시간 정도요."

노인은 지도로 턱을 톡톡 쳤다. 손에 쥔 지도가 불룩해졌다. 지도를 둘둘 마는 데는 달인이었다.

"그래, 마뉴먼트 시내에서 여기까지는 한 5마일쯤 될 거다. 하지만 신나게 타고 내려올 만한 언덕이 많았겠지. 한 시간에 5마일이라면 아마도 네가 하루 종일 자전거를 탔을 때 제일 빠른 기록일 거야."

"알겠어요."

노인은 돌아서서 하늘을 올려다본 뒤 다시 나를 바라본다.

"뭣 때문에 가는 거니, 날쌘돌이. 끔찍한 세상이야. 살인에 암살에. 길에서는 누구도 안전하지 않아. 이젠 누굴 믿어야만 하는지도 알 수 없게 되어버렸지. 나쁜 놈들을 알아볼 수 있겠냐?"

나는 가고 싶다. 듣고 싶지 않다.

"물론 모르겠지. 이제는 나쁜 놈과 좋은 사람을 더 이상 구분할 수 없게 됐으니까. 요즘에는 누구나 그래. 누구나. 비밀이라는 것도 없어졌어. 다음에 전화 걸 때 잘 들어봐라. 귀를 바짝 대고. 틱틱거리는 소리가 날지도 몰라. 만약 그렇다면 그건 누군가 엿듣고 있다는 거지. 그런 소리가 안 들린다고 해도 어쨌든 다 듣고 있어."

나는 자전거의 타이어를 발로 찬다.

"누구도 믿지 마라, 날쌘돌이. 모르는 사람이 가까이 오면 신분증을 보여달라고 해. 하지만 신분증도 믿어서는 안 돼. 요즘에는 무엇이나 위조하니까. 여권이든 면허증이든. 그러니까 꼭 가야만 한다면, 조심해라. 날쌘돌이, 조심해야만 한다."

노인은 내게 지도를 건넨다.

"가져가려무나."

노인이 말한다. 기름이 묻어 있고 제대로 말지도 않았지만 나는 그걸 바구니 속, 끈과 아빠의 꾸러미 사이로 끼워 넣는다.

"네 덕분에 내 눈이 호강하는구나, 날쌘돌이야. 쓰고 있는 그 모자 말이다. 요 몇 년 동안은 한 번도 보지 못했던 모자야. 옛날에는 그 모자를 '툭'이라고 불렀지. 공장에서 산 할인 양털로 엄마들이 아이들에게 만들어주던 거야."

노인이 말한다.

"아빠 모자예요. 지금껏 안 버리고 놔두신 거죠. 아빠를 만나러 가는 중이에요. 루터버그의 병원에 계세요. 이 모자를 보면 기분이 좀 좋아지시지 않을까 생각하고 있어요."

내가 말한다.

"그럼 그것도 아빠의 외투겠구나. 군용 작업복 같아 보이는데. 내 아들도 입대했었지. 제2차세계대전이었어. 그 애도 그런 외투를 입었었단다. 너처럼 옷이 너무 커 보였지. 아들은 이오지마라는 곳에서 전사했는데, 넌 아마 들어본 적도 없을 거야."

노인이 말한다.

노인의 얼굴로 정맥이 불끈 솟아나 동맥과 서로 뒤엉킨다. 나는 떠나고 싶다. 마음이 초조해진다. 아들 얘기는 안됐지만, 노인과 더 얘기하고 싶지 않다. 노인이 아빠에 대해서 물어볼까 봐 걱정된다. 엄마에 대해서도.

"그러셨군요. 슬픈 얘기네요."

내가 말한다.

노인은 아무런 말 없이 손으로 얼굴을 한 번 닦은 뒤 갑자기 지친다는 듯이 무겁게 한숨을 내쉬었다.

"즐겁게 여행하길 바란다, 날쌘돌이. 내가 사십 년만 젊었어도 너하고 같이 갔을 거야. 마음은 청춘인데 몸은 꼬부랑 할아버지라는 말도 있잖니."

노인이 말한다.

나는 자전거로 뛰어오른다. 도로를 향한다.

"고맙습니다. 지도랑 타이어에 바람 넣어주신 거요."

내가 노인을 돌아보며 소리친다.

노인은 슬픈 표정으로 양쪽 허리에 두 손을 올려놓고 거기 서 있다.

"조심해라, 꼭."

노인이 말한다. 그 목소리는 바람에 흩어진다.

나는 손을 흔들고 세차게 페달을 밟으며 몸을 돌린다.

내게는 가야 할 목적지가 있고, 노인은 이미 과거의 인물이다.

나는 떠난다. 내 곁에는 바람과 태양이 있다. 나는 자전거이고 자전거가 나다.

테이프 OZK002　　　　　　1430　　　　　날짜 삭제 T-A

T: 이제 얘기해볼까? 폴 델몬트에 대해서 말해보면 어떻겠니?

A: 누구요?

T: 폴 델몬트.

　　(8초간 침묵)

A: 안 하는 게 낫겠어요.

　　(5초간 침묵)

T: 그럼, 에이미 허츠는?

A: 다시 두통이 생기는 것 같아요.

T: 좀 쉬자. 약을 가져오라고 부탁할게.

A: 지금은 약을 안 먹는 게 나을 것 같아요.

T: 편한 대로 하렴.

　　(10초간 침묵)

T: 혼란스러운 모양이구나. 좀 쉬자. 긴장과 두통은 뭔가 걱정될 때 나타나는 반응이라는 걸 알아야 해. 네가 이런 식으로 반응하니 나로서는 좀 미안하구나. 우리가 이 대화를 시작할 때, 너는 말하고 싶은 것들만 말하고, 나는 그저 들어주기로 했었지. 네가 더 이상 가고 싶지 않은 곳까지, 네가 침범당하고 싶지 않은 내면 깊숙한 곳까지 너를 끌고 갈 마음은 없단다.

A: 무슨 말씀인지 알겠어요.

T: 폴 델몬트와 에이미 허츠에 대해서는 다음에 또 기회가 생기겠지.

A: 머리가 정말 아파요. 토할 것 같기도 하고요.

T: 그럼 그만하자.

A: 고맙습니다.

테이프 끝 OZK002

길은 평탄하고 길게 직선으로 뻗어 있다. 개는 한 마리도 보이지 않고 태양은 반짝인다. 나는 페달을 밟으며 노래를 부른다.

골짜기에 그 농부,
골짜기에 그 농부,
하이 — 호, 메리 — 오,
골짜기에 그 농부.

119번 도로는 고속도로이기 때문에 자동차들이 속도를 내어 나를 앞질러 간다. 노란색 중앙선은 밖에서 너무 오랫동안 비를 맞은

끈처럼 길 한가운데에 놓여 있다. 도로 쪽으로 깊이 들어가면 혹시 차에 치일까 봐 걱정돼 이따금 나는 도로 가장자리 모래밭으로 자전거 핸들을 돌리곤 한다. 그럴 때면 바퀴가 모래에 미끄러져 하마터면 중심을 잃을 수도 있다. 나는 계속 노래를 부른다.

　그 농부 아내를 얻어,
　그 농부 아내를 얻어,
　하이—호, 메리—오,
　그 농부 아내를 얻어.

　나는 아빠처럼 우스꽝스럽게 노래하려고 애쓴다. 목청을 높였다가 낮췄다가, 또 고음을 내다가 저음을 내다가. 아빠의 목소리는 노래를 부르기에는 끔찍하다. "당신 정말 음치라니까."라고 엄마는 항상 말한다. 하지만 이 노래만은 아빠도 꽤 잘 부른다. 아빠는 "우리 노래니까."라고 말한다. 내가 어렸을 때, 아빠가 내 몸을 잡고 천장으로 날려버릴 듯 흔들면서 노래 부르던 걸 기억한다.

　그 아내 아이를 얻어,
　그 아내 아이를 얻어……

　그러고선 아빠는 앉아서 뜨개질을 하거나 책을 읽고 있던 엄마의 무릎에 나를 살며시 내려놓았고, 그러면 나는 이 세상의 모든 나쁜 것들로부터 보호받을 수 있는, 따뜻하고 안전한 엄마의 품속으로 파고들었다. 아마도 다섯 살이나 여섯 살이었을 것이라고 생각한다. 아빠는 목이 쉬도록 즐겁게 노래를 불렀다.

하이 — 호, 메리 — 오,
골짜기에 그 농부.

"데이브, 데이브. 당신 정말 괴짜예요."
엄마는 그렇게 말했다. 엄마의 목소리에는 웃음기와 따뜻함이 배어 있었고, 내 주위로는 엄마의 라일락 향기가 가득했다.
"이보시오, 세상의 어느 집에 우리처럼 자기들만을 위한 노래가 있단 말이오?"
아빠가 바로 광대처럼 발을 탕탕 구르면서 말했다.

그 아이 고양이를 얻어,
그 아이 고양이를 얻어……

"그건 우리를 위해서 만든 노래가 아니랍니다."
나를 항상 즐겁게 했던 그 놀이에 끼어들며 엄마는 말했다. 이건 물론 엄마가 슬퍼지기 이전의 일이었다.

"우리를 위해 만든 노래가 아니라고 누가 그러지?"

아빠는 그렇게 말한 뒤, 나를 내려다봤다.

"얘야, 네 이름은 뭐니?"

장난기는 하나도 없는 표정이었다.

"애덤, 애덤 파머(파머Farmer는 '농부', 아래에 나오는 스미스Smith는 '대장 장이'라는 뜻이다. 둘 다 성(姓)으로 쓰인다—옮긴이)."

나는 대답했다. 함께 놀 수 있어서, 엄마 아빠와 함께할 수 있어서 기뻤다.

"옳지. 우리 성이 스미스라면 어떻게 됐겠니? 사람들이 이런 노래를 부르는 걸 들어본 적 있니? '골짜기에 대장장이, 골짜기에……'"

아빠는 말했다.

"그만, 데이비드."

엄마는 그렇게 말했다. 나는 즐거워서 웃음을 터뜨렸고, 아빠는 다시 노래를 부르기 시작했다. 마치 지금 119번 도로에서 노래를 부르는 나처럼.

> 하이—호, 메리—오,
> 그 아이 고양이를 얻어……

날이 갑자기 환해지면서 햇살 아래 10월의 나무들이 붉은색과 갈색으로 저마다 빛을 내뿜는다. 이따금 바람이 불면 갑자기 새 떼가 하늘을 향해 날아오르고, 그 바람에 낙엽들이 허공에서 흩날리다가 고속도로로 떨어진다. 나는 소들이 되새김질을 하면서 게으르게 걸어 다니는 기나긴 목장 길을 따라 달린다.

약을 가져오지 않아서 정말 좋다고 생각하며 노래를 부른다.

그 고양이 생쥐를 얻어,
그 고양이 생쥐를 얻어,
하이 — 호, 메리 — 오,
그 고양이 생쥐를 얻어……

나는 아빠처럼 노래를 부르려고 애쓰지만 어느 순간 노래를 놓친다. 목구멍으로 바람이 밀려들면서 숨을 아껴야만 한다는 사실을 깨닫는다. 폐가 불타는 듯했기 때문에 잠시 노래를 멈추는 게 낫겠다는 생각이 든다. 내 어깨는 고통으로 욱신거리고 손잡이를 잡은 손가락은 아프다.

끝없이 위쪽으로 솟구치는 오르막이 내 앞에 펼쳐진다.

나는 뒤를 바라본다. 아무것도 없다.

자전거에서 내려 언덕을 바라본다.

나는 옆으로 따라 걸어가면서 자전거를 밀기 시작한다. 약골처럼 느껴지기 때문에 그런 식으로 걷고 싶지는 않다. 게다가 나는 지금 볼일을 봐야만 한다. 애스웰의 그 주유소에서 갔어야만 했다.

숲으로 들어가도 되겠지만, 도로에서 벗어나는 게 망설여진다. 숲속에 무엇이 숨어 있을지 누가 알겠는가? 나는 개들뿐만 아니라 뱀과 거미를 포함한 모든 동물들이 겁난다. 동물들은 이성적이지 않다. 그러므로 지쳤다 하더라도 계속 도로를 따라가고 또 가야만 한다. 언덕의 꼭대기에 이르자 무척 아름다운 풍경이 내 아래로 펼쳐진다. 1마일 정도 떨어진 곳에 건물들이 모여 있고 하얀 교회의 뾰족탑이 하늘을 찌르고 있다. 나는 다시 자전거에 올라타 언덕을 내려가기 시작한다. 아래로, 아래로, 아까처럼 가속도가 붙기를 기다리면서. 자전거는 점점 속도를 내고 미끄러지듯, 기분 좋게 미끄러지듯 내려간다. 나는 교회의 뾰족탑을 향해 달려간다. 어찌나 날쌔게 달려가는지 핸들을 잘못 다루면 그 뾰족탑에 찔릴 것만 같다. 나는 언덕을 따라 비스듬히 내려가고 바람은 내 뺨을 먹어치운다. 바람이 베어 문 것처럼 내 살 한 덩어리가 쑥 들어가고, 나는 다시 노래를 부른다. 아빠처럼 부르려고 노력하지만, 잘 되지 않는다. 그래도 굴하지 않고 노래를 부른다.

골짜기에 그 농부,
골짜기에 그 농부……

바람이 내 목소리를 잡아채 공기 중에 흩트러뜨린다. 노랫소리는 연기처럼 사라진다.

나는 직선으로 줄달음친다.

나는 맹렬하게 돌진한다. 굉장히 빠르다. 나무들과 전신주가 휙휙 지나간다.

하이—호, 메리—오,
골짜기에 그 농부……

바람에 맞선 내 목소리는 점점 크고 또렷해진다. 마침내 버몬트 주 루터버그로 가는 길에 진짜 나섰다는 느낌과 함께 나는 기세 좋게 나아간다.

T: 계속해볼까?

   (8초간 침묵)

T: 기분은 어떠니?

   (5초간 침묵)

T: 기분이 별로인 것 같은데. 안 좋은 일이라도 생겼니?

   (15초간 침묵)

T: 오늘 약은 받았니?

   (10초간 침묵)

그는 자신으로부터 걸어 나갔다. 자신을 떠나, 이 장소에서 벗어나 자신이 의사인 양 바깥에서 자신과 의사를 바라봤다. 그도 의사가 될 수 있었다. 의사의 얼굴은 비록 이따금 눈동자가 이상하긴 했지만 친절해 보였다. 의사의 눈동자 — 만약 그 사람이 정말 의사가 맞다면 — 는 가끔 총구를 들여다보는 것처럼 그를 쏘아봤다. 그는 과녁이 된 기분이었다. 결국 이렇게 한 발 물러서 자신에게서 벗어나 방에 있는 두 사람을 볼 수 있게 돼 기뻤던 까닭은 그 때문이었다. 물론 그 역시 자신이 궁금했지만 자기를 바라보고 싶은 마음은 전혀 없었기 때문에 보이는 풍경에서 자신을 지우고 질문자만을 바라봤다. 그는 자신이 이처럼 영리하고 똑똑할 줄은 미처 깨닫지 못했다. 내가 이렇게 나 자신에게서 떨어질 수 있다면, 다른 곳으로 갈 수도 있지 않을까 생각했다. 그 가능성만으로도 그는 기뻤고, 잊을 수 있었다. 그런데 뭘 잊었지? 그는 알 수 없었다. 그 뭔가, 마음의 끝에 있다가 잡으려고 하면 잽싸게 도망치는 그 뭔가……

T: 아무래도 다음 시간을 기약해야겠군.

  (5초간 침묵)

T: 서둘 필요는 없어. 나중에 다시 하자.

테이프 끝 OZK003

그 개는 사납고 나는 겁에 질린다.

개는 언덕을 다 내려와 평평하게 쭉 뻗은 길의 반대쪽 끝에서 나를 기다리고 있다. 그 개가 멀리 길 반대편의 작고 조용한 덩어리였을 때부터 나는 그 개를 쭉 보고 있었다. 그러다 더 가까워지자, 그 개는 흰색 대저택의 진입로를 지키고 선, 윤기가 흐르는 검은색 독일산 셰퍼드라는 게 밝혀졌다. 그 집은 도로에서 쑥 들어가 있다. 나는 직감적으로 그 집에 아무도 살지 않는다는 것을, 여기에는 나와 그 개뿐이라는 것을 감지한다. 나는 가능한 한 빨리 그 개를 지나치고 싶어서, 너무나 빨리 달려 그 개로서는 손쓸 틈도 없이 그냥 확 지나치고 싶어서 미친 듯이 발을 굴린다.

내가 다가가자 그 개는 도전을 받아들이겠다는 듯이 주의를 집중하며 귀를 쫑긋 세워 고개를 든다. 나는 눈을 잽싸게 왼쪽에서 오른쪽으로, 또 그 반대 방향으로 움직여보지만, 나를 구해줄 만한 사람은 전혀 보이지 않는다. 개의 뒤쪽으로 놓인 진입로에는 자동차가 한 대도 없고, 그 집은 살던 사람들이 모두 떠나 빈집이 되어버린 듯한 모습이다. 길 맞은편으로는 이리저리 구부러진 낮은 돌담길 너머로 들판이 펼쳐져 있다.

내가 다가가자, 개는 도로 쪽으로 나온다. 꼭 평생 나만을 기다려온 개 같다는 생각이 든다. 개는 움직이지 않는다. 꼬리를 흔들지도 않는다. 눈동자는 대리석 같다. 입을 다물고 앞만 주시하는 독한 개다. 나는 이제 그 매끄러운 털이 반짝이는 모습을 볼 수 있을 만한 거리까지 다가간다. 계속 가자, 개일 뿐이잖아. 나는 혼자 말한다. 개는 인간의 친구야. 사자나 호랑이가 아니라고.

개가 움직인다. 머리를 치켜들고 헐떡이며 자전거가 나아가는 방향을 딱 가로막는다. 소리는 들리지 않는다. 짖거나 으르렁대지 않았는지, 아니면 내 귀를 스쳐 가는 바람 소리 때문에 그 소리가 들리지 않았는지 모르겠다. 손가락으로 핸들을 꽉 잡고 몸을 웅크린 채 그 개를 향해 똑바로 열심히 페달을 밟아대다가, 그 순간 이렇게 가다가는 중심을 잃고 넘어지는 게 아닌가, 그랬다가는 도로에 넘어져 그 개의 처분만 기다려야 하는 게 아닌가 하는 걱정이든다. 나는 두 눈을 살짝 뜨고 다리를 획획 움직이며 개를 향해 돌진한다. 그리고 마침내 개가 툭 튀어나오면서 으르렁대기 시작한다. 으르렁대는 소리는 짧고 날카롭게 짖어대는 소리로 바뀌어 최악의 상황이 된다. 왜냐하면 그 바람에 이빨이 드러났기 때문이다.

개는 나를 공격하는 것보다 자전거를 세우는 일이 급하다는 듯이 자전거의 앞쪽을 향해 돌진한다. 나는 이 상황을 심각하게 받아들인다. 개가 앞바퀴를 물었다가 타이어에 코를 긁히고 물러서지만 바퀴는 미친 듯이 흔들린다. '괜찮아, 괜찮아.'라고 소리쳐보지만 그 말은 바람에 날아가 버리고 나는 혼자 중얼거린다. 이런 빌어먹을 개 같으니라고. 여기서 달아나는 즉시 집으로 돌아갈 거야. 집으로 가는 첫차를 탈 거야. 빌어먹을 버몬트 주 루터버그, 전부 다 빌어먹을······.

개가 계속 앞바퀴를 공격하고 있기 때문에 자전거는 당장이라도 쓰러질 것 같다. 나는 애당초 이 개가 이걸 의도했다는 사실을 깨닫고 겁에 질린다. 자전거를 비틀거리게 만들어 결국 넘어뜨린 뒤, 최종적인 희생자가 될 나를 도로 바닥에 부딪히게 하는 일.

우리는 이제 그 진입로를 지나 커브 길을 향해 나아가고 있다. 그 커브를 지나고 나면 집이든 가게든 오두막이든 그게 뭐든 피할 수 있는 곳이 있기를 간절하게 바란다. 바로 그 순간 나는 자동차 한 대가 다가오는 소리와 미친 듯이 눌러대는 경적 소리를 듣는다. 그 제야 나는 내가 위험하게 도로 한복판까지 밀려갔다는 사실을 깨닫는다. 다가오던 차는 지붕에 짐을 묶어놓은 노란색 폭스바겐인데 나를 치지 않기 위해 속도를 줄이고 방향을 트는 바람에 경적 소리가 브레이크 소리에 묻힌다. 개는 자동차와 경적 소리와 브레이크 소리에 놀라 공중에 거의 뜬 채로 자동차를 바라보며 잠시 주춤거렸다. 영문을 모르겠다는 듯이, 그게 아니라면 마치 홀린 듯이. 나는 계속 페달을 밟는다. 참을 수 없어서 고개를 돌려 뒤를 돌아보니 그 개는 몸을 반원 모양으로 만들었다가 쭉 펼치며, 털 많은 화살이라도 되는 양, 거칠게 짖어대며 폭스바겐을 쫓아가고 있다.

"빨리 여기서 벗어나자."

누구에게라고 할 것도 없이 외치고 다시 힘을 내어 페달을 밟는다. 공포와 두려움이 피로는 물론 근육통까지 모두 없애버린다. 짖어대는 개의 소리가 멀어지는 것과 동시에 나는 커브를 돌아 같은 속도를 유지하며 계속 달린다.

나는 페어필드 중심가를 향해 나아가는데, 여긴 중심가, 아니 마을이라고 부르기도 어려울 정도로 겨우 가게 몇 개와 그 하얀 뾰족탑의 교회뿐이다. 그간 밟아댄 페달 덕분에 나는 속도를 줄이지 않은 채 거리를 지나갈 수 있다. 여기서 멈춰야 한다는 걸 알지만, 자전거에서 내리고 싶지 않다. 계속 가서 루터버그에 도착하고 싶다. 죽을 때까지 그 개가 쫓아올 것 같은 느낌이 든다. 내가 가게에 들러 뭘 먹거나 볼일을 보고 나오면 가게 바깥에서 나를 기다리고 있을 것만 같다. 입을 벌리고 바람을 들이마신다. 휙휙 불어대는 바람은 내 가슴 속으로 들어와 폐를 달래고 나는 다시 힘을 얻는다.

나는 페달을 밟아 마을을 지나 나무다리를 건넌다. 널빤지 소리가 내 귀에는 박수 소리처럼 들린다. 나는 페어필드에게 만남과 작별의 인사를 하고, 계속 나아간다. 절대로, 절대로 멈추지 않겠다는 듯이.

A: 아저씨는 의사인가요?

T: 왜 물어보지?

A: 그냥요. 의사일 거라고 생각했거든요. 정신과 의사. 처음 만났을 때, 이름이 브린트라고 말했잖아요. '닥터 브린트'라고 하진 않았지만. 여기는 꼭 병원 같네요. 하지만 정말 그런가요?

T: 네 주위의 것들에 관심을 가지게 됐으니 나로서는 기쁘구나. 아주 오랫동안 네게서 그런 모습을 찾아볼 수 없었지. 그런데 어떻게 해서 여기가 병원이다, 혹은 병원이 아니다, 그런 생각을 하

게 됐니?

A: 글쎄요. 병원 냄새는 안 나거든요. 아시다시피 병원에는 약 냄새가 나잖아요. 높은 흰색 침대도 있고요. 의사들도, 간호사들도 하얀색 옷을 입죠. 하지만 여긴 안 그래요. 여기는 뭐랄까…….

T: 뭐랄까?

A: 모르겠어요. 그냥 집 같아요. 사람이 사는 집이라기보다는 어떤 시설. 방도 많고, 사람들도 많고. 아마 사설 요양원 같은 곳.

T: 그게 마음에 걸리니?

A: 몰라요. 내가 모르는 게 너무 많아요.

T: 그럼 그게 뭔지 말해볼까? 어때?

(5초간 침묵)

T: 예를 들어서 그 단서 같은 거.

A: 단서라니요?

T: 지난번에 단서에 대해서 말했었잖아.

그는 다시 경계심을 가지고 모든 것을 의심했다. 하지만 브린트가 전혀 모르는 사람이기는 해도 그를 의심할 이유는 없었다. 어쨌든 그는 기분이 좋아졌다고 느끼고 있었고, 비록 좋아진 기분이 막연한 환상에 불과하다고 해도 신경 쓰지 않았다. 어쩌면 브린트에게 그 단서들에 대해서 조금 말해야만 할지도 몰랐다. 전부는 아니더라도 조금은. 그는 기분도 좋았고, 자신이 모든 걸 쥐고 있었기 때문에 그럴 수 있었다. 카드를 나눠줄 때처럼 한 번에 조금씩 정보를 건네줄 수 있었다. 하지만 조금 더 영리해지고 똑똑해져야만 했다.

A: 아마도 그 개가 단서일지도.

T: 그 개?

A: 예, 그 개요. 오늘 아침에 창밖을 내다보다가 풀밭 위에 개가 있는 걸 보니 그 개가 생각났어요.

T: 씰버 말이냐?

A: 그 개의 이름인가요? 씰버? 독일산 셰퍼드?

T: 그래, 착한 놈이지.

A: 나는 개들이 싫어요.

T: 개들은 다?

A: 대부분.

T: 왜 싫어하니?

　　(10초간 침묵)

T: 개가 단서가 될 거라고 말했잖아. 씰버 말이니? 아니면 다른 개니?

A: 다른 개예요.

T: 말해보렴.

그 개는 크지 않았지만, 그 끔찍한 모습이며 눈동자의 강렬함, 무자비하게 길을 막고 선 태도 등이 크기를 벌충했다. 그 개를 생각하면 위협적인 뭔가, 예컨대 길을 가다가 미친 사람을 만났을 때 앞으로 무슨 일이든 일어날지 모른다는 느낌이 들 때처럼 어떤 규칙도 통하지 않으리라는 예감 같은 게 있었다.

"저건 무슨 종류예요?"

아이가 중얼대듯 물었다.

"모르겠다, 애덤. 나도 개에 대해서는 잘 모르니까."

아빠가 말했다.

"이제 어떻게 하죠, 아빠?"

"센 척해야지."

아이는 무슨 말이냐는 듯이 아빠를 한 번 올려다보고는 이내 믿음을 버렸다. 갑자기 이 사람이 자신의 아빠가 아닌 것 같은 느낌이 들었다. 그의 아빠는 보험대리점을 하며 매일 사무실에 출근하고 이 년에 한 번 정도 차를 바꾸는 로터리클럽 회원이었다. 뿔테 안경을 끼고 수염을 길렀는데, 머리가 긴 사람들이 흔히 기른 것처럼 덥수룩한 수염이 아니라 깔끔하게 정돈해서 잿빛으로 반짝이는 그런 수염이었다. 신문을 읽을 때, 텔레비전으로 야구와 미식축구 중계방송을 볼 때, 레드삭스를 응원하고 패트리어츠를 깎아내릴 때, 밤에 사무실에서 일거리를 가지고 집으로 올 때, 잘 자라며 이마에 가볍게 입을 맞출 때, 애덤은 이 사람이 아버지라는 걸 알 수 있었다.

아버지. '아버지'라는 캡션이 달린 오려낸 사진처럼. 아빠가 한 사람의 개인으로 모습을 드러내는 유일한 순간은 책에 대한 화제가 나왔을 때였다. 작가들에 대해서 말할 때면 아빠는 눈을 반짝이며 경외심에 고개를 흔들었다. 헤밍웨이나 피츠제럴드 같은, 애덤이 어릴 때만 해도 아무런 자극을 주지 못했던 수많은 인물들.

"나이가 들 때까지 기다려보렴, 애덤. 세상에는 읽어야 할 위대한 책이 엄청나게 많단다."

이따금 밤늦은 시간까지 아빠가 의자에 몸을 기댄 채 가늘고 긴 코 위에 안경을 올려놓고 책의 갈피 속으로 빠져드는 모습이 눈에 띄었는데, 그때는 정말 다른 사람이 집에 있는 것만 같았다.

숲 속에서 두 사람이 개를 마주했던 그 순간에도 애덤의 아빠는 다른 사람처럼 보였다. 그와 그의 아빠는 보통 때는 숲 속을 거니는 사람들이 아니었다. 두 사람의 신발에는 풀이나 산길보다 도시의 포장도로가 더 자연스러웠다.

"내게는 네온사인 속에서 움직이는 대자연이 더 어울리노라. 가을이면 갖가지 색깔로 변하는 나뭇잎들 대신에."

그의 아빠는 언젠가 그렇게 말한 적이 있었다. 그렇다면 무엇보다도 왜, 어딘지도 알 수 없는 그 숲 속에서 이들은 뭘 하고 있었단 말인가? 애덤으로서는 정확하게 알 수 없었다. 사실대로 말하자면 두 사람은 산들바람이 불어오던 3월의 어느 토요일 오후 어슬렁거리며 도서관으로 향하던 길이었다. 애덤은 성큼성큼 걷는 아빠와 보조를 맞추려고 아홉 살짜리의 잰걸음으로 종종거려야 했지만 아빠와 걷는 걸 좋아했다. 두 사람은 같이 걸었다. 이따금 아빠는 너무 앞서가지 않기 위해 속도를 늦췄을 것이다. 아빠는 도서관을 좋아해서 그곳을 보물의 집이라고 불렀다. 그 많은 책들이며 그 많은 음반들. 오늘은 루이 암스트롱의 음반을 찾아서 집에 빌려 가자고 아빠는 말했다. 애덤도 좋아하는 위대한 작품. '12번가 래그'라는 제목의 훌륭한 옛 음반으로 여기서 루이 암스트롱은 술이 취한 채 비틀비틀 거리를 걸어가는 남자의 모습을 트럼펫 소리로 묘사해냈다. 아, 그 암스트롱이 말이지. 아빠는 그런 식이었다. 애덤이 관심을 가지도록 궁금증을 불러일으켰다. 어떻게 하면 거리를 비틀거리며 걸어가는 남자처럼 트럼펫을 불 수 있을까? 혹은, 이렇게도 말했다.

"첫 번째 장의 첫 번째 단어 중에서 앞의 두 글자가 그 책의 비밀을 담고 있는 추리소설이 있는데, 언젠가 그걸 보여주마."

("언제, 아빠, 언제 보여줄 거야?")

어쨌든 그들은 춤추는 듯한 바람을 향해 몸을 숙인 채 암스트롱의 음반을 찾아보러 도서관으로 가고 있었다. 아빠가 갑자기 멈춰서는 바람에 아빠의 손을 잡고 있던 애덤은 하마터면 중심을 잃고 넘어질 뻔했다. 그는 영문을 모르겠다는 듯이 아빠의 얼굴을 올려다봤다. 아빠는 공원에 서 있는 동상처럼, 혹은 갑자기 온몸을 마비시키는 끔찍한 병에 걸린 것처럼 가만히 서 있었다.

"가자."

마침내 서둘러 움직이며 아빠가 말했다. 아빠는 애덤의 팔을 잡아끌었다. 아빠는 애덤을 질질 끌다시피 해서 모퉁이를 돈 뒤 베이커 잡화점과 애드마디오 가구점 사이의 좁은 골목으로 들어갔다.

"아, 아빠. 어디 가는 거예요? 도서관 가는 길 아니잖아요."

애덤이 소리쳤다.

"알아, 알고 있어."

아빠가 성대모사를 하면서 말했다. 이번에는 입술 가장자리로 말을 내뱉던 W.C. 필즈(미국의 코미디언이자 배우—옮긴이)였다. 그 무렵 아빠가 하던 것처럼 괴상하고 엉뚱한 소리를 많이 한 옛날 배우 흉내였다.

"한 해의 세 번째 달의 경이로움에 대해 생각하는 동안 다른 풍경을 걸어보자꾸나, 얘야."

콧소리에다, 손가락으로 눈에 보이지 않는 시가를 터는 동작을 하면서 아빠는 애덤을 잡아당겼다.

애덤은 뒤를 돌아봤다. 뭔가로부터 도망치는 것 같았다. 하지만 누구에게서? 무엇 때문에?

"아, 숲이군."

아빠가 여전히 W.C. 필즈의 목소리로, 주(州) 고속도로가 있는 곳까지 1마일 남짓 이어지는 나무와 수풀 지대가 시작되는 곳을 가리키며 말했다.

그들이 수풀 지대로 들어가는 동안, 애덤은 아빠가 뒤쪽을 힐끔쳐다보는 걸 봤다. 애덤도 그 시선을 좇았다. 역시 아무도 없었다.

"아빠, 괜찮은 거죠?"

애덤이 입술을 떨면서 물었다.

"괜찮아, 애덤. 괜찮아."

자기 목소리로 돌아온 아빠가 말했다.

그렇게 해서 그들은 숲 속으로 들어갔다. 지난겨울 폭풍에 내려앉은 나뭇가지에 발이 걸려 넘어지기도 하고 아프리카에서 사파리를 하듯이 풀을 헤쳐 나가기도 했지만, 어느 순간부터 애덤은 그것을 즐기기 시작했다.

"아, 아빠. 재미있어요."

애덤이 말했다.

아빠는 숨을 몰아쉬면서 애덤의 머리를 한 번 헝클어뜨렸다.

"생각했던 것만큼 나쁘지는 않네."

아빠가 말했다.

애덤은 동지애를 느꼈다. 바로 그때 두 사람은 개를 만났다. 더러운 주둥이에 번들거리는 눈동자와 누런 이빨을 가진 정체불명의 못생긴, 이 세상 어디에도 있을 것 같지 않은 유령 같은 개.

"이거 좀 우습게 됐군."

아빠가 말했다.

우습게 됐다는 그 말이 무슨 뜻인지 애덤은 알 수 있었다. 그들을 꼼짝도 못하게 협박하고 겁주는 게 다른 그 무엇도 아닌 개라니. 무기를 든 강도도 아니고. 야생동물도 아니고. 개라니. 애덤은 사실 자신과 아빠가 뭔가 더 큰 위험을 피해서 도망친 게 틀림없다는 걸 알고 있었다. 그런데 그 위험마저도 개의 존재 앞에서 흔적도 없이 사라졌다. 공격적이고 포악해 보이던 그 개는 위협적으로 낮게 으르렁댔다, 몹시.

"조금 뒤로 움직이자."

아빠가 말했다.

하지만 움직였더니 그 짐승이 더 큰 소리로 으르렁댔다. 아이의 심장이 빠른 속도로 뛰기 시작했다.

"잘 들어, 애덤. 지금 우리가 뭔가 해야겠지?"

"그런데 뭘 하죠, 아빠?"

애덤이 턱을 덜덜 떨면서 물었다.

"일단, 네가 여기서 도망치면 좋겠다."

"같이 있을래요, 아빠."

"잘 들어. 저놈이 우리를 둘 다 붙잡아 둘 수는 없을 거야. 그게 우리가 할 일이야. 내가 앞으로 조금 나갈 테니까, 넌 뒤로 좀 멀리 물러서라. 그러면 저놈이 헷갈릴 거야. 그다음에는 또 내가 조금 움직이는 동안 넌 뒤로 물러서는 거지. 하지만 천천히 해야 돼. 저 괴물을 흥분시키지 말고. 그냥 뒤로 걷는다고 생각하렴. 계속 가는 거야……."

"그런데 어디로 가요?"

"조금 전에 차 다니는 소릴 들었어. 우리 왼쪽으로 고속도로가 있을 거야."

아빠는 입술을 거의 움직이지 않으면서 낮은 목소리로 말했다.

"고속도로로 달려가서 지나가는 차를 세워."

"아빠는 어떻게 할 건데요?"

"이놈 정도는 나 혼자서도 손볼 수 있어. 나도 천천히 뒤로 가마."

아빠가 말했다.

"같이 있을래요, 아빠."

애덤은 그 개가 무서워서 도망치고 싶었지만, 그러면 아빠를 배신하는 듯한 느낌이 들었다.

"일단 너부터 가는 게 도와주는 일이란다, 애덤. 자, 천천히 움직여……."

아빠가 딱 잘라 말했다.

애덤은 싫다는 듯이 천천히 뒤로 물러서기 시작했다. 그 개를 쳐다볼 엄두도 내지 못하고 그저 땅만 바라보면서 혹시 다리가 걸려 넘어지는 바람에 개가 자신에게 달려드는 일만은 없기를 간절히 바랐다. 아빠가 중얼거리는 소리가 들렸다.

"개야, 제발."

그 개는 움직이지 않았다. 애덤이 흘긋 훔쳐보니 그 개의 사나운 눈동자는 아빠를 향하고 있었다.

애덤이 한 걸음 더 뗐을 때, 으르렁대는 소리가 사이렌처럼 커지는가 싶더니 그 짐승이 아빠를 향해 껑충 뛰면서 공격을 시작했다. 아빠는 한 팔을 쭉 뻗으며 옆으로 한 발 물러섰고 개의 이빨은 아빠의 외투 소매를 물어 찢었다. 이빨이 외투를 문 건 순간이었지만, 아빠가 달려들던 그 짐승을 다른 쪽으로 던져버리기에는 충분한 시간이었다. 그 순간, 아빠는 애덤에게 도망치라고 소리쳤지만, 애덤은 무서워서 그 자리에 얼어버렸다. 아빠는 개와 시선이 마주치도록 땅바닥에 몸을 낮추어 수그렸다. 애덤은 아빠의 오른손이 돌이나 막대기처럼 무기가 될 만한 것을 찾아 땅바닥을 더듬는 걸 볼 수 있었다. 개 역시 턱이 땅바닥에 닿도록 앞쪽으로 몸을 기울였다. 애덤의 아빠는 천천히 수그린 자세에서 몸을 일으켰다. 아빠는 손에 나뭇가지를 들고 있었다. 두께가 1인치(1인치는 약 2.54cm에 해당한다—옮긴이)쯤 되는 나뭇가지였다. 아빠는 그 짐승에게 선물이라도 주려는 듯 개를 향해 나뭇가지를 내밀었다. 처음에 그 짐승은 혼란스러워 보였다. 맹렬하게 번들거리던 눈동자에도 주저하는 빛이 스쳤다. 그러다 경고의 동작도 없이 껑충 뛰었는데, 나뭇가지를 향해서였다. 개는 이빨로 나뭇가지를 물었다. 개가 턱으로 꽉 물고 있는 동안, 그의 아빠는 양손으로 나뭇가지를 잡고 흔들었다. 아빠는 무척 화가 난 사람처럼 나뭇가지를 흔들었고, 개는 미친 듯이 매달렸다. 그러다가 아빠는 갑자기 나뭇가지를 놓았고, 개는 그걸 문채 멀리 날아갔다. 무게중심을 잃고 허공에서 몇 바퀴 어지럽게 돈 뒤 그 개는 어색한 꼴로 땅바닥에 떨어져서는 악을 쓰면서 종종걸음을 쳤다. 애덤의 아빠는 다른 나뭇가지와 또 다른 나뭇가지를 잡았다. 이제 양손에 하나씩 나뭇가지를 잡고 있었다. 영화에 나오는 사자 조련사처럼 보였다.

"덤벼, 이 개새끼야."

아빠가 개를 향해서 소리쳤다.

이따금 "빌어먹을."이라거나 "젠장." 같은 말을 하는 걸 듣기는 했지만, 애덤은 아빠가 그렇게 욕을 하는 건 한 번도 들어본 일이 없었다. 개에게서 더 이상 으르렁대는 소리는 들려오지 않았고 다만 상처를 입은 것처럼 끙끙대는 소리만 들려왔다. 그러고는 처음 나타났을 때처럼 갑자기 앞발로 땅을 한 번 긁더니 다음 순간 몸을 돌려 수풀과 떨기나무를 헤치고 사라졌다.

애덤의 아빠는 돌아서서 입을 벌린 채 깊은숨을 들이마셨다. 뺨에는 흙과 땀이 줄무늬처럼 그어져 있었고, 외투는 찢어졌다. 애덤은 두 팔을 펼치며 아빠에게 달려갔다. 그 순간만큼 아빠를 사랑했던 적은 한 번도 없었다.

T: 그런데 그게 단서라고?
A: 그런 것 같아요. 가능하면 처음부터 얘기해달라고 하셨잖아요.
　 이게 시작이에요.
T: 무엇이 너에게 그 사건을 중요하다고 느끼게 한 걸까?

A: 무슨 뜻인가요?

T: 내 말은, 그러니까 숲에서 그 개를 만난 게 제일 중요한 것인지, 아니면 너와 아빠를 숲으로 들어가게 만든 뭔가가 더 중요한 것인지 하는 말이지.

(5초간 침묵)

A: 그때 아빠와 나는 우리가 왜 숲으로 들어갔는지에 대해서는 서로 얘기하지 않았어요. 우리는 엄마에게 아무것도 말하지 않았어요. 말하자면 둘 사이의 비밀이었다고나 할까. 그리고 그 개를 만난 게 하도 무서운 경험이라 다른 것들은 가려졌어요. 우리를 뒤쫓는 사람은 전혀 보지 못했어요. 아빠는 엄마한테 3월 들어 처음으로 화창한 날이었기 때문에 숲에서 산책을 한 것처럼 말했어요. 그렇게 모든 게 끝났어요. 아빠의 몸에 개한테 물린 자국이 남아서 아빠는 병원에서 주사를 맞았죠. 우리가 왜 그 숲으로 들어가게 됐는지 그 이유는 기억나지 않아요.

T: 아빠가 길에서 뭘 봤기에 그렇게 놀랐다고 생각하니?

A: 모르겠어요. 지금 생각해도 아빠가 깜짝 놀랐다는 건 확실해요. 기억하는 대로 말하긴 했지만, 그건 벌써 오래전의 일이에요. 그때 난 겨우 아홉 살이었어요.

T: 그런데 너는 아빠가 숲 속으로 도망치고 있었다고 느꼈단 말이지.

A: 맞아요.

T: 아빠가 뭘 본 것 같니?

A: 모르겠어요. 몰라요.

　(5초간 침묵)

A: 좀 쉬어도 될까요? 힘들어요. 진이 빠졌어요.

T: 물론이야. 잘했어. 이제 좀 쉬자.

A: 고맙습니다.

테이프 끝 OZK004

99번 도로와 119번 도로가 만나는 지점에 있던 하워드 존슨(호텔과 대중음식점 체인점 — 옮긴이) 바깥에 전화박스가 서 있다. 박스의 유리문과 유리창으로 햇살이 반사되고 있다. 나는 자전거에서 내려 박스까지 걸어간다. 오른쪽 발뒤꿈치에 난 물집 때문에 신발 바닥이 쏠린다. 나는 불어오는 바람에 고개를 숙이고 주머니에서 동전을 찾는다. 에이미 허즈와 얘기해야만 한다. 에이미의 목소리만이 나를 지탱할 수 있다. 오늘 아침, 마뉴먼트를 떠나기 전에 에이미에게 전화했어야 했다. 약도 가져왔어야 했다. 페어필드에서 잠깐 쉬면서 화장실에도 가고 허시 초콜릿 바라도 먹을 걸 좀 샀어야 했다. 지금 나는 페어필드와 카버 사이의 어딘가에 있고, 아직도 가야 할 길이 많이 남았는데 기운이 하나도 없다. 나는 엄청 빨리 기운을 잃는다. 그러므로 나는 에이미와 얘기해야만 한다. 에이미는 내 정신을 다시 맑게 해줄 것이고 나를 웃게 할 것이다. 나는 에이미를 사랑한다.

아무리 걸어가도 목적지에 다다를 수 없는 꿈처럼, 결코 끝나지 않을 것만 같은 길을 걸어서 전화박스까지 간다. 손목시계를 보고 지금 시각이 1시 15분이라는 걸 알아낸다. 학교는 2시 15분에나 끝날 테고 중간에 멈추지 않는다면 에이미가 집까지 가는 데는 최소한 십오 분이 걸릴 것이다. 나는 정이 떨어진다는 듯한 표정으로 박스 안에 든 전화기를 바라본다. 전화기가 정 떨어지는 게 아니라 나 자신이 정 떨어진다. 이제는 시간 계산도 소용없게 됐다. 이런 속도로 가다가는 어둠이 내릴 때까지도 벨튼 폴즈까지 못 갈 것 같은데, 또 화장실에도 가야만 한다. 나는 하워드 존슨을 힐끔 바라본다. 배가 고픈 건 아니지만, 내 몸이 루터버그까지 갈 연료, 에너지를 얻기 위해서는 음식을 먹어야만 한다는 걸 안다. 엄마는 늘 내가 많이 먹지 않아서 걱정이라며 밥을 먹이려고 하거나 사탕이나 껌 모양으로 만든 최신 비타민제를 집에 사 들고 왔다. 불쌍한 엄마. 나는 자전거를 끌고 하워드 존슨 앞까지 간다. 꼬마였을 때, 나는 그곳을 '오렌지 존슨'이라고 불렀다. 앞자리에서 엄마 아빠 사이에 앉아 차를 타고 가다가, 내가 처음으로 '오렌지 존슨'이라는 말을 했을 때, 엄마와 아빠는 웃고 또 웃었다. 그때 나는 부모님의 사랑에 둘러싸여 보호받고 있고 안전하다고 느꼈다. 요즘에도 나는 때때로 밤에 혼자 어둠 속에서 '오렌지 존슨'이라고 말해본다. 그러면 기분이 좋아지고, 보호받는 듯한 느낌이 든다.

이제는 정말이지 볼일을 봐야만 한다. 하워드 존슨에 가면 화장실이 있다는 걸 알지만 적어도 두 가지 문제가 남는다. 우선 이 자전거는 어떻게 한다? 자물쇠가 없기 때문에 위험을 감수하고 그냥 두고 갔다가 누군가 훔쳐 가기라도 하면 완전히 오도 가도 못하게 된다. 두 번째 문제는 이것이다. 하워드 존슨의 화장실에 창문이 없다면? 나는 창문이 없는 곳을 견딜 수 없기 때문에 만약 그렇다면 문제가 이만저만이 아니다. 그러다가 나는 자전거 문제에 대해 바로 해결책을 알아낸다. 자전거는, 전화박스들이 창가 근처에 있으니 문 가까이에 있는 박스에 들어가면 계속 지켜볼 수 있다. 두 번째 문제도 금세 해결된다. 나는 내 운이 다시 돌아왔다고 생각한다. 내 위치에서 길 건너편의 쑤노코(미국의 정유 회사—옮긴이) 주유소에 있는 화장실 표시가 보이는데, 그곳의 남자 화장실이라고 적어놓은 문에 창문이 달려 있다. 이제 갑작스러운 안도감이 찾아오면서 정말이지 화장실에 가야만 한다. 나는 허둥지둥 길을 건넌다.

시간이 흘러 나는 전화박스에 서 있고 벨은 울리고 또 울린다. 나는 아주 오랫동안 전화벨이 울린다는 것과 에이미 허츠가 아직도 학교에 있다는 걸 안다. 하지만 나는 에이미가 일찍 집으로 돌아왔을지도 모른다고 생각한다. 그러나 전화는 계속 울리기만 하고 나는 벨이 몇 번이나 울렸는지 놓친다.

내 위장은 딱딱하고 팽팽하다. 하워드 존슨에서 먹은 햄버거가 내 위장 속에서 돌덩어리로 바뀌고 있다. 수프나 차우더(미국의 대표적인 가정 요리. 생선 살과 조개 따위를 주로 하여 양파, 감자, 베이컨 등을 넣고 끓여 만든다—옮긴이)처럼 소화시키기 좋은 것을 주문했어야 했다. 그리고 약을 가져왔어야 했다. 수화기를 잡은 내 손은 땀으로 끈적거리고 손가락은 마치 내 손이 아닌 것처럼 느껴진다. 손가락은 이제 자전거의 손잡이에 익숙해져 있다. 두통이 시작된다. 이마의 살갗 바로 밑에 철근이 들어간 것처럼. 내 상태는 절망적이지만, 에이미 허츠, 에이미 허츠의 목소리만이 그 모든 것을 치료해줄 수 있다.

전화는 여전히, 끝이 없을 것처럼 울린다.

99번 주간(州間) 고속도로의 북쪽 방향으로 달려가는 트럭들의 윙윙거리며 울어대는 엔진 소리가 외롭기만 하다.

교환원이 끼어들어서 "죄송합니다만, 상대편이 전화를 받지 않네요."라고 말한다.

교환원은 남자다. 전화선에 갑자기 남자의 목소리가 들려서 깜짝 놀란다.

"조금만 더 걸어주시겠어요?"

나는 그래봐야 소용없다는 걸 알면서도 부탁한다. 그렇긴 해도 에이미의 집에 전화벨이 울린다는 생각만으로도 내 마음은 누그러진다. 에이미가 밥을 먹고 잠을 자고 책을 읽고 텔레비전을 보는 그 방에 말이다.

잠시 후에 교환원이 "죄송합니다만, 응답이 없습니다."라고 말한다.

"고맙습니다. 부탁을 들어주셔서 고맙습니다."

내가 말한다.

바로 동전이 전화기에서 튀어나오고 나는 반환 구멍에서 동전들을 끄집어낸다. 전화박스의 문을 여는데 잠시 열리지 않아서 혹시 안에 갇히는 건 아닌가 하는 생각에 심장이 마구 뛴다. 하지만 문은 다시 열리고 나는 바깥으로 걸어 나온다. 태양은 사라졌고 구름은 아래를 누르며 낮게 내려와 있어 폐쇄 공포를 일으킬 만한 분위기다. 루터버그는 가 닿을 수 없을 정도로 멀리 떨어진 느낌이다. 위장은 메스꺼움으로 요동치고 머리는 쿡쿡 쑤신다. 자전거를 끌고 걸어가는데 물집이 아프다. 에이미와 얘기할 수 있었다면……

다음에 멈출 곳은 카버다. 나는 지도를 들여다본다. 거리를 적어놓은 표를 보면 1인치가 10마일로 되어 있는데, 카버까지는 1인치 반 정도다. 카버에 도착할 즈음에는 에이미도 수업을 마치고 집에 돌아와 있을 것이다. 또 카버에 가면 잡화점이 있을 테고, 거기서 두통에 쓸 만한 아스피린을 살 수도 있을 것이다. 나는 자전거를 살펴보고는 아빠의 꾸러미를 바구니에 휙 던진다. 귀가 덮이도록 모자를 눌러쓴다. 이 모자는 추위를 막아줄 뿐만 아니라 99번 주간 고속도로 언덕 구간을 힘겹게 올라가는 트럭들의 외로운 소음을 가려줄 것이다. 나는 뒤를 돌아보면서 아무도 따라오지 않는다는 걸 확인한다. 카버에 가면 식당이 있을 테고, 거기서 수프나 차우더를 주문할 수 있을 것이다.

나는 자전거에 올라탄 뒤 두 다리에게 "밟아라, 밟아라."라고 말한다. 영원히 페달을 밟아야만 할 운명처럼 느껴진다. 나는 흥이 나도록 소리 높여 노래를 부른다.

골짜기에 그 농부,
골짜기에 그 농부……

하지만 힘들어서 조금 부르다 만다. 카버에 도착할 때까지만 버텨주면 좋겠다.

테이프 OZK005   1350   날짜 삭제 T-A

T: 에이미 허츠에 대해서 말해볼까?

A: 원하신다면요.

　(5초간 침묵)

T: 제일 친한 친구라고 말할 수 있을까? 아니면 그 이상?

　　그 이상이었다. 그는 차가운 겨울바람이 부는 아무도 없는 축구
장 관람석 아래서 에이미 허츠와 엉겨 붙어 있었던 그날 밤을 생각
했다. 두 사람의 입술이 닿으면서 벌어졌고, 에이미의 혓바닥이 미

끄러지듯 입 안으로 밀고 들어와 그의 혀에 닿았다. 그는 떨었다. 추워서가 아니라 너무 좋아서. 가슴에 에이미의 가슴이 닿는 게 느껴졌다. 그의 호흡이 가빠왔고, 위험할 정도로 심장이 뛰었다. 세상에, 에이미를 얼마나 사랑했는지.

A: 친구 이상이었어요.
T: 에이미에 대해서 얘기해줄래?

에이미. 에이미 허츠. 장난을 좋아해서 언제나 장난칠 거리만 찾아다니는 여자아이. 에이미는 사람들이 다들 인생을 너무 진지하게만 생각한다고 했다. 그와 처음 만났을 때, 에이미는 이렇게 말했다.

"너한테 가장 큰 문제가 뭔지 아니, 에이스(에이미가 애덤을 부르는 별명—옮긴이)? 충분히 웃지 않는다는 거야. 항상 이렇게 지루한 얼굴이지. 하지만 희망은 있어, 에이스. 희망은 있다고. 내 눈엔 네 파란 눈동자 속에 웃음의 가능성이 보여."

에이미는 그런 식으로 말했다. 젠체하는 말투, 그러나 에이미에게도 진지한 순간이 있었다. 에이미는 책을 읽기 시작하면 몇 시간이고 혼자서 책만 읽었다. 그래서 두 사람은 만날 수 있었다. 책 덕분에. 에이미는 마뉴먼트 공공도서관에 들어가던 중이었고 그는 나오던 참이었는데, 두 사람은 문에서 부딪쳤다. 손에 들고 있던 책들이 여기저기 떨어졌다.

서로 몸을 수그리고 책을 집는데, 에이미가 말했다.

"이러고 있으니 무슨 생각이 드는지 알아? TV 같은 데서 하는 오래된 할리우드 코미디의 남자 주인공과 여자 주인공이 우스꽝스럽게 마주치던 게 생각나. 그러니까, 작가들이 스튜디오에 앉아서 이런 말을 하고 있다고 상상해봐. '글쎄, 이번에는 어떻게 만나면 좋을까?' 그렇게 물으면 다른 사람이 이렇게 대답하겠지. '떠올랐어. 이번엔 여자 주인공은 책을 잔뜩 들고 도서관을 들어가게 하고, 남자 주인공은 책을 잔뜩 들고 도서관에서 나오게 하는 거지…….'"

사람들이 도서관 출입구에 무릎을 꿇고 앉은 두 사람을 피하면서 드나드는데도 에이미는 끝도 없는 이야기를 줄줄 늘어놓기 시작했다. 그는 이 이상한 여자애는 뭐냐고 생각했다. 책을 다 집었을 때쯤, 에이미는 "네 책하고 내 책이 섞이면 안 돼. 네가 손해 볼 테니까. 왜냐면 내 책들은 적어도 한 달은 연체했거든."이라고 말했다. 어쨌든 책을 다 집어서 일어나 서로 얼굴을 마주했을 때, 그는 숨이 딱 멎으면서 에이미와 사랑에 빠졌다. 그녀는 자기 이름이 에이미 허츠("렌터카 농담은 삼가줘.")라고 말했다. 에이미는 자그맣고 튼튼하고 주근깨투성이에 앞니 하나는 비뚤어졌지만, 눈동자만은 푸르고 아름다웠다. 엄마가 가장 좋아하던 도자기의 푸른색이었다. 그리고 가슴은 정말 멋졌다. 나중에 에이미는 그에게 가슴이 너무 커서 창피하다고 말하기도 했지만("이런 걸 매달고 매일 시내를 돌아다닌다고 생각해봐.") 그는 가슴을 눈여겨보기 전부터 에이미를 사랑했다. 또 그가 에이미를 사랑한 건 나중에 커서 토머스 울프처럼 유명한 작가가 되겠다고 했을 때 에이미가 전혀 웃지 않았기 때문이기도 했다. 혹은 대중작가인 톰 울프와 혼동하지 않아서이기도 했고. 나중에 에이미는 물론 토머스 울프가 누군지 전혀 몰랐다고 털어놓았다.

"너는 숫자놀이에 잘 어울릴 사람 같아."

처음 만난 날, 눈을 찡그리며 그를 평가하면서 에이미가 말했다. 에이미는 원시가 있었지만 안경 쓰는 걸 싫어했다.

"아마 수줍어하겠지만 절대로 냉정함을 잃지 않는 타입인 것 같아. 냉정함은 숫자놀이에 반드시 필요하지."

"숫자놀이가 뭐야?"

영문을 모르면서도 좋아서 그가 물었다. 에이미 허츠 같은 애는 한 번도 만나본 일이 없었다.

"알게 될 거야, 에이스. 내일, 학교 끝나고 나서. 여기 출입문에서 만나자. 시간이 된다면 말이야."

그는 책을 가슴에 품은 채 유리창 너머로 에이미 허츠가 책을 반납하러 대출대로 가는 걸 보면서 말 그대로 질질 끌며 도서관을 빠져나왔다. 그는 뛸 듯이 기뻐서 평소의 소심함은 온데간데없이 소리 높여 노래를 부르고 싶었다. 전혀 모르는 사람들에게 말을 걸면서 오늘이 얼마나 멋진 날인지, 또 메인 스트리트로 떨어지는 햇살은 얼마나 아름다운지, 그 밝은 햇살이 얼마나 사람을 눈부시게 하고 온 세상을 황금빛으로 물들이는지 이야기하고 싶었다.

다음 날 그는 학교에서 나오는 에이미를 기다렸다.

"만나서 반가워, 에이스."

에이미는 말했고 그는 에이미의 그림자를 쫓아가면서 학교와 수업은 어땠는지, 낙제한 게 틀림없는 그 끔찍한 수학 시험은 또 어땠는지 재잘재잘 떠들어대는 소리를 들었다.

에이미는 갑자기 걸음을 멈추더니 그에게 돌아섰다.

"너, 부끄럼 많지, 그렇지? 그리고 말수도 적지? 그게 아니면 내가 말할 틈을 주지 않았나?"

에이미의 눈동자는 푸른 꽃잎 같았다.

"난 소심해."

그런데 왜 에이미 앞에서는 하나도 소심하지 않은지 좀 놀라면서 그가 말했다. 평소대로라면 피해 다닐 게 분명했으니까. 그의 성적표는 때로 괴로울 정도였는데, 왜냐하면 필기시험과 작문을 잘 치른다고 해도 암송이나 웅변처럼 사람들의 이목이 집중되는 분야에는 형편없었기 때문이었다.

"주위에 있었을 텐데, 어떻게 너를 한 번도 보지 못했을까?"

함께 걸어가는 동안 에이미가 말했다.

그는 어깨를 으쓱 들어 보였다.

"나도 모르지."

하지만 물론 그는 알고 있었다. '주위에' 있었던 적이 한 번도 없었으니까. 그는 학교가 끝나면 곧장 집으로 갔다. 엄마가 집에서, 자기 방에서 나오지도 않은 채, 그가 몇 분이라도 늦거나 어디 있는지 모르면 긴장하고 걱정하면서 기다리고 있었다. 그는 때로 도대체 무슨 일이 벌어졌기에 웃음도 많고 상냥했던, 라일락 향내가 늘 떠나지 않았던 엄마가 집 밖으로는 조금도 나가려 들지 않고 그저 창문 커튼 뒤쪽에서 서성거리는 창백하고 짓눌린 결벽증을 지닌 여자가 됐는지 궁금했다. 애덤은 집을 나설 때면 엄마의 시선이 자신을 뒤쫓는다는 걸 느낄 수 있었다. 하지만 에이미 허츠에게 엄마에 대해서 말하고 싶지는 않았다. 그건 엄마를 배신하는 일 같았다. 어쨌든 그의 엄청난 소심함과 다른 사람들 사이에 있으면 느껴지는 불편함은 엄마와는 아무런 관계가 없었다. 원래 성격이 그렇다고 생각했다. 춤을 추러 가거나 다른 애들이랑 시내를 어슬렁거리는 일보다는 혼자서 책을 읽거나 오래된 재즈 음반을 듣는 게 더 좋았으므로. 4학년이나 5학년이 되어서도 그는 운동장 한쪽에 혼자 있으면서 다른 애들이 노는 걸 지켜보기만 했지만—4학년 때는 깡통 차기가 대유행이었다—그럼에도 한 번도 따돌림을 당한다고 생각하지는 않았다. 자신의 선택이었다. 자기 말고는 아무도 모르는, 마음속 비밀 구역의 개인적인 필름에 본 것들, 관찰한 것들을 기록하는 일. 자신이 되고 싶은 게 작가라는 걸 결정적으로 알게 된 것은 8학년이 되어서였다. 그래서 그렇게 오래전부터 관찰한 것들, 느낀 감정들을 저장한 것이라는 걸. 이런 이야기를 에이미 허츠에게 한다면 틀림없이 이상한 애라는 소리를 들을 게 분명했다. 하지만 그런 이상한 일, 비밀스러운 일들을 에이미에게 말해주고 싶었다.

두 사람은 에이미의 집에 도착했고, 그는 에이미가 청바지로 갈아입고 나올 때까지 기다렸다. 키가 크고 마른 에이미의 엄마는 에이미가 애덤을 소개하자 얼굴도 보지 않은 채 고개를 끄덕였다. 그때, 에이미의 엄마는 전화로 어떤 위원회의 회의 날짜를 조정하고 있었다. 그러더니 그녀는 또 다른 위원회 회의가 있다면서 쏜살같이 집 밖으로 뛰어나갔다. 애덤은 엄마에게 전화를 해야 할지 말아야 할지 궁금했다. 그는 거짓말을 그다지 잘하는 사람이 아니어서, 오늘은 문예부 모임 때문에 집에 늦는다고 미리 말했음에도 죄책감이 밀려들었다. 이렇게 학교가 끝난 뒤에 에이미 허츠를 만나는 것도 실수가 아닌지 궁금했다. 에이미 같은 여자애가 무엇 때문에 자기 같은 애를 만난단 말인가? 그녀가 햇살이라면 그는 구름이었다. 그것도 먹구름. 그런 말 속에 시가 숨어 있는 것 같아서 당장이라도 글을 쓰고 싶었다.

"곧 나갈게."

에이미가 외치는 소리에 그의 정신이 돌아왔다. 그는 엄마에게 전화하지 않기로 마음먹었다. 에이미는 욕실에 있었고, 애덤은 그 목소리가 들리는 방향으로 자기도 모르게 걸음을 옮겼다. 그 안에서 에이미가 내는 소리를 들을 수 있었으나, 그는 듣지 않으려고 했고, 그러면서 두 뺨이 화끈거렸다. 그는 변기에서 물이 내려가는 소리와 수도꼭지에서 물이 흐르는 소리를 들었다. 바깥으로 나온 에이미는 붉어진 그의 뺨을 봤다. 에이미는 재미있다는 듯이 이렇게 말했다.

"이봐, 에이스. 방귀 소리 좀 났다고 뭘 그래? 자연스러운 거지. 그게 다 살아 있다는 증거잖아."

나중에 에이미는 그때 말을 고르고 또 골랐다고 얘기했다.

"일종의 충격요법이랄까."

에이미가 설명했다.

그들은 A&P(미국의 슈퍼마켓 체인 —옮긴이)로 숫자놀이를 하러 갔다. 숫자놀이의 기본 개념은 다음과 같았다. 쇼핑카트에 가능한 한 많은 품목을 넣은 뒤 가게 어딘가에 쇼핑카트를 버린다. 그리고 들키지 않고 가게에서 나온다. 이게 기본이지만, 에이미는 여기에 그치지 않고 다양한 응용 방법을 만들어냈다. 우선 매주 다른 시간에 다른 조건들을 생각해냈다. 예를 들어서 화요일 오후에는 매장에 손님이 많지 않아 의심스러운 행동을 하면 직원들이 금방 알아차리므로 위험 부담이 컸다. 목요일 밤과 토요일은 손님들로 북적대는 시간이라 좀 더 쉬웠지만, 이때는 다른 식으로 위험 부담을 키웠다. 에이미는 캔만 카트에 가득 채워야 한다거나 어떨 때는 유리병만 채우되 1갤런짜리 큰 병은 빼야만 한다고 우겼다. 한번은 에이미가 유아용 식품만으로 카트를 채운 적도 있었다. 모르긴 해도 유리병이 오백 개도 넘었던 것 같다. 에이미는 그 카트를 코텍스 사(여성용품을 만드는 회사—옮긴이)의 상품이 있는 곳 앞에 버려두었다.

세상에나, 하지만 숫자놀이를 하고 있는 에이미의 모습은 정말 멋있었다. 처음부터 끝까지 어찌나 신중하던지 뭔가를 훔친다는 인상은 조금도 받을 수 없었다. 때로는 쇼핑 목록을 적은 쪽지를 들고 다니기도 했다. 그건 방과 후, 둘이 에이미의 집에서 긁적여서 만든 진짜 목록이었다. 눈을 가늘게 뜬 채 상표를 일일이 확인하고 가격을 흥얼거리면서 쇼핑하는 동안, 에이미는 자주 쪽지를 들여다봤다. 한번은 가족처럼 보이게 하려고 에이미의 이웃에 살던 꼬마 하나를 데려간 일도 있었다. 에이미는 자연스럽게, 거기에 있는 게 너무나 당연하다는 듯이 행동하는 게 가장 중요하다고 했다. 또 약간 화가 난 듯이, 조바심을 내는 듯이 굴면 사람들을 압도할 수 있다고도 했다. 그래서 에이미는 때로 안내 직원에게 "이봐요, 정어리는 도대체 어디 있는 거예요?"라고, 왜 정어리 따위를 꼭꼭 숨겨놓는지 모르겠다는 듯이 가게에다 불평을 늘어놓았다. 에이미는 그런 애였다.

사람들로 북적이는 목요일 저녁에 에이미는 최고의 능력을 발휘했다. 에이미는 가능한 한 많은 숫자의 쇼핑카트를 채워보려고 노력했다.

"잘 들어, 네가 도와주기만 하면 우리는 지금까지의 기록을 깰 수 있어."

에이미가 애덤에게 말했다. 둘은 그런 식으로 계속했다. 두 사람은 무슨 기념일을 맞아 큰 세일 행사를 펼쳤던 어느 목요일 저녁에 새로운 기록을 세웠다. 둘은 각자 움직여 모두 열두 개의 카트를 채웠다. 에이미가 여덟 개, 애덤이 네 개. 카트에는 물건이 위험할 정도로 높게 쌓여 있었는데 카트의 맨 위에는 에이미가 셀러리를 장식물처럼 올려놓았다. 둘은 매장 곳곳에 카트를 버려놓은 뒤, 그 카트들을 보며 어리둥절한 표정을 짓는 직원 옆을 지나가면서 즐거워했다. 그 직원은 이내 하던 일을 계속했다. 하지만 에이미는 그렇게 대충 일을 끝내는 걸 좋아하지 않았다. 에이미는 과일과 야채를 진열해놓은 제일 끝 선반이 있는 곳에다 카트를 다 모아야 한다고 주장했다. 둘은 차렷 자세의 병사들처럼 카트를 줄 맞춰 세워놓았다.

"서둘러 밀면 안 돼. 별일 아닌 것처럼."

에이미가 주의를 줬다. '별일 아닌 것처럼'이라고 할 때는 프랑스어를 하듯 마지막 받침을 빼고 발음했다.

얼마 뒤, 둘은 가게 앞에 세워둔 차의 범퍼 위에 앉았다. 거기 앉아 있으면 자기들이 줄 맞춰 세워놓은 카트들이 보였다. 이따금 쇼핑을 하러 온 사람들이 그 카트들을 이상하다는 듯이, 마치 왜 이렇게 서 있는지 설명을 들어야만 한다는 듯이 바라보곤 했다. 어떤 아주머니는 카트 위에 놓여 있던 셀러리를 집어 자기 카트에 넣기도 했다. 잠시 뒤, 직원들이 소란스럽게 움직이기 시작했다. 직원 두 사람이 카트를 발견하고는 이게 무슨 일이냐며 엉덩이에 두 손을 올려놓고 서 있었다. 몇 분 지나지 않아 대여섯 명의 직원들이 카트를 바라보며 영문을 모르겠다는 듯이, 혼란스럽다는 듯이, 머리를 긁적이며, 주위를 둘러봤다. 그러다가 키가 작고 머리는 벗어졌으며, 걱정이 많아 보이는 얼굴의 관리자가 모습을 드러냈다. 그는 분통을 터뜨렸다. 그는 두 팔을 마구 흔들었다. 만화영화 속에 나오는 사람처럼 아래위로 펄쩍펄쩍 뛰었다. 주눅이 든 직원들은 카트를 옮기기 시작했다. 그 모든 장면들이 에이미를 즐겁게 했다. 에이미의 웃음소리는 정말 대단했다.

"해냈어, 에이스. 우리가 해낸 거야."

에이미가 말했다.

그날 밤, 에이미를 집으로 바래다줄 때, 그는 처음으로 에이미와 입을 맞췄다. 에이미는 그가 처음 키스한 여자애였다. 온몸을 떨게 만드는 사랑과 욕망으로 그는 가슴이 터질 것 같았다.

T: 에이미 허츠가 단서 중 하나니?

A: 그런 것 같아요. 그런데 저는 그 애를 떼어놓고 싶었어요. 세상 모든 것에서 떼어놓고 싶었어요. 특히 그 애가 나한테 전화를 걸었던 그날 오후 이후로는…….

T: 너한테 전화를 걸었어?

A: 예. 우리가 처음 만났을 때, 나는 에이미에게 마뉴먼트에 살기 시작한 건 네 살 때부터라고 말했어요. 그때 펜씰베이니아 주의 작은 마을에서 뉴잉글랜드로 이사 온 거죠. 펜씰베이니아 주 롤링즈에서. 그런데 어느 날…….

수화기로 전해 오는 에이미의 목소리는 떨리고 있었다.

"전화해도 괜찮아, 에이스?"

"응, 무슨 일이야?"

에이미가 걸어오는 전화는 늘 재미있었다. 어떨 때는 새로운 숫자놀이를 제안하기도 했다. 예를 들면 아침 일찍 홀리데이인 호텔을 찾아가 소리 소문 없이 복도를 돌아다니며 '방해하지 마시오.'라고 문고리에 매달아 둔 걸 다 치우거나 세 가지 나라말로 '이 방을 일찍 정리해주세요.'라고 적어놓은 걸 뒷면으로 돌려놓는 일 같은. 어떨 때는 그냥 얘기만 하기도 했다. 막 텔레비전에서 본 영화의 줄거리 전체를 그에게 들려주기도 했다. 때로는 "네가 말해봐. 시를 읽어줘."라고도 했다. 그는 떨리는 목소리로 마치 무명 시인의 시인 양 둘러대며 자기가 쓴 시를 에이미에게 읽어줬다. "뼛속까지 스미는 바람처럼, 너를 향한 나의 사랑은……."

하지만 그 전화는 달랐다.

"그러니까, 에이스. 나 지금 신문사야. 아빠를 만나려고 잠깐 들렀는데, 손님이 계시네. 펜씰베이니아 주 롤링즈에서 온 기자인데,

지나가는 길에 잠깐 들렀대. 롤링즈라면 네가 살던 곳 아니니?"

밤의 버스 여행, 서두르는 듯한 느낌, 생생한 일련의 장면들이 다시 한 번 애덤을 스쳐 갔다.

에이미는 계속 말했다.

"들어봐, 그 사람은 롤링즈에서 평생 살았는데, 거기에 파머 가족이 살았는지는 전혀 모르겠다는 거야. 농부 할 때 그 파머 말고, 네 성과 같은 파머 말이야. 어디에 누가 사는지 다 안다고 하던데. 롤링즈에서 너희 아빠가 보험대리점을 했다고 하지 않았니?"

"몰라. 그게 뭐가 중요해?"

애덤이 말했다.

"그래, 뭐 별로 중요한 얘기는 아니야. 그냥 좀 전에 이 사람이 왔는데, 우리 아빠가 너희 가족도 롤링즈에서 왔다고 하니까 기왕 여기까지 온 김에 한번 찾아가면 어떨까 하고 생각하게 된 거야. 동향인 재회인 셈이지. 그런데 롤링즈에, 또 보험 일을 하던 사람 중에 파머라는 성을 가진 사람이 있었는지 기억나지 않는다는 거야. 그래서 내가 알아보려고 전화한 거지. 네가 고향 마을에 관심이 있을 것 같기도 했고."

"궁금하긴 해."

애덤이 말했다. 하지만 그건 궁금하다기보다는 당황스럽다는 표현이 더 맞을 것 같았다. 그는 에이미가 목소리를 듣고 자기가 당황했다는 사실을 눈치 채지 못하도록 아무렇지도 않은 척 말하려 애썼다.

"그래, 그럼 너희 엄마는 어떨까? 처녀 때 성이 뭐였는지 알아?
어쩌면 너희 엄마는 기억할지도 몰라."

에이미는 킥킥댔다.

"남자들이란 다 그렇잖아."

"엄마 성은 홀든이야. 루이즈 홀든."

"끊지 마. 불꽃이 튀나 한번 확인해볼 테니까."

그는 손으로 막은 수화기를 통해서 에이미가 찾아온 기자에게
자기가 알아낸 것을 말하는 게 분명한 대화를 들었다.

"아니야. 그것도 땡이야. 얘, 도대체 거기서 얼마나 산 거니? 거
기서 태어났다고 했잖아."

에이미가 다시 수화기로 말했다.

애덤은 이렇게 말하려고 했다. "거기에서 태어났어. 부모님도 마
찬가지야." 하지만 그런 말을 하지 못하게 만드는 뭔가가 있었다.
달아나던 기억……

"듣고 있니, 에이스?"

"그러니까, 에이미. 내 말은 롤링즈에 있다가 마뉴먼트로 왔다는
거였어. 거기서 태어났다고 말하지는 않았어. 네가 잘못 들은 거
야. 아마도 거기서는 몇 달밖에 살지 않았던 것 같아. 그리고 아빠
도 그때는 일을 하지 않았어. 사고를 당해서 다리를 다쳤거든. 누
가 보험대리점을 내놓았다는 소식을 듣고 마뉴먼트로 온 거야."

애덤은 거짓말이 술술 나온다는 사실에 스스로 놀랐다. 그렇게 짧은 순간에 자신과 부모에 대한 새로운 이야기를 만들어내다니. 하지만 그는 궁금했다. 과연 왜? 왜 거짓말을 해야만 한단 말인가?

"그래, 뭐 그런 일이 있을 줄 알았어, 에이스. 어쨌든 안됐다. 롤링즈가 네 고향이었다면, 어쩌면 너희 아빠나 엄마도 이분을 뵐 수 있었을 텐데. 향우회라도 열게 말이야."

"그랬겠지, 어쨌든 고마워, 에이미. 고맙게 생각할게."

T: 그게 다니?

A: 예.

T: 에이미가 그 얘기를 다시 꺼낸 적은 없니?

A: 아니요. 없어요.

T: 그렇게 얘기하는 동안 무슨 생각이 들었니?

A: 우스운 일이다, 이상하다.

  (5초간 침묵)

A: 그러다가 납득했어요. 롤링즈에서 온 그 기자가 착각한 것이라 고 혼자 생각했죠. 기억력이 좋지 않은 것이라고. 그다음에는 그 생각을 안 하려고 했어요.

  (10초간 침묵)

T: 그렇다면 우리는 두 번째 중요한 지점에 도착한 거야. 그렇지?

A: 뭐가요?

T: 요약하자면 이렇지. 첫 번째 중요한 지점은 숲에서 개를 만난 날이었어. 뭔가 중요한 일이 있어서 너와 네 아빠는 숲으로 들어간 거야. 두 번째 중요한 지점은 에이미의 전화지. 첫 지점은 네가 아홉 살 때, 두 번째 지점은 네가 열네 살 때.

A: 힘들어요.

T: 이제 시작이야. 천천히 하렴. 우린 잘하고 있어.

A: 더 이상 말하기 싫어요.

T: 에이미 생각이 나는구나.

A: 맞아요.

T: 이건 에이미뿐만 아니라, 무엇보다도 너 자신에게로 돌아가는 일의 시작이겠지?

A: 모르겠어요.

T: 그냥 자연스럽게 나오도록 해라. 기억해. 나는 너를 도와주려고 여기 있는 거야. 하지만 나올 때까지 자연스럽게. 약도 도움이 되고 나도 도울 거다. 그렇지만 —

A: 그렇지만 나한테 달린 문제라고요? 내가 이기느냐, 지느냐?

T: 이긴다고만 생각해라.

A: 그렇지만 진다면요?

T: 그건 생각하지 마라. 그건 생각하지 마.

A: 진다는 게 그렇게 끔찍한 건가요?

(5초간 침묵)

T: 일단 여기까지 하자.

A: 고맙습니다.

테이프 끝 OZK005

예고도 없이 비가 내리기 시작한다. 빗방울이 내 얼굴을 때리고 몸으로 쏟아진다. 내가 카버를 향해 페달을 굴릴 때부터 구름은 모여들었지만, 아침에 떠날 때는 해와 구름이 서로 엎치락뒤치락하고 있었기 때문에 구름을 걱정하지 않았다. 그러다 119번 도로의 좁은 구역을 따라 다리를 아래위로 움직이고 있는데 갑자기 억수같은 비가 나를 반긴다. 앞바퀴에는 흙받기가 없기 때문에 튀는 흙물을 피하지 못해 다리가 더러워진다. 비는 나와 자전거를 향해 빗금으로 떨어진다. 나는 세찬 빗줄기 속으로 달려간다.

고속도로의 가장자리에 자전거를 세우고 이 상황에 대해 생각한다. 눈을 가늘게 뜨고 바라보니 400미터 앞쪽에 집이 한 채 보이지만, 사람들 틈에 휩쓸리긴 싫다. 피할 곳이라고는 나무 아래밖에 없어서 가지가 많은 큰 단풍나무를 향해 자전거를 밀고 간다. 다가가는데 빗줄기 때문에 나뭇잎이 떨어지는 모습이 보인다. 나는 나뭇잎 대부분이 이미 떨어져 내려 그 나무 아래라고 해서 비를 피할 수는 없다는 사실을 깨닫는다. 나는 정나미가 떨어진다는 듯이 나무 줄기에 기댄다. 비는 이제 온통 펄럭이는 가운데 바람에 흔들리며 엄청나게 쏟아진다. 내 옷 속으로는 한기가 들어와 살갗과 뼈로 스민다. 아빠에게 줄 꾸러미는 물에 젖었고 지도는 엉망이 됐다. 나는 아빠의 꾸러미를 자전거 바구니에서 꺼내 품에 안았다가 외투 안으로 넣는다. 이미 다 젖었지만 개의치 않는다. 비는 계속 내린다. 나는 지도가 비에 젖어 찢어지는 걸 본다. 갑자기 걸신들린 듯 허기가 진다. 굶어 죽을 것 같다. 이렇게 배가 고팠던 적은 한 번도 없었다.

널빤지를 댄 스테이션왜건(접의자 방식의 좌석이 붙어 있고 좌석을 젖혀 뒤쪽에 짐을 실을 수 있도록 뒷면에도 문이 달려 있는 승용차 — 옮긴이)이 한 대 지나가고 운전자는 멈췄어야 했나 하고 생각하듯이 뒤를 돌아본다. 하지만 멈추지 않는다. 나는 그가 멈췄더라면 좋았을 것이라고 생각한다. 차 뒤에다가 자전거를 싣고 따뜻한 곳에서 몸이 마를 때까지 그 차를 타고 갔더라면. 하지만 동시에 그가 차를 세우지 않아서 다행이라고도 생각한다.

"넌 미쳤어."

혼자 중얼거리는데, 내 목소리가 낯설게 들린다. 길바닥에서는 빗줄기가 춤을 춘다. 뜨거운 난로 위에 물방울을 떨어뜨렸을 때처럼 빗물이 여기저기로 튀어 오른다. 홀딱 젖어 춥고 비참한 상태에서 나는 두 손으로 몸을 감싸고 오들오들 떤다. 이건 젖은 정도가 아니라 물에 빠진 꼴이다.

"돌아갈래."

나는 고함친다.

"아냐. 그래선 안 돼."

내가 대답한다.

목소리는 바람과 비 사이로 사라진다.

"좋아, 좋다고. 버몬트 주 루터버그로 가는 거야."

나는 빗소리보다 더 높게 노래 부르듯 말한다. 천둥 구르는 소리가 내게 대답한다. 신들이 듣고 있는 것이다. 나무에 등을 기댄다. 갑자기 힘이 생긴다. 그 모든 것들의 일부인 것처럼, 나무의 일부, 폭풍의 일부, 천둥의 일부, 비의 일부인 것처럼. 나는 쏟아져 내리는 비를 향해 고개를 든다. 그리고 노래를 부른다.

골짜기에 그 농부,
골짜기에 그 농부……

T: 자. 이제 우리는 네가 의심하는 지점에 이르렀다.

A: 어떤 지점에 이르렀다는 것인지 기억나지 않아요.

T: 지금 게임을 하고 있는 거니?

A: 아니요. 왜 내가 게임을 한다는 거예요? 나는 지금 반쯤 미쳐가
   고 있어요. 왜 내가 게임을 한다는 거죠?

   (5초간 침묵)

T: 미안하다. 내가 느닷없이, 따져 묻는 것처럼 보였다면. 그건 다
   너를 위한 거야.

A: 알아요.

(7초간 침묵)

T: 기억을 떠올릴 수 있도록 내가 도와줄게. 지난번에 만났을 때, 너는 에이미가 자기 아빠 사무실에서 너한테 전화를 걸어온 적이 있었다고 했지. 롤링즈에서 손님이 왔다며. 그 부분에서 어딘지 좀 석연치 않은 느낌을 받지 않았니?

A: 이상했어요.

T: "이상했어요."라, 그게 무슨 뜻이지?

A: 글쎄요, 에이미는 그곳에 파머라는 이름의 사람들이, 파머 집안이 없었다고 말했어요. 그리고 나는 뭔가를 덮으려 노력하기까지 했어요. 본능적으로 감춰야만 한다는 듯이. 잘못된 게 뭔지 알고 있던 것처럼요.

T: 잘못된 게 무엇인 것 같니?

A: 모르겠어요.

T: 네 아빠가 너한테 줄곧 거짓말한 것이라고 생각하니? 네 가족이 롤링즈에서 이사 온 게 아니라고?

A: 아니에요. 그렇게까지 생각할 수는 없었지만 그래도 우리가 도망가던 그 밤을 기억하면 이상하다는 생각만은 멈출 수 없었어요. 모든 게 온통 뒤죽박죽인 것 같아요.

T: 네 아빠에게 직접 물어봤니?

A: 아니요. 그럴 수 없었어요. 하지만 다른 방법으로 그 답을 알아

낼 수 있을 것 같았어요.

T: 다른 어떤 방법으로?

A: 아, 막연해요. 옛날 사진첩을 찾아본다거나, 공책이나 편지 같
은 것들을 뒤지면 우리가 실제로 롤링즈에 살았고 내가 거기서
태어났다는 증거를 찾을 수 있지 않을까. 하지만 그렇게까지 할
필요는 없었어요. 내 말은, 내가 정말로 놀란 건 아니었단 뜻이
에요.

T: 그럼 그렇게 마음이 쓰였던 건 아니었구나?

A: 예, 그랬어요. 신경이 쓰인 건 그 일에 대해서 찬찬히 생각할 때
정도. 평소에는 학교 일로 바빴어요. 에이미도 있고, 숫자놀이
도 해야 하고.

T: 롤링즈에서 사람이 찾아온 일과 그래서 좀 의심이 들었다는 사
실을 엄마나 아빠에게는 말하지 않았던 거지?

A: 안 했어요.

T: 너로서는 이야기를 하는 게 당연한 것 같은데.

A: 그렇겠죠. 하지만 그렇게 하고 싶지 않았어요.

(8초간 침묵)

T: 하지만 나중에는 결국 무슨 일을 하게 됐던 거지?

A: 제가요?

(5초간 침묵)

T: 그래, 그렇지 않았다면 우리가 여기 이렇게 앉아서 그 일에 대해

서 말하고 있을 리 없지 않겠니? 넌 에이미에게서 걸려 온 전화 얘기도 꺼내지 않았을 거야, 그렇지 않니?

A: 그랬겠죠.

T: 그러니 내게 말해보렴. 그 일 이후에 네가 한 일에 대해서.

　　(5초간 침묵)

T: 말해봐.

A: 정확하게 기억나지 않아요.

　　(15초간 침묵)

　하지만, 물론, 그는 기억했다, 결국. 이제는 잊히지 않을 정도로 모든 게 분명하고 또렷했다. 그는 아빠가 사적인 문서와 공적인 문서를 서재에 있는 책상 서랍 맨 아래 칸에 보관한다는 사실을 알고 있었다. 보험 대리인은 집에도 일할 책상이 필요했다. 거기서 끝없이 이어지는 보고서를 채우고 업무와 관련한 각종 서류와 문서를 보관해야만 했으니까. 애덤은 맨 아래쪽 서랍에는 특별한 경우에만 꺼내는 증명서들이 들어 있다는 것을 알고 있었다. 보이스카우트에 가입해도 좋을 만큼 나이가 먹었다는 걸 보여주기 위한 출생 증명서 같은 것들 말이다.(몇 번 모임에 나간 뒤, 애덤은 보이스카우트에서 나왔다. 차렷 자세로 서 있고, 매듭을 묶고, 하이킹을 가는 일 등에는 도무지 관심이 없었다.) 평상시에, 아빠는 그 서랍을 잠가뒀다. 그 서랍 열쇠는 집 열쇠와 자동차 열쇠 같은 열쇠들과 함께 열쇠고리에 매달려 있었다. 집에 돌아오면 아빠는 현관 근처의 작은 탁자 위에다가 그 열쇠 꾸러미를 아무렇게나 던져뒀다. 애덤은 기회를 엿봤다.

사실 그는 자신에게 그 아래쪽 서랍을 뒤져보려는 욕망이 있다는 걸 거의 느끼지 못했다. 그는 그때 찾아왔다는 그 기자가 실수한 것이라고 믿어 의심치 않았다. 에이미는 두 번 다시 그 사람 얘기를 꺼내지 않았다. 양복과 넥타이를 잘 갖춰 입은 아빠를 보고 애덤은 의심했다는 사실을 부끄럽게 여겼다. 솔직히 무슨 의심이라도 하긴 했단 말인가? 하지만 그러면서도 아빠가 그 탁자 위에 열쇠 꾸러미를 두고 잔디를 깎으러 나갔을 때, 자신이 아래쪽 서랍을 뒤져보리라는 걸 알 수 있었다. 그는 열쇠 꾸러미를 집었다. 손에 닿는 느낌이 차가웠다. 앞뜰 멀리서 잔디 깎는 기계가 움직이는 소리가 들렸다. 완벽했다. 엄마는 위층에 있었다. 그즈음, 엄마는 늘 위층에 있었다. 엄마는 식사를 준비하고 집안일을 할 때만 아래층으로 내려왔는데, 위층에서 보내는 시간이 점점 더 많아졌다. 어쨌든 아빠의 책상은 위층으로 올라가는 계단이 보이는 곳에 있었다.

마음을 비우고 의도를 감춘 채, 애덤은 책상으로 걸어가 서랍 열쇠 구멍에 작은 열쇠를 밀어 넣고 돌렸고, 서랍은 열렸다. 서랍 속에는 열두어 개 남짓한 노란색 봉투가 들어 있었다. 애덤은 봉투를 몇 개 꺼냈다. 아빠는 겉봉에 낯익은 글씨체로 안에 든 서류가 뭔지 적어놓았다. '저당권 증서. 미국 재무부 공채. 뉴잉글랜드전신전화

증권. 출생증명서.'

그는 마지막 봉투를 열고 그 안에 든 얇은 종이 석 장을 꺼냈다. 아래쪽에 푸른색 인장이 찍힌 것으로 봐서 공식적인 서류였다. 펜 실베이니아 주 롤링즈, 지방 서기 터바이어스 썸슨 서명. 애덤은 자 신의 이름이 담긴 그 서류를 살펴봤다. 애덤 데이비드 파머. 오래 전에 아빠는 이름에 대해 이렇게 설명했다.

"내 이름은 가운데 이름으로 했단다. 왜냐하면 데이비드가 두 명 이면 사람들이 헷갈릴 테니까."

애덤은 증명서를 살펴봤다. 모든 점을 꼼꼼하게 확인했다. 생일 은 2월 14일, 밸런타인데이다. 엄마는 생일을 늘 중요하게 여겼는 데, 애덤의 생일에 대해서는 더욱 그랬다. 엄마는 며칠 전부터 선물 을 사고 생일을 위한 특별 케이크를 구웠다.

"넌 사랑의 날에 태어난 거야, 애덤. 사랑과 애정의 날에."

엄마는 그렇게 말했다. 그는 아빠와 엄마의 출생증명서도 봤다. 같은 공식 서류에 같은 서명이 있었다. 지방 서기, 터바이어스 썸슨.

애덤은 다른 봉투들도 대충 넘기며 훑어봤다. 보험 약관들. 사회 보장카드들. 그는 자신의 카드와 사회보장번호를 바라봤다. 그 카 드는 한 번도 손대지 않은 새 카드처럼 보였다. 자기 또래 아이들에 게 사회보장번호가 왜 필요하단 말인가? 의심이 들어서 움직임을 멈췄는데, 그때 잔디 깎는 기계의 소리가 가깝게 들렸고 그는 숨을 참았다. 기계 소리는 다시 멀어졌고 그는 숨을 내쉬었다. 열 살이 됐을 때, 부모님은 그의 은행 계좌를 개설한 뒤 그 안에 50달러를 예금한 예금통장을 선물로 줬는데, 그때 계좌를 개설하기 위해서 사회보장번호를 발급받은 것이라는 사실이 기억났다. 이제 서랍에 남은 봉투는 하나뿐이었다. 그 봉투는 풀로 붙여놓았다. 봉투를 손으로 들자, 아무것도 없는 것처럼 가벼웠다. 자신에게는 위험을 무릅쓰고 그 봉투를 뜯어볼 생각이 없다는 걸 애덤은 알고 있었다. 그 안에는 의심할 만한 그 어떤 것도 없으리라는 사실 또한 알고 있었다. 솔직히 말하자면 서랍 속에 뭔가 있으리라 생각하고 안을 뒤져봤다는 사실에 스스로를 원망하며 미안해하고 있던 참이었다.

그럼에도 불구하고 그는 호기심을 느끼며 봉투를 들어 빛에 비춰봤다. 그 안에 든 서류의 윤곽이 희미하게 보였다. 낯익은 서류였다. 아래쪽에 푸른색 인장이 찍혀 있었다. 그 안에 든 서류가 또 다른 출생증명서나 그 비슷한 서류라는 걸 알 수 있었다. 푸른색 인장은 다른 출생증명서의 인장과 똑같았다. 왜 출생증명서가 한 장 더 있는 거지? 자신이 모르는 누군가가 태어난 적이 있었단 말인가? 자신은 모르지만 형제나 자매가 있었다는 뜻일까? 미친 소리, 멍청한 소리야. 모든 의문은 간단히 해결될 수 있었다. 하지만 그러자면 봉투를 뜯어야만 했다. 그 안에 든 걸 꺼내야만 했다. 그는 알아내야만 했다.

봉투를 살펴봤다. 특이한 점이 없는 평범한 하얀색의 봉투였다. 종종 아빠의 책상에서 보곤 했던 봉투들과 다를 바가 없었다. 그는 서랍들을 열고 책상 위를 살펴보다가 하얀 봉투 다발을 발견했다. 붙여놓은 봉투와 그것들을 비교해봤다. 똑같았다. 그렇다면 간단하게…….

잔디 깎는 기계 소리가 갑자기 멈췄다. 적막이 허공을 메웠다. 애덤은 너무나 열심히 책상을 뒤졌기 때문에 이제 아빠가 맥주 한 잔을 마시거나 좀 쉬기 위해 집으로 온다고 해도 멈추기에는 이미 늦어버렸다. 그는 잽싸게 붙여놓은 봉투를 뜯고 그 안에 든 증명서를 꺼냈다. 출생증명서가 맞았다. 펜실베이니아 주 롤링즈의 지방 서기인 그 터바이어스 씸슨이 서명하고 인장을 찍었다. 처음에 애덤은 서류에 자신의 이름이 적혀 있었으므로 자기 출생증명서의 복사본이라고 생각했다. 하지만 날짜가 달랐다. 생일이 7월 14일이었다. 출생 연도는 첫 번째 출생증명서에 적힌 것과 같았다. 하지만 다른 날짜라니. 다른 생일. 그에게는 출생증명서도 두 개, 생일도 두 개였다. 돌아버리겠군, 난 두 번 태어났단 말인가? 그는 생각했다. 그러면서 두 손이 얼마나 떨리던지 다시 그 서류를 새 봉투 속으로 넣지도 못할 것 같았다. 봉투를 붙이기 위해 안쪽에 침을 바를 때는 혓바닥도 말라붙었다. 그는 손을 떨면서 서랍 안을 정돈한 뒤, 열쇠를 돌리고는 찢은 봉투를 주머니 속에 넣었다. 아빠의 발걸음 소리가 뒷문에서 들려올 즈음에 그는 겨우 열쇠 꾸러미를 테이블 위에 올려놓을 수 있었다. 그는 지하실로 내려가 떨리는 몸이 진정될 때까지 숨어 있었다.

T: 그다음에는 뭘 했니?

A: 아무것도. 내가 할 수 있는 일은 아무것도 없었어요. 실수가 있었던 거라고 혼자 납득했죠. 롤링즈를 떠날 때, 앞으로 어디를 가든 필요할 테니 아빠가 각자의 출생증명서를 발급받은 거라고 생각했어요. 그런데 그 지방 서기인 터바이어스 썸슨이 실수한 걸 아빠에게 준 거라고. 생일을 잘못 기입한 거죠. 아빠는 그때는 모르고 있다가 나중에 그 사실을 알고 제대로 된 걸 다시 받은 거고요.

T: 그런데 왜 그런 반응이었지? 넌 떨었어. 충격을 받았고. 온몸이 떨렸어. 지하실에 숨어 있었지.

(8초간 침묵)

A: 처음에만 그랬어요. 나중에는 진정한 뒤에 이성적으로 그 일을 따져보려고 했어요. 간단한 설명이면 풀릴 문제였어요. 그런데…….

T: 그런데 뭐?

A: 그런데 이상한 게, 그게 잘못된 거라면, 생일을 잘못 적은 거라면 왜 가지고 있었을까요? 게다가 왜 그렇게 봉투를 봉인해서 보관했을까요?

T: 그래서 어떻게 했니?

(5초간 침묵)

A: 힘들어요. 머리가 아파요.

T: 그래서 어떻게 한 거야?

A: 늦었어요. 자고 싶어요.

T: 그래서 어떻게 한 거야?

A: 생각 안 나요. 희미해요.

T: 그래서 어떻게 한 거냐고?

   (6초간 침묵)

A: 아무것도…….

하지만 한 일이 있었다. 그는 자기 집의 스파이, 탐정이 되어서 의심에 가득 찬 눈초리로 문밖에서 귀를 기울이고 전화로 나누는 대화를 몰래 엿들었다.

"왜 그러니? 어디가 안 좋아?"

엄마가 물었다. 엄마는 노심초사 늘 그에 대한 걱정이 이만저만이 아니어서 그에게 잔소리할 때만은 그 슬픈 고치에서 나오기도 했다.

"저는 괜찮아요, 엄마."

그가 대답했다.

하지만 그는 그럴 때도 엄마를 살펴보곤 했다. 엄마는 정말 다정하고 선해 보여서 그렇게 의심스러운 눈초리로 바라보는 게 좀 미안했다. 그는 엄마가 어떤 비밀을 감추고 있는 것인지, 또 어떤 어둠의 진실을 품고 있는 것인지 궁금했다. 그 비밀 때문에 늘 슬픈 표정인 게 아닐까, 낮에도 방에서 안 나오는 이유도 그 비밀을 지키기 위해서가 아닐까, 그 비밀이 밖으로 새어 나갈까 염려하며 집 안에 꼭꼭 숨겨두기 위해서. 그럼 아빠는? 아빠는 어떨까? 양복과 조끼를 손색없이 입고 조간신문을 든 아빠. 거기에 무슨 비밀이 숨겨져 있단 말인가? 아니면 내가 다 지어낸 얘기일까? 애덤은 궁금했다. 그는 작가가 되고 싶었기 때문에 종이에 이야기를 적어두곤 했다. 자신의 문학적 욕구를 채우기 위해서 비밀이 있다고 생각하는 것은 아닐까? 사실 그런 비밀 따위는 없는데도 뭔가 있는 것처럼 말이다.

에이미는 그의 인생에서 가장 중요한 사람이었음에도 불구하고 그는 그녀에게조차 자신을 뒤흔드는 의심들에 대해 말하지 못했다. 얘기를 하면 에이미가 웃음을 터뜨릴 것 같았다. 에이미가 자신을 깔보게 될까 봐 겁이 났다. 에이미 덕분에 삶이 즐거워지고 밝아졌는데, 다시 그 모든 것을 잃어버리고 싶지 않았다. 그녀를 따라 신나고 즐겁지만 동시에 조금은 끔찍하기도 한 모험인 A&P와 홀리데이인 호텔에서의 숫자놀이에 몰두하는 이유도 그 때문이었다. 에이미에게 자신의 고민이 무엇인지 말하고 그 대답을 듣는 상상만 해도—에이미는 그 어떤 일이 생겨도 심각하게 생각하지 않았다—몸이 움츠러들고 입이 다물어졌다. 고통에 찬 침묵. 그러면서도 그는 계속 염탐하고 조사하고 관찰했는데…….

T: 그래서 결국 뭘 알아냈니?

A: 넘치지만, 여전히 충분하지 않은 것들요.

T: 진짜 그렇게 생각하는 거냐, 아니면 단지 똑똑한 척 말하는 거냐?

(5초간 침묵)

T: 거칠게 말해서 미안하다. 그게 무슨 뜻인지 설명해줄 수 있겠니?

A: 똑똑한 사람처럼 굴려고 한 적 없어요. 진실을 말했을 뿐이에요. 예를 들어 나는 엄마가 목요일 밤이면 전화한다는 사실을 알게 됐어요. 그게 무슨 전화였는지 알게 됐을 때, 말 그대로 그건 내게 넘치지만, 여전히 충분하지 않았어요. 그건 출생증명서에 대해 알게 된 것보다 더 나빴어요.

T: 그 전화에 대해서 말해주겠니?

(10초간 침묵)

A: 제 생각에는 이미 그게 어떤 전화였는지 알고 계신 것 같은데요. 다 알고 계신 것 같아요. 내가 잊어버린 것들까지도.

T: 그렇다면 뭐하러 내가 너를 붙잡고 이런 수고를 시키겠니? 이런 스무고개를 할 이유가 없지 않니?

A: 모르겠어요.

T: 실망스럽구나. 이렇게 해서 결국 도움 받을 사람은 누구라고 생각하니?

(5초간 침묵)

A: 나. 나. 나겠죠. 처음부터 그렇게 말씀하셨잖아요. 하지만 제가 그렇게 해달라고 부탁한 적 없어요. 무슨 도움을 받겠다고 부탁한 적 없다고요.

(4초간 침묵)

A: 머리가 아파요.

T: 지금 회피해선 안 돼. 회피하지 마라. 네 엄마가 걸었던 그 전화 얘기를 해보렴.

(5초간 침묵)

A: 정말 할 말이 별로 없어요.

사실대로 말하자면 할 말이 무척 많았지만 그는 더 이상 말하기 싫었다. 그냥 최소한의 말들만, 브린트를 만족시킬 수 있을 정도만 말하고 방으로 돌아가 휴식을 취하고 싶었다. 그는 더 이상 기억이라는 짐을 꺼내 들고 싶은 생각이 없었다. 그냥 생각이 흘러가는 대로, 뭐가 중요한 생각인지 따져보지 않고, 아무렇게나 생각나는 대로 내버려 두고 싶었다. 이럴 때면 브린트가 너무나 싫어졌다. 따뜻한 공상의 세계를 가로막기 때문이었다. 그 사람이 던지는 질문들, 끝없이 이어지는 질문들.

T: 말할 게 있다면 말해보렴. 말할 게 너무 많든, 그렇지 않든 간에.
A: 그 전화에 대해서 말하고 싶은 기분이 아닌 것 같아요.

하지만 그럼에도 그렇게 말하는 가운데, 말하다가 발견하는 것들 중 도움 되는 것들이 있었다. 그는 말하는 일 자체가 뭔가를 발견하는 일이라는 걸, 자기 안에 숨어서 기다리는 자신이 미처 알지 못했던 것들이 입을 통해 언어로 나온다는 걸 알게 됐다. 말하는 순간 그의 삶의 중요한 사실들이 드러났다. 텅 빈 공간이 그렇게 채워졌다. 때때로 깊은 밤, 자신이 누구인지 거기가 어디인지 알지 못한 채 잠에서 깨어났을 때 자신 앞에 어렴풋하게 존재하던 그 두려운 공백들. 말하는 도중에 그 공백의 지점들이 채워졌다.

T: 엄마에 대해서, 그리고 그 전화들에 대해서.
A: 전화는 매주 목요일에······.

애덤은 그 전화에 대해서 신경을 쓸 때도 있었고 그렇지 않을 때도 있었다. 매주 목요일에 엄마의 상태가 제일 좋다는 걸 그는 알고 있었다. 학교에서 집으로 돌아올 때면 엄마는 아래층에서 그를 기다리곤 했다. 부엌에서는 언제나 갓 구운 쿠키나 케이크의 냄새가 풍겼다. 초콜릿 냄새 같은. 애덤은 초콜릿을 좋아했기 때문에 목요일이면 엄마는 그를 위해 초콜릿 파티를 열고 음식을 먹어치우는 걸 즐겁게 지켜봤다. 때로 엄마는 집 안 구석구석의 먼지를 털고 닦으면서 콧노래를 흥얼거리거나 노래를 부르곤 했다. 목요일 초저녁이 되면 엄마는 문을 닫고 침실로 사라졌다. 애덤은 그 시간만은 전화를 사용하지 말라는 주의를 들었다.

"엄마의 특별 전화 사용 시간이란다."

오래전에 아빠가 그렇게 설명했다. 애덤은 별 의심 없이 그 설명을 받아들였고, 그 시간은 집 안에서 일어나는 일상의 하나가 됐다. 그는 그날 그 시간에 엄마가 친구(하지만 도대체 무슨 친구?)에게, 친척(살아 있는 친척은 하나도 없다고 아빠가 오래전에 슬픈 목소리로 말한 적이 있었다.)에게, 같은 모임의 회원들(그의 엄마는 시민운동이나 사회적 활동을 하기에는 꺼리는 바가 많았고 소극적이었다.)에게 전화하는 것이라고 생각했다. 이상한 점이 많았지만 애덤은 오랫동안 그 전화에 대해서 의심을 품거나 곰곰이 생각하지 않았다. 그건 어른들의 세계에 속한 일이었고, 어른들은 어딘지 비합리적이거나 자신의 생각 밖에 있는 행동을 할 때가 있었으니까. 어른들의 일이라면 더 이상 생각하지 않았다. 이유 같은 건 물어볼 필요도 없었던 것이다.

두 장의 출생증명서와 그로부터 비롯된 골치 아픈 문제들이 불러일으키는 의심들 때문에 애덤은 익숙한 일들, 그때까지 자신의 인생에서 일상적으로 일어나던 일들, 엄마와 아빠의 이런저런 일들에 의문이 생겨나기 시작했다. 그는 설명될 수 없는 단서들, 흔적들, 행동들을 찾았다. 그는 펜씰베이니아 주 롤링즈에 대해서 누가 말하지 않을까 미친 듯이 귀를 기울였다. 하지만 아무것도 없었다. 가족의 일상은 별다른 사건 없이 계속됐고, 애덤은 없는 문제를 찾아 나선 것 같다고 혼자 생각하게 됐다. 두 장의 출생증명서와 롤링즈에 관련된 이상한 점들은 결국 잘 해결될 거라고 스스로를 안심시켰다.

어느 목요일 저녁, 여느 때와 마찬가지로 엄마는 이제 가보겠다고 말한 뒤 위층 침실로 들어가 문을 닫았다. 아빠는 아래층 지하실로 내려갔다. 아빠는 지하실에 널빤지를 덧대고 사무용품과 탁구대와 텔레비전을 갖다 놓아 사무실 겸 휴식 공간으로 만들었다. 가끔씩 애덤과 거기서 탁구를 치는 일도 있었지만, 대부분 아빠는 그 방에서 보고서와 약관을 작성하고 이따금 사업가나 보험대리점 직원들을 면담했다. 그 특별한 목요일에 엄마는 위층, 아빠는 지하실에 있었다. 애덤은 서재의 벽에 엄마의 전화기와 서로 연결된 전화가 걸려 있다는 사실을 알고 있었다. 그는 소리를 내어 숨을 들이켰다. 숨을 참은 채 몽유병자처럼 방을 가로질렀다. 그는 전화기에 손을 올렸다. 손에 닿는 전화기는 차가웠고, 그 차가움은 현실감을 불러일으켰다. 이제 자신이 하려는 일에 대한 구체적인 현실감. 엄마의 전화를 엿듣는 일. 애덤은 나쁜 짓에 대한 에이미의 신념을 떠올렸다. 그는 입 안에서 숨이 빠져나가도록 내쉰 뒤, 천천히 공들여서 수화기를 들었다.

누구의 것인지 알 수 없는 목소리가 흘러나오고 있었다. 부드러운 목소리, 세련된, 세련된 것보다 더한 어떤 느낌의, 머나먼 곳에서 말하는 것처럼 멀찌감치 떨어진 듯한, 거리가 먼 게 아니라 다른 뭔가가 멀리 떨어진 듯한 목소리. 여자의 목소리.

"······여긴 아름다워, 루이즈. 제일 아름다운 계절이니까."

그리고 엄마의 목소리.

"거긴 평화로울 거야, 마사. 평안하고 안전하겠지."

"그렇지만 세상을 등지고 있는 곳은 아니야. 숨어서 지낼 만한 곳은 아니지, 루이즈. 알고 있겠지만. 그렇지 않다면 여기에 있을 이유가 없지 않겠니?"

어딘지 훈계하는 듯한 느낌이 드는 대꾸였다.

"물론이지. 아무렴. 다만 그간 있었던 일들만 생각하면 마사가 부러워져."

엄마가 말했다.

"이제 그만. 그만하면 됐어."

다시 꾸짖는 듯한 목소리. 목소리에서 그렇게 나이가 많다는 느낌은 들지 않는데도 그 목소리는 애덤의 엄마가 어린애라도 되는 듯, 나이가 훨씬 많은 것처럼 말했다.

"그 얘기 좀 해봐, 루이즈. 애덤 말이야. 그 예쁜 우리 조카는 어떻게 지내니? 이번 주에는 뭘 했어?"

그 단어가 다른 모든 것들로부터 떨어져 허공에 홀로 떠 있었다. 조카. 그 목소리 위에 오래전에 아빠가 말하던 목소리가 겹쳐졌다.

"이 세상에는 우리뿐이란다, 애덤. 너하고 네 엄마하고 나. 그렇기 때문에 너는 튼튼하고 강하고 훌륭하게 자라나야 해. 우리 집안을 계속 이어갈 사람은 너밖에 없으니까……."

조카. 그는 지난주에 자신이 했던 일들을 주섬주섬 말하는 엄마의 목소리를, 그게 마치 자신이 아닌 다른 사람의 일들을 말하는 것인 양, 믿을 수 없다는 듯이 들었다. 엄마는 B$^+$를 받은 수학 시험과 파커 선생님이 큰 소리로 읽어보라고 해서 당황스럽기도 하고 의기양양하기도 했던 작문과 그가 먹었던 음식과 입었던 옷과 새로 산 신발에 대해서 말했다. 중요하거나 중요하지 않거나 상관없이 그의 삶에서 일어나는 자잘한 일들 모두에 대해서. 에이미나 간밤에 그가 방에서 쓴 시에 대해서, 그의 열망, 그의 소망에 대해서…….

"……정말 착한 애야. 무슨 일이 있었는지 생각하면 기분이 안 좋아지지만……."

"그만, 루이즈. 오늘 밤은 기분이 좀 안 좋구나. 제발 기운을 내자……."

"알아, 안다고. 감사할 일이 많은 거지. 난 많은 걸 가졌으니까. 남편도 있고 애덤도 있고, 물론 사랑하는 마사도……."

그때 어떤 소리가 들렸다. 아빠의 발걸음 소리였다. 그는 귀에서 수화기를 뗐지만, 그냥 전화를 끊었다가는 수화기를 놓는 소리가 폭발음처럼 크게 들릴 게 분명하다는 사실을 깨달았다. 아빠가 계단을 걸어오는 소리가 점점 더 가까워졌다. 애덤은 손에 든 수화기를 고통스럽게 바라보면서 천천히 전화기로 가져갔다. 소리가 나지 않게 주의해서 살살 수화기를 전화기에 올렸다. 그리고 몸을 돌리는데 아빠가 서재로 들어왔다. 다행스럽게도 아빠는 보험 계약서를 읽으면서 들어오고 있었기 때문에 애덤이 전화기 앞에서 뭔가 찔리는 듯한 자세로 서 있다는 걸 눈치 채지 못했다. 게다가 아빠는 새롭게 알게 된 사실로 반짝이는 그의 놀란 눈동자도 보지 못했다.

나한테 줄곧 거짓말을 한 거야, 애덤은 공포에 질린 채 생각했다. 태어나서 지금까지 나한테 거짓말을 한 거야…….

T: 그렇게 해서, 너는 태어나서 처음으로 뭔가가 잘못됐다는 걸, 뭔가 어긋난 곳이 있다는 걸 직접적으로 말해주는 증거를 발견한 거구나.

(5초간 침묵)

T: 괜찮니?

A: 모르겠어요. 좀, 어지러워요.

T: 불안 증세일 뿐이야. 아, 내가 장담하건대 현기증이 있을 거야. 불안 때문에, 갑작스럽게 기억이 솟구치기 때문이지.

A: 쉬어도 될까요? 너무 힘들어요.

T: 회피하는 거니?

A: 아니요. 정말이에요. 하지만 어지럽고 지치고 토할 것 같아요. 이 방에서 한 번도 나간 적이 없는 것 같은, 그런 느낌이 들어요.

T: 일리가 있다. 아주 길었으니까. 지금까지 한 것 중에 제일 길었던 것 같다. 한 시간도 넘었고, 거의 두 시간째구나. 여기서 그만하자.

A: 고맙습니다.

테이프 끝 OZK006

모두 세 명이다.

그들은 한쪽 구석 주크박스 옆에 있는 탁자에 둘러앉아 팝콘을 먹고 있다. 팝콘을 공중으로 던진 뒤, 마치 무대에 서서 관객들에게 박수를 치라고 하는 사람들처럼 입으로 받아먹는다. 주크박스는 네온도 멋진 장식도 없이 오래되고 낡았다. 거기에 혹시 「골짜기에 그 농부」가 있을까 생각해보지만, 물론 그럴 리 없다. 「골짜기에 그 농부」는 주크박스에서 들을 수 있는 그런 노래가 아니니까. 나는 팝콘을 먹는 세 녀석들이 좀 신경 쓰인다. 아까부터 나를 힐끔거리면서 서로 뭔가 귓속말을 하고 있다.

여기는 작은 식당, 더 정확하게 말하자면 간이식당이고, 손님은 우리가 전부다. 카운터를 지키는 남자는 키가 작고 마른 사람으로 입에 이쑤시개를 문 채 줄곧 전화만 받고 있다. 수화기를 놓기가 무섭게 다시 전화벨이 울리고 그 사람이 말할 때마다 이쑤시개가 춤을 춘다.

클램 차우더(대합조개를 넣은 차우더 ─ 옮긴이)가 뜨겁다. 입천장이 얼얼해서 물을 한 잔 마시고 작은 크래커를 씹어 먹는다. 차우더가 배속을 달래면서 그 안에 있던 돌덩어리 같은 걸 녹여버린다.

나는 세 녀석을 보다가 경찰서 앞에 있는 내 자전거를 반갑다는 듯 바라본다. 바로 몇 분 전 카버에 도착했는데, 메인 스트리트에서 우체국과 경찰서와 소방서가 같이 있는 건물이 제일 먼저 눈에 띄었다. 나는 그 건물 안으로 들어가 경찰관에게 식사하는 동안 누가 가져가지 않도록 자전거를 좀 세워둘 수 있겠냐고 물었다. 신문을 읽고 있던 경찰관은 고개도 들지 않은 채 "그래라, 얘야. 기쁨을 주는 게 우리 할 일이니까."라고 말했다. 정말 웃긴 건 그 사람이 내 얼굴을 보지도 않았다는 점이다. 그러니까 내가 머리가 두 개거나 뭐, 라이플총 같은 걸 겨누었더라도 그 사람은 신경도 쓰지 않았을 것이란 뜻이다. 아빠의 꾸러미만은 자전거에다 놔둘 수 없어 묶어 놓았던 끈을 풀고 꾸러미를 들었다. 거리를 걸어가면서 나는 카버라는 곳이 주차 미터기도 없을 만큼 작은 곳이라는 걸 알게 됐다. 그러다 간이식당을 발견했는데, 간판에는 그저 색이 바랜 '식당'이라는 글자뿐이었다. 나는 이런 걸 ─ 에이미도 마찬가지지만 ─ 뭘 속이려 들거나 꾸미지 않는 걸 좋아했다.

　카운터의 남자는 전화하면서 국자로 클램 차우더를 떴다. 수화기는 그의 턱과 어깨 사이에 고정돼 있었다. 차우더라면 그 안에 든 우유며 다른 재료들로 충분히 내 여행의 영양분이 되어줄 것 같았다. 남자는 엄청나게 큰 버터 덩어리를 차우더 속에 넣고는 내게 얼굴을 찡그렸다. 나는 그 찡그림이 나를 보고 웃는 것이라는 걸 알아차렸다. 버터는 바로 녹기 시작했다. 클램 차우더에 버터를 녹여 먹는 걸 별로 좋아하지 않지만, 그게 그 사람이 내게 베푼 호의인 것 같아서 웃으면서 "고맙습니다."라고 했다. 그는 여전히 전화를 하면서 내게 잘 가라고 손을 흔들었다. 목소리가 하도 낮아서 뭐라고 말하는지는 들을 수 없었다.

　먹는 동안 뭔가 내 팔에 와 부딪혀서 바닥을 봤더니 팝콘 하나가 떨어져 있다. 팝콘이 또 날아와 차우더에 들어갈 뻔했다. 학교에서 시건방진 녀석들이 입으로 종이를 뭉쳐 침 뱉듯이 날리는 것 같다. 나는 골치 아픈 녀석들을 보지 않고 차우더에만 집중한다. 차우더가 식도록 바람을 분다. 옆 의자에 놔뒀던 아빠의 꾸러미를 무릎 위에 올려놓는다. 잃어버리면 안 되니까. 팝콘을 먹는 녀석들이 낄낄거리는 소리를 듣는다. 건달들은 1마일 밖에서도 알 수 있다. 거기로 들어갈 때 나는 이미 그놈들이 어떤 녀석들인지 알아차렸다. 세계 어디를 가나 학교와 사무실, 극장과 공장, 가게와 병원에 그런 놈들이 있다.

한 녀석이 자리에서 일어나 나를 향해 걸어온다. 열여섯 열일곱 쯤 되는 놈으로 주근깨와 가지런한 하얀 이빨이 그 또래 다른 아이들과 비슷한 생김새지만, 어딘지 모르게 그놈의 정체를 말해주는 분위기가 느껴진다.

"이 동네에서는 한 번도 못 본 것 같은데."

내 테이블 앞에 서서 나를 굽어보며 녀석이 말한다.

나는 차우더를 한 숟가락 뜬다. 이제 꽤 식어서 삼켜도 목이 타들어 가는 것 같지 않다.

"그냥 지나가는 길이야."

내가 말한다.

"어디서 왔어?"

녀석이 묻는다.

"마뉴먼트. 매싸추쎄츠 주에 있어."

"어디로 가는 거야?"

대답 따위에는 아무런 관심도 없으면서 묻는 게 틀림없었다. 질문이란 진짜 하고 싶은 일, 그러니까 골탕 먹이는 것의 전초전일 뿐이다.

"루터버그. 버몬트 주의 루터버그."

"자동차를 얻어 타고 다녀?"

"아니. 자전거가 있어."

말하는 동안, 나는 차우더를 삼키고 대합조개와 크래커를 씹는다.

"그래? 자전거는 어디 있어?"

녀석은 창문 쪽으로 걸어가 거리를 내다보더니 여전히 자리에 앉아 팝콘을 입 안으로 던져 넣으며 시간을 죽이는 친구들을 바라본다.

"안 보이는데."

"경찰서에 있어. 누가 훔쳐 갈까 봐 거기 맡겼거든."

내가 말한다.

말하자마자 나는 그렇게 말하는 게 실수였다는 사실을 깨닫는다. 녀석은 창문에서 내 자리를 향해 걸어오다가 동작을 멈춘다. 엄청난 의문에 사로잡힌 것처럼 녀석은 머리를 흔든다. 녀석은 다시 친구들을 바라본다.

"경찰서라고?"

부러 놀랐다는 듯한 표정을 지으면서 녀석이 묻는다.

"누가 훔쳐 갈까 봐?"

그다음에는 무슨 말을 할지 알겠다. 이런 말이겠지.

"우리를 도둑놈이라고 생각하는 모양이지."

머리를 흔들며 짐짓 슬픈 척을 하면서 녀석이 말한다.

"매싸추쎄츠 주에서 온 이 녀석이 뉴햄프셔 주 카버에 사는 시민들을 그렇게 생각하신단다."

나는 차우더를 남김없이 삼킨 뒤, 크래커로 입 안을 채운다. 숟가락을 내려놓는데 손이 떨린다. 아침에 알약을 가져왔어야 했다. 계산대를 보지만, 그 남자는 여전히 이쑤시개를 입에 문 채 전화만 하고 있다.

건달이 내 쪽을 덮친다.

"정말 그래서 짭새들한테 자전거를 맡겼냐? 우리를 도둑놈이라고 생각해서?"

"그게 아니라……."

나는 차우더 그릇을 치운다.

"루터버그로 꼭 가야 하는데, 타고 갈 게 자전거밖에 없거든. 누가 가져가면, 나는 끝장이야."

"차를 얻어 타면 되지? 제기랄, 여기 나하고 다비하고 루이스는 말이야, 지난번에 히치하이크로 만트필리어(버몬트 주의 주도―옮긴이)까지 갔단 말씀이지. 그렇지, 친구들?"

어깨 너머로 친구들을 바라보면서 녀석이 말한다.

"그렇고말고. 면도칼."

나는 냅킨으로 입술을 닦고 무릎에 놓아둔 아빠의 꾸러미를 든다. 손이 조금 떨린다.

"그건 뭐냐?"

면도칼이 묻는다.

"뭐가 뭐야?"

맞받아치는 내 목소리가 떨린다.

"거기 꾸러미. 네 손에."

따져 묻듯이 녀석이 말한다.

"뭐, 폭탄 같은 거 가지고 다니는 모양인데. 애지중지하는 거 보니. 그거 폭탄 맞지? 뉴햄프셔 카버를 날려버리려는 거지?"

"아니야, 선물이야. 아빠 줄 거야. 버몬트 주 루터버그에 계셔. 이거 가져다주려고 가는 길이야."

내가 말한다.

나는 의자를 뒤로 빼고 일어난다. 의자 다리가 바닥에 끌린다. 다른 녀석들도 일어난다. 심장이 마구 뛴다. 나는 그 정도로 겁쟁이다. 계산대의 남자는 우리 쪽은 쳐다보지도 않은 채 여전히 전화 중이다.

"거기 뭐가 있는지 좀 봐야겠다."

면도칼이 목소리를 깔고 소리 낮춰 말한다.

우리는 서로 쳐다본다. 일어서 보니 녀석이 나보다 키는 작지만 몸집은 더 크다는 걸 알 수 있다. 어깨가 떡 벌어졌다. 오른쪽 눈 위 이마에는 흉터가 있다. 두 눈동자는 얼굴에 파묻힌 것처럼 작다. 심장이 미친 듯이 쿵쾅거리고 얼굴로 피가 쏠리는 게 느껴진다.

"알겠습니다. 그 꾸러미에는 뭔가 특별한 게 있군요."

녀석이 말한다. 하지만 꾸러미는 쳐다보지도 않고 나만 바라볼 뿐이다. 우리는 서로 두 눈을 바라본다.

나는 꾸러미를 움켜잡는다. 아빠를 생각하고, 움직이지 않은 채 가만히 서 있다. 가슴 속의 심장은 터질 것만 같고 폐는 고통스러운 비명을 질러댄다. 그제야 나는 내가 숨을 참고 있다는 걸 깨닫는다. 하지만 나는 녀석의 눈에서 시선을 떼지 않는다. 아빠를 위한 꾸러미다. 누구도, 그 어떤 사람도 이걸 내게서 빼앗거나 아빠에게 전하지 못하도록 막을 수는 없다. 나는 나무처럼 서 있다. 굽히지 않을 것이다. 꾸러미를 녀석에게 주지 않을 것이다. 나는 꾸러미다.

마침내 녀석이 내게서 시선을 떼고 안됐다는 표정으로 물러선다.

"빌어먹을 낡아빠진 꾸러미, 엿이나 먹어라."

녀석이 머리를 흔들며 말한다.

"야, 거기 뭐하는 거야?"

계산대의 남자가 소리친다. 이제야. 그는 아직도 전화를 끊지 않고 목과 어깨 사이에 수화기를 고정시켜놓은 상태였지만, 자기 식당에서 무슨 일이 일어나는지 둘러볼 정도는 됐다.

"아, 아무것도 아니에요. 아저씨."

면도칼이 그렇게 말하곤 내 시야에서 벗어나 패거리들이 있는 자리로 간다.

나는 숨을 내쉰다. 그리고 신선한 공기를 폐 속으로 들이마신다. 새로 들어온 공기가 폐를 달랜다. 심장은 여전히 미친 듯이 뛰고 있지만, 점점 누그러진다. 나는 아빠의 꾸러미를 움켜쥐고 그곳을 빠져나온다. 재빨리. 주위를 살필 틈도 없이.

T: 뭐가 문제니? 내가 도와줄 방법은 없을까?

(5초간 침묵)

T: 뭐 잘못됐니? 뭔가 혼란스러운 게 분명한 것 같지만, 어쨌든 내게 말해봐.

(10초간 침묵)

T: 불필요하게 널 다그치고 싶지는 않지만 네가 말한다면, 내게 설명해준다면 도움이 될 것 같다.

(5초간 침묵)

T: 얘야, 지금이 새벽 2시 15분이야. 처음에 내가 말했지. 나는 밤
  이든 낮이든 필요하면 언제든 달려온다고. 진심이었어. 여기에
  온 걸 보면 알잖아. 그렇다면 너도 좀 노력해야지. 나를 도와줘
  야 해.

  (10초간 침묵)

T: 말해보렴. 뭐가 잘못된 거야? 분명히 뭔가 잘못되긴 했어. 그게
  뭐지? 내가 도와주려고 왔잖니.

  (6초간 침묵)

A: 그다음에는 뭐죠?

T: 무슨 소리지?

A: 무슨 소리인지 아시잖아요.

T: 설명을 좀 해봐라.

A: 하얘요. 그냥 하얘요. 아시는 게 있으면 제 머릿속을 좀 채워주
  세요…….

  그는 대포에서 포탄이 튀어나오듯 잠에서 깼다. 모든 곳으로부
터 벗어난 이곳. 그리고 이 순간. 방, 침대, 방 안을 서늘하게 만드
는 차가운 달빛. 그는 침대에서 차가운 이불을 느낄 수 있었지만 동
시에 혼자 고립된 채 허공에 떠 자신이 누구인지도 알지 못하고 미
지의 공간, 미지의 세계에 사는 것처럼 느끼기도 했다. 시간의 흐름
속에 붙박인 채. 나는 누구인가? 나는 애덤 파머다. 아니다, 나는 누

구인가? 나는 애덤 파머다. 아니다, 애덤 파머는 하나의 이름, 하나의 단어일 뿐이다. 이 방에서, 그리고 묻고 대답하는 다른 방에서 익힌 사실일 뿐이었다. 애덤 파머는 누구인가? 그는 알 수 없었다. 그의 이름은 키친 체어(부엌 의자)일 수도 있었다. 셀러 스텝스(지하실 계단)는 또 어떨까? 애덤 파머는 아무것도 아니다. 그건 그에게 어떤 지속적인 가르침도 주지 않는 그를 둘러싼 공허와 같다. 나는 누구인가? 애덤 파머. 두 마디, 그게 다다. 그는 땀을 뻘뻘 흘리고 있었다. 땀으로 축축한 파자마 속의 미끌거리는 몸뚱이로 떠다니고 있었다. 가만히 누워. 가만히, 가만히 누워 있으면 공포는 지나가리라. 사람들이 그렇게 말했고, 또 몇 번은 그렇게 공포가 지나갔으니까. 하지만 약의 도움을 받아서, 또 몇몇 끔찍한 밤에는 주사를 맞은 뒤에야 평온을 되찾기도 했다.

지금 이 순간 그는 생살이 나온 상처, 끔찍한 공포, 침대 시트 덮개이자 미치광이였다. 그는 여러 방향으로, 과거나 미래로 생각을 돌려보려고 했지만, 잘 되지 않았다. 회전목마처럼 여러 얼굴들이 스쳐 갔지만, 그게 누구의 얼굴인지 하나하나 집중해서 초점을 맞춰보려 하면 그 얼굴들은 사라졌다.

방에는 이상한 소음이 있었다. 그는 등골이 오싹한 느낌을 느끼며 입을 벌리고 귀를 기울였다. 자신의 몸에서 나는 끙끙거림이었다. 뭔가 잡을 만한 게 있을까 해서 어둠 속으로 손을 뻗었지만, 거기에는 아무것도 없었다. 아무것도 없이, 그저 침대, 그리고 자신의 삶뿐이었다. 하지만 정녕 그건 누구의 삶이란 말인가?

T: 우리는 빈 기억들을 많이 채웠어. 어쩌면 이젠 더 이상 기억할 수 없는 것인지도 모르지.

A: 충분하지 않아요. 아직 부족해요.

T: 강요한다고 되는 일은 아니니까. 처음에 네가 들었던 대로. 마음을 편안하게 가져야만 해. 두려움에 굴하면 안 되는 거야. 네가 어서 잃어버린 기억을 찾을 수 있도록 나도 노력할 테지만, 시간이 오래 걸리는 일이라는 걸 알아야 한다.

A: 저는 왜 기억하지 못하는 걸까요? 왜 한 번에 조금씩만 기억나는 걸까요?

T: 네가 기억하고 싶지 않아서 그럴지도 모른다는 생각은 안 해봤니?

A: 아니에요. 저는 기억하고 싶어요.

T: 네 마음의 일부는 기억하고 싶겠지만, 또 일부는 그렇지 않은 거지.

A: 왜 그런 거죠?

T: 난들 알겠니?

A: 기억하기 싫은 끔찍한 일이 있으니까 마음 한편에서는 그걸 알고 싶지 않은 건가요?

T: 그걸 우리가 함께 알아내야 하겠지. 천천히, 인내심을 가지고.

(10초간 침묵)

T: 늦었구나. 잘 수 있게 뭔가 조치를 취해줄까? 네가 말한 그 끔찍한 공포를 좀 없앨 수 있게?

A: 약도, 주사도 지겨워요.

T: 그건 아마 좋은 징조일 거야.

A: "아마", "어쩌면", "알아내야 하겠지." 왜 그런 말만 하죠? 저를 도와줄 순 없나요?

T: 지금 온 힘을 다해서 너를 돕고 있는 거야.

A: 부족해요.

T: 그럼 한번 돌아볼까? 네가 기억해낸 것들을 되새겨볼까? 네가 되찾은 그 기억들을 모두?

A: 아니에요. 채워진 기억들은 제게 중요하지 않아요. 중요한 건 말하고 싶은 더 많은 기억들이 지워져 있다는 점이에요. 제가 지금 여기서 뭘 하고 있는 건가요? 얼마나 오랫동안 여기에 있었던 건가요? 여기가 싫어요. 여기 있는 사람들도 저를 싫어해요.

T: 사람들이 왜 너를 싫어하겠니?

A: 내가 자기들을 좋아하지 않는다는 걸 아니까. 그래서 나를 싫어하는 거죠.

T: 그럼 그 사람들이 너를 싫어한다는 건 어떻게 알게 됐니?

A: 알아요. 그냥 알아요.

T: 어떻게?

(5초간 침묵)

A: 이제 힘들어요.

T: 공포는 지나갔니?

A: 예. 이제 잠들 수 있을 것 같아요. 약이 없어도요.

T: 원한다면 한 알 삼켜도 좋을 거야.

A: 그래요, 한 알 정도라면.

T: 좋아, 좋아. 몇 시간 뒤에 다시 만나자.

A: 좋아요. 진짜 졸려요.

T: 잘 자렴.

A: 고맙습니다.

테이프 끝 OZK007

자전거에 올라타 카버라는 동네를 영영 떠나버리려는 찰나 나는 거리에 있는 전화박스를 본다. 드디어. 나는 아빠의 꾸러미를 바구니에 묶어두고 자전거를 박스 쪽으로 끌고 간다. 내가 지나가자 할머니 한 분이 나를 보더니 내 머리에 있는 '툭'을 향해 미소 짓는다. 할머니 역시 모자를 쓰고 있다. 그건 꽃들까지 완벽하게 갖춘 붉은색 화분 같다. 나도 할머니를 향해 미소를 짓는다. 갑자기 행복해진다. 카버에서 살아남았으니 이제는 플레밍과 혹셋, 그리고 벨튼 폴즈다. 플레밍과 혹셋 사이는 꽤 멀고, 혹셋에서 벨튼 폴즈 사이도 또 남았지만 좌절하지 않는다. 나는 힘과 용기가 솟는 걸 느낀다. 간이식당에서 골칫덩어리들을 물리쳤듯이 앞으로 그 어떤 것이든 물리칠 것이다. 그렇지만 무엇보다도 에이미에게 전화를 걸어서 다시 그 애의 목소리를 듣고 싶다.

주머니에서 잔돈을 더듬어 찾아낸 뒤 투입구에 넣자 남자 교환원이 나온다. 전화번호를 말하고 이어지는 여러 절차를 거친 뒤 전화벨이 울리는 소리를 듣는다. 집에 있어, 에이미, 제발 집에.

"여보세요. 여보세요."

거칠고 빠른 목소리. 허츠 씨의 그 신문 헤드라인 같은 목소리였다.

"여보세요. 에이미 있나요?"

"누구냐?"

"애덤이에요. 애덤 파머. 에이미하고 통화하고 싶어요."

"에이미라니? 에이미란 애는 안 사는데."

그건 허츠 씨의 헤드라인 같은 목소리가 아니었다. 에이미의 아빠가 아니었던 것이다.

나는 간이식당에 있던 세 녀석들이 거리에 있는 걸 본다. 녀석들은 어슬렁거리며 내 쪽으로 다가온다. 두 녀석은 나란히 서서 할 일이 없다는 듯 천천히 걷고 있지만, 그 태도가 어딘지 모르게 위협적이다. 다른 녀석, 면도칼은 두 녀석 앞에서 혼자 걸어오고 있다. 나는 전화박스에 갇힌 셈이다. 묶지도 감추지도 않은 채 박스 바깥에 세워놓은 자전거가 위험하다. 게다가 전화를 잘못 걸었다.

"이게 뭐야. 버그가 생겨서 하루 종일 프로그램을 변경하다가 이제 겨우 잠들려고 하는 찰나였는데, 전화벨이라니……."

전화를 받은 남자가 말하기 시작한다.

"죄송합니다."

내가 말한다.

그리고 나는 전화를 소리 나게 내려놓는다. 다른 사람이 말하는데 전화를 끊기는 싫지만, 골치 아픈 녀석들이 점점 다가오고 있으니 빨리 떠나는 수밖에 없다. 미안해, 에이미. 전화번호도 제대로 외우지 못하고. 너에게 난 많이 부족한 놈이야.

녀석들은 천천히, 그러나 또박또박 위협적으로 다가오고 나는 문을 확 열어젖혀 자전거를 잡는다. 나는 자전거를 끌고 달려가다가 안장에 올라탄다. 발을 페달에 올리고 돌린다. 빨간불인데도 아랑곳없이 달리자 자동차 한 대가 나를 향해 경적을 울린다. 그렇게 나는 카버를 떠난다. 골치 아픈 녀석들을 떠난다. 그런데도 용기는 어디론가 사라지고 비도 내리지 않는데 두 뺨이 축축하기만 하다.

A: 그레이맨이에요.

T: 잠깐만. 앉거든 얘기해라.

A: 그레이맨.

T: 힘이 넘쳐 보이는구나. 이런 모습은 처음인걸. 좋다.

A: 그레이맨이에요.

T: 그런데 그레이맨이 누구니?

A: 모르겠어요. 하지만 중요해요. 지난밤, 방으로 돌아갔을 때 생
   각났어요. 알약을 하나 받았거든요. 누워서 흘러가는 대로 아무

것이나 생각하고 있었어요. 기억나지 않는 일들에 대해서. 에이미. 단서들. 그러다가 갑자기 그 사람이 떠올랐어요.

T: 그 사람을 그레이맨이라고 부르는구나.

A: 예. 하지만 저 혼자 그래요. 항상 그렇게 생각했어요. 그레이맨.

T: 왜 그렇게 부르니?

A: 몰라요. 확실하게는 몰라요. 하지만 중요해요. 중요한 사람이에요.

T: 어떤 점에서?

A: 분명하지 않아서 아직은 말하기 어려워요. 하지만 그 사람, 그 생김새를 생각하면 중요한 사람이라는 거, 단서가 된다는 걸 알 수 있어요. 그냥 느껴져요.

T: 더 얘기해보렴.

(3초간 침묵)

A: 저도 그러고 싶어요. 하지만 안 돼요.

T: 말할 수 없는 거니, 말하기 싫은 거니?

A: 말할 수 없는 건 뭐고, 말하기 싫은 건 뭐예요? 내가 기억하고, 알고 싶어 하지 않는다고 생각하시는 건가요? 지금 제가 아는 건 과거의 언젠가 내가 그레이맨이라고 부르는 사람이 있었고, 그 사람이 중요하다는 거예요. 다른 것은 생각나지 않으니까 제게는 그 사람만이 유일한 단서예요.

T: 그럼 마음을 좀 가라앉히고 더 생각날 때까지 기다리자. 알약이

라도…….

A: 아니요. 알약은 됐어요. 주사도 마찬가지고요.

T: 마음대로 하렴.

(10초간 침묵)

T: 뭐라도?

A: 아니에요.

T: 억지로 쥐어짤 필요는 없어. 그냥 생각나는 대로. 그 그레이맨을 생각해보자. 어떻게 생겼는지, 이름은 뭔지, 무슨 일을 했는지, 어디서 주로 만났는지, 친구인지, 친척인지, 삼촌인지, 아니면…….

A: 잠깐만요. 잠깐.

(10초간 침묵)

A: 가버렸어요. 분명히 떠올랐는데, 막 생각나려고 했는데, 거의 알아낼 뻔했는데, 이제는 아무것도 없어요.

(5초간 침묵)

T: 다시 생각날 거야. 중요한 건 떠올랐다는 점이지. 그전 일들은 기억나니? 개를 만난 일에서 에이미를 거쳐 다시 그 전화로 이어지던 단서들. 그 전화 덕분에 두 장의 출생증명서까지 나아갈 수…….

A: 그런 일들에 대해서는 말하고 싶지 않아요. 방으로 돌아가고 싶어요.

T: 서둘 건 없어.

A: 돌아가고 싶어요.

T: 다른 걸 얘기해보면 어떨까.

A: 방으로 가고 싶어요.

   (10초간 침묵)

T: 예컨대 폴 델몬트라면…….

A: 그 사람이 그레이맨인가요?

T: 그 사람일 것 같니?

A: 몰라요. 전에도 한 번 그 사람 얘기를 꺼낸 적이 있죠. 초반에.
   저는 그 사람에 대해서는 말하고 싶지 않다고 했고요. 그런데
   그땐 둘러댄 거예요. 저는 그 사람이 누군지도 몰랐어요.

T: 지금은 그 사람이 누군지 알겠니?

A: 아니요.

T: 그 사람이 누구인 것 같니?

A: 돌아가고 싶어요. 더 이상 말하고 싶지 않아요.

   (5초간 침묵)

T: 네 말대로 하자. 여기서 그만하자.

테이프 끝 OZK008

카버에서 1마일 정도 떨어진 좁은 시골 길, 집이라고는 한 채도 보이지 않는 길에 있다. 이따금 좁은 길을 꽉 채우며 자동차 한 대가 지나간다. 포장된 도로지만 마마 자국처럼 여기저기 갈라지고 터진 자리가 보인다. 도로 옆으로는 깊이가 4피트(1피트는 약 30.5cm 에 해당한다—옮긴이)쯤 되는 개울이 있고 모래 갓길은 전혀 없다. 뒤를 볼 수 있는 거울이 없기 때문에 나는 페달을 밟으면서 똑바로 나아가려고 노력해야만 한다. 카버를 뒤로한 채 떠날 수 있어서 기쁘고 자전거가 있어서 기쁘고 태양이 반짝여서 기쁘고 건달들, 골칫덩어리들에게서 벗어날 수 있어서 기쁘다. 에이미 일만 좀 유감이지만, 다음에 전화박스를 발견하면 일단 전화부터 한 뒤에 뭘 먹든 자전거를 안전하게 맡기든 할 것이다. 에이미는 내게 음식보다, 심지어는 자전거보다 더 소중하니까.

자동차가 다가오는 소리가 들린다.

속력을 내라고 만든 길이 아닌 데다가 차 두 대가 겨우 지나갈 정도의 공간밖에 없기 때문에 자동차들은 대개 빨리 달리지 않는다. 그런데 지금 다가오는 이 자동차는 점점 속력을 낸다. 엔진 소리를 들으면 알 수 있다. 모터가 윙윙거리며 소리를 높인다. 엔진 소리는 점점 커진다. 자전거 손잡이를 꽉 잡는다. 자동차가 지나가면서 바람을 일으켜 도로에서 떨어질까 봐 겁이 난다.

자동차는 귀청을 찢을 듯 엄청난 엔진 소리를 내면서 다가온다. 큰 소리를 내면서 엄청난 속도로 나를 스쳐 가는데 하마터면 내 팔꿈치를 건드릴 뻔한다. 내가 균형을 잃자 자전거의 속도는 낮아지고 앞바퀴가 비틀거리면서 거의 넘어갈 지경이다. 그 자동차는 내 앞으로 멀어지고 나는 주먹을 들어 운전자를 향해 엿이나 먹으라고 하다가 자동차 뒷유리창 너머로 낯익은 얼굴이 보인다는 사실을 알게 된다. 간이식당에서 만났던 골칫덩어리 중 하나다.

나는 미친 듯이 페달을 밟는다. 그놈들을 잡겠다는 뜻이 아니라 이 도로가 너무 외지기 때문에 가능한 빨리 좀 더 상황이 나은 도로나 고속도로로 들어가기 위해서이다. 나는 완전히 무방비 상태다. 근처에는 인가가 한 채도 보이지 않는다. 자동차들은 대부분 이 낡은 도로와 나란히 가는 주간 고속도로를 달리고 있다. 나는 계속 페달을 굴린다. 앞에 커브 길이 나온다. 아마도 집이 있으리라. 새로 닦은 도로든 뭐든 암튼 커브를 돌아가면 뭔가 있으리라.

다시 그 차의 소리가 들린다. 의심의 여지 없이 아까 그 엔진 소리다. 자동차가 돌아오고 있다. 커브 길을 돌아 내 쪽을 향해 돌진한다. 라디에이터 그릴(자동차 라디에이터 앞에 격자 모양으로 설치되어 통풍구 역할을 하는 부분—옮긴이)의 모습은 꼭 철로 만든 괴물이 이를 드러내고 웃는 것 같다. 자동차의 색깔은 핑크, 역겨운 핑크, 토사물에서나 발견할 수 있는 그런 핑크다. 자동차가 엄청난 소리를 내면서 지나가는 동안 나는 운전대를 잡은 면도칼이 라디에이터 그릴만큼이나 사악하고도 잔인하게 웃는 것을 본다. 다른 두 녀석은 차창으로 머리를 잡아 빼고 목이 쉬도록 웃음을 터뜨린다.

나는 계속 페달을 굴리며 손을 뻗어 앞바구니에 있는 아빠의 꾸러미를 만진다. 계속 페달을 굴리는 수밖에 없다. 커브 길이 가까워지면서 거기에 가면 피할 곳이 있으리라 기대하며 잠시 페달을 굴리지 않고 그냥 나아간다. 하지만 아무것도 없다. 벌판뿐이다. 생태주의자들은 왜 우리가 지구의 공간을 소모하고 있다고 생각하는 걸까? 오늘만 해도 나는 얼마나 많은 공터들과 사람이 살지 않는 곳을 봤는지 모른다. 그래서 슬슬 집과 가게며 인도와 교통 체증이 없어서 외롭다고 느끼기 시작하던 참이었다. 그런데 이제는 혼자라는 것 자체가 공포다. 나는 그 차가 또 오리라는 걸 알고 있다.

다시 엔진 소리가 허공을 점화시킨다. 나는 자동차가 오는 소리를 듣는다.

소리를 증폭시킨 것처럼, 이 도로가 보이지 않는 벽으로 만든 터널이라 엔진 소리가 울리는 것처럼 데시벨을 점점 높이면서 엔진 소리가 더 커진다. 나는 자전거 위에서 몸을 단단하게 만다. 자동차는 더 가까이 다가온다.

이번에는 자동차가 내게 부딪힌다. 괴물의 썩은 숨결 같은 바람이 느껴진다. 금속체가 와 닿으면서 내 자전거를 긁는 소리가 들려온다. 자전거는 위험하게 흔들리고 나는 버틴다. 나는 중심을 잡기 위해서 안간힘을 쓴다. 갑자기 어깨에 통증이 느껴지면서 뭔가가 어깨를 친다는 걸 깨닫는다. 자동차에 탄 녀석 중 하나가 스쳐 가는 동안 나를 때리려고 한 거였다. 이제 다시 차는 사라진다. 하지만 또 올 것이다. 다시 오리라는 걸 안다.

"하느님, 제발."

나는 말한다. 그 말은 외진 시골의 고요를 깨고 자동차가 남겨두고 간 텅 빈 공간을 채운다. 아침에 알약들을 가져왔어야 했다. 나는 내가 가져오지 않은 것들을 생각한다. 도로에서 벗어나 들판으로 피할 수도 있겠다. 하지만 들판을 보니 전혀 몸을 숨길 곳이 없다. 나무들이 여기저기 흩어져 있을 뿐이라 어디에 있는지 곧장 드러날 것이다. 자전거를 버려야만 할지도 모르겠다. 그렇다고 나를 가만히 내버려 두진 않을 것이다. 그 차는 나를 쓰러뜨릴 것이다. 내가 할 수 있는 일이란 계속, 계속 타고 가는 일과 멈춰달라는 내 말을 그 차가 듣기를 바라는 일뿐이다. 아니면 그 건달들이 이런 일은 재미없다고 생각하게 되거나, 어쩌면 그래서 결국 다시 모습을 드러내지 않을 수도 있다. 또는 자신들이 하는 짓, 그러니까 위험한 무기로 누군가를 죽이려고 하는 일이 위법이라는 걸 깨닫게 될지도 모른다. 사람을 치려고 들면 자동차도 위험한 무기가 되니까.

다시 그 자동차가 다가오는 소리를 듣는다. 앞쪽에서 오리라 예상했는데 그렇지 않다.

엔진 소리가 들린다. 뒤쪽이다.

나는 자전거로 몸을 수그린다. 균형을 유지하기 위해 미친 듯이 페달을 밟는다. 점점 더 빨리 속력을 낼 수 있도록 힘을 모은다. 몸과 팔다리 모두 아프지만 바람 소리처럼 뒤에서 따라오는 엔진 소리에 쫓겨 계속 페달을 밟는다. 자동차 타이어가 도로에 끌리는 소리와 엔진이 웅웅대는 소리가 점점 쫓아오면서 무서울 정도로, 피할 수 없을 정도로 커지고, 나는 마음의 준비를 한다.

자동차는 스쳐 지나가고 녀석들은 나를 밀려고, 또 잡으려고 내 쪽으로 손을 내민다. 나는 균형을 잃고, 자전거가 비틀거리더니 도로 옆의 개울 쪽으로 쏠린다. 내게는 개울을 향해 나아가는 자전거를 세울 방법이 없다. 나는 목이 쉬도록 웃어대는 소리를 들으며 도로의 가장자리로 가다가 한 바퀴 돌면서 아래로 뚝 떨어진다. 개울로 빨려 든다. 갑작스럽게 튀어나오는 악몽처럼 축축하고 어두운 느낌 속으로 빨려 든다.

T: 기분은 좋아졌니? 어제는 침대에서 안 나오려고 했다던데. 오늘
   은 괜찮니?

   (10초간 침묵)

T: 음식도 입에 안 댔다고 하던걸. 잠도 안 자고. 그냥 누워서 허공
   만 바라보고 있었다고.

   (5초간 침묵)

T: 하지만 우리는 네가 그냥 누워서 허공만 바라본 건 아니라는 걸
   알고 있어, 그렇지 않니? 뭔가 생각하고 있었겠지, 그렇지? 기억

나니?

(15초간 침묵)

T: 네가 기억한 건 대부분 불쾌한 것이었겠지? 끔찍한 것들. 하지만 내가 왔으니 이제 그게 그렇게 끔찍하지만은 않다는 걸 알게 될 거야.

(10초간 침묵)

T: 네가 지금 이 상태에서 벗어날 수 있도록 너를 도우려면, 너의 태도가 가장 중요해. 움츠리면 안 돼.

(10초간 침묵)

T: 우리와 함께 있어야 해. 숨어들면 안 돼.

(5초간 침묵)

T: 그레이맨을 똑바로 쳐다봐야 해. 안 그러면 모든 게 여기서 끝날 거야.

(10초간 침묵)

T: 나중에 다시 해보자. 부탁이다. 약을 먹으렴. 아니면 음식만이라도. 나는 항상 여기에 있어. 너를 도와주려고. 그걸 기억해다오.

테이프 끝 OZK009

T: 오늘 아침은 어떨까? 내가 너무 들뜬 것 같아 미안하다만, 바깥 날씨가 아주 좋구나. 새들이 지저귀고 있어. 정말 멋진 날이야.

(10초간 침묵)

T: 오늘은 정신이 바짝 든 것 같구나. 눈빛이 초롱초롱하네. 얼굴 색도 정상이고. 기분은 어떠니?

(10초간 침묵)

T: 뭘 먹었다고 하더라. 아침은 먹었다고. 좋다. 힘을 계속 비축해 야지.

(10초간 침묵)

T: 얘기하고 싶니? 네가 말하고 싶은 걸 그냥 이야기하면 돼. 나는 가만히 있을 테니까 어떤 말을 할지는 네가 골라.

(5초간 침묵)

T: 꼭 그레이맨에 대해서 얘기할 필요는 없어. 말하고 싶지 않다면. 어쨌든 아무것이나 일단 얘기를 시작해보자. 아무것이나.

(5초간 침묵)

T: 그래, 좋아. 여기서 잠깐 멈추자. 그런데 뭔가 얘기하고 싶어졌을 때 내가 여기 없을 수도 있단다.

(10초간 침묵)

T: 그럼 여기서 일단 중단하자.

(10초간 침묵)

T: 중단한다.

테이프 끝 OZK010

"얘야, 괜찮니?"

그 목소리를 듣는 동시에 나는 한 얼굴을 봤다. 그때까지 나는 공포로 비명도 지르지 못한 채, 잡을 것이라고는 하나도 없는 암흑 속으로 소용돌이치면서 빠져들고 있었다. 그런데 갑자기 "얘야, 괜찮니?"라는 말과 함께 공포가 끝나고 나를 걱정하는 다정한 얼굴이 불쑥 나타난 것이다. 노인의 얼굴, 할아버지의 얼굴이다.

"전 괜찮아요."

일어나려고 애쓰면서 내가 말한다. 등을 대고 누워 있고 싶진 않다. 나는 항상 배를 깔고 잔다. 꼼짝없이 누워 있거나 뭔가에 짓눌리기도 싫다. 나는 본능적으로 내 발로 일어서려고, 뭔가가 나를 누르고 있다면 두 팔을 휘둘러 발버둥 쳐서라도 일어나려고 한다.

"너무 서둘지 마라, 얘야."

여전히 점잖고 조용한 목소리로 그 사람이 말한다.

나는 도대체 여기가 어딘지 알아내기 위해 시간을 벌 생각으로 일단 머리를 끄덕인다. 두 팔은 아프고 입에서는 쇳내가 난다. 먼지와 신맛이 함께 뒤섞인 것처럼.

"넌 굴러떨어진 게 틀림없어."

그 사람이 말한다.

똑바로 서자 내 주위의 세상이 정상으로 돌아오고 무슨 일이 일어났는지 기억이 난다. 골칫덩어리들, 자동차, 개울로 돌진.

"자전거는 괜찮나요?"

내가 묻는다.

"괜찮은 것 같다."

그 사람이 답한다.

우리는 도로 옆에 서 있다. 그의 차, 널빤지를 댄 커다란 스테이션왜건은 가까이에 주차돼 있다. 백발 할머니가 걱정스러운 표정으로 차에 앉아 있다.

"그 애 괜찮은 거야, 아널드?"

할머니가 소리친다.

"그래, 괜찮아. 에드너."

그 사람이 대답한 뒤, 내게 이렇게 말한다.

"너 괜찮은 거 맞지? 난 차를 천천히 몬단다. 집사람은 발작이 일어난 뒤부터 빨리 달리는 걸 싫어하거든. 어쨌거나 그러다가 개울에 처박힌 네 자전거 바퀴가 보여서 차를 세운 거지. 집사람은 남의 일에 참견해서는 안 된다고 했지만, 나는 뭔가 싶어서 가봤어. 그랬더니 완전히 곯아떨어진 사람처럼 네가 개울 속에 누워 있더구나. 내가 자전거를 끌어당겼고 네 눈이 떨리는가 싶더니 정신이 돌아온 거야."

나는 그 건달 녀석들을 생각하며 고개를 끄덕였다. 녀석들이 혹시 돌아오지 않을까 염려하며 주위를 돌아봤다. 얼마나 오랫동안 정신을 잃고 그 개울에 처박혀 있었는지 궁금하다.

"지금 몇 시인가요?"

내가 묻는다. 머리가 아프다.

"4시가 다 되어가는구나."

그 사람이 말한다. 북부 사람 특유의 콧소리를 낸다. 꼭 조율하는 바이올린 줄이 내는 소리처럼.

"차를 세워주셔서 정말 고맙습니다. 감사합니다. 자전거를 타다가 중심을 잃고 개울로 떨어진 모양이에요."

내가 말한다.

"부러진 데는 없니?"

그 사람이 묻는다.

나는 두 팔을 구부리고 가슴과 허벅지를 두들긴다.

"부러진 데는 없어요."

내가 말한다.

"너 이 근처에 사니?"

다시 그 사람이 묻는다.

"아닐드, 우리 빨리 가야 돼."

그의 아내가 소리친다.

"여보, 일 분만."

목소리를 높여서 그 사람이 말한다. 그러더니 내게 말한다.

"우리가 태워줄까, 얘야? 훅셋으로 가는 길이야. 힘들어 보이는데."

"훅셋, 그다음이 벨튼 폴즈, 맞나요?"

"1, 2마일쯤 떨어져 있지."

자전거로 거기까지 가겠다고 결심했지만, 지금은 거의 4시가 다되었고 이런 속도로는 어두워진 뒤에야 벨튼 폴즈에 도착할 게 분명하다.

"들어보렴. 네 자전거는 왜건의 뒷자리에 넣으면 돼. 집사람은 신경 쓰지 마라. 뇌졸중이 온 뒤로는 예전 같지 않으니. 참을성이 하나도 없어졌어. 불쌍한 사람이야. 그렇지만 훌륭한 아내란다."

나는 어떤 방법으로 거기까지 가느냐가 아니라 가능한 빨리 루터버그에 도착하는 게 가장 중요하다는 사실을 깨닫는다.

"부인께서 괜찮으시다면……."

내가 말한다.

"같이 가자. 어디까지 간다고 했지?"

"버몬트 주 루터버그까지 갈 생각이지만, 오늘 밤에는 벨튼 폴즈까지만 가도 괜찮아요. 거기 가면 모텔이 하나 있거든요. 하룻밤 자고 나면 쌩쌩해져서 루터버그에 도착할 수 있을 거예요."

"그래, 이리 와라. 우리는 훅셋까지 태워줄 수 있고, 벨튼 폴즈는 엎어지면 코 닿을 데니까. 거기까지 태워주고 싶지만, 우리 마나님께서 병원에 예약이 돼 있어서."

나는 자동차를 향해 자전거를 미는데 두 다리가 움직이지 않으려고 한다. 다리는 아파서 끙끙대고 두 팔은 욱신거리며 장딴지는 당긴다. 지금은 온몸이 아파 죽겠지만, 저기 기다리는 차에 타면 쉴 수 있고 또 기운도 되찾으리라.

"집사람은 신경 쓰지 마라. 요즘에는 많이 달라졌어."

그 사람이 말한다.

나는 스테이션왜건의 뒤쪽 짐칸에 자전거를 넣은 뒤, 뒷자리로 기어 들어간다. 할머니는 나를 재빨리 훑어보더니 얼굴을 꼬집히기라도 한 것처럼 코에 주름을 만들어 킁킁댔다. 연고 냄새가 차 안에 가득했다. 체육관에서 바르는 연고 냄새가 아니라 병원의 연고 냄새다.

"나는 우리 차에 모르는 사람이 타면 불편하다고, 아널드."

할머니가 말한다. 할아버지는 머리를 흔들면서 중얼거린다.

"괜찮아, 에드너. 이 불쌍한 애는 넘어졌기 때문에 차를 좀 타고 가야 돼. 그것뿐이야."

자동차는 덜컹거리며 시속 20마일 정도로 천천히 나아가다 언덕을 올라가느라 속력을 좀 높인다. 그때를 놓치지 않고 할머니가 말한다.

"너무 빨라, 아널드. 너무 빨라."

나는 두 눈을 감고 시간이 흘러가도록 내버려 둔다. 몸과 마음을 풀어놓는다. 욕지기를 느끼기 시작한다. 지금까지 살아오면서 차멀미를 해본 일은 한 번도 없는데, 자동차가 덜컹거리는 바람에 속이 뒤틀려 금방이라도 토할 것 같다. 나는 차창 밖으로 지나가는 풍경을 내다본다. 우리는 아마도 플레밍이라는 곳으로 들어가고 있는 것 같다. 그게 내 다음 정류장이다. 그렇다면 플레밍에서 내려 잡화점에 들르면 알카셀처(진통제 겸 소화제로 물에 녹여서 마신다—옮긴이)를 구할 수 있겠다. 하지만 플레밍에서 훅셋까지 계속 페달을 굴릴 일을 생각하고는 혼자서 '참아, 꾹 참아.'라고 중얼댄다.

나는 두 사람이 듣지 못하게 낮은 목소리로 노래를 부르기 시작한다.

골짜기에 그 농부,
골짜기에 그 농부,
하이—호, 메리—오,

골짜기에 그 농부······

노래를 부르며 벨튼 폴즈에서 나를 기다리는 모텔을 생각한다. 거기서 푹 잘 수 있다면 내 몸의 피로는 다 풀릴 것이고 에너지는 충전되리라. 그리고 다음 날 루터버그에 가서 아빠를 만날 수 있을 것이다.

그 아내 아이를 얻어,
그 아내 아이를 얻어,
하이 ― 호, 메리 ― 오,
그 아내 아이를 얻어······

마음 가는 대로 노래를 부르자 마음은 상쾌해진다. 자동차가 부드럽게 스르르 움직이면서 속도 이제 편안해진다. 그러다가 나는 그 사람이 "자, 이제 여기가 말이다······."라고 말하는 소리를 듣는다.

나는 잠에 빠졌던 게 틀림없다. 왜냐하면 우리는 어느새 교통 체증이 일어날 만큼 복잡한 거리에 와 있기 때문이다. 어스름 속에서 네온사인들이 빛을 발하고 있다.

"여기가 혹셋인가요?"

시간이 순식간에 지나갔다는 사실에 좀 놀라며 내가 묻는다.

"우리가 거짓말하겠니?"

콧방귀를 뀌면서 할머니가 말한다.

"이런, 에드너."

그 사람은 차를 세우고 나는 내리려고 한다. 나는 꾸러미와 지도를 챙긴다. 속이 다시 메슥거리지만 내리자마자 첫 번째 잡화점에 가서 알카셀처를 사면 되리라고 생각한다. 차 문을 열자 누군가 볼륨을 크게 키운 것처럼 도시의 소음이 귀에 꽉 들어찬다.

그 사람은 차에서 내려 자전거를 꺼내는 일을 도와주더니 말한다.

"무사히 목적지까지 가기를 바란다, 애야. 낯빛이 별로 좋지 않아 보이는구나. 좀 쉬었다가 출발하는 게 좋겠어."

"고맙습니다. 정말 감사합니다."

내가 말한다.

그 사람은 내 어깨를 두드리더니 자동차로 돌아가고 나는 잡화점을 찾는다. 속은 안 좋지만 혹셋에 오게 돼 기쁘다. 이제 여기서 조금만 더 가면 버몬트 주 루터버그다.

A: 팔이 아파요. 몸도 아파요. 주삿바늘 때문이에요.

T: 미안하구나. 주사 놓는 자리를 바꿔달라고 하마. 하지만 주사가
꼭 필요했다는 사실은 너도 알고 있겠지? 너는 완전히 회피했
어. 그래서 우리는 과감한 방법을 사용해야만 했던 거지.

A: 알아요.

T: 그럼, 이해한다는 거지?

A: 솔직히, 이해하지는 못해요. 왜 여기 있는지. 어떻게 여기 온
건지.

T: 우리가 알아내려고 하는 게 바로 그거야. 우리가 이렇게 함께 힘을 모으는 것도 다 그것들 때문이지.

(8초간 침묵)

T: 네가 회피하려 한다는 건 기억에 점점 더 가까이 다가가고 있다는 뜻일 거야. 물론 기억해내려면 고통이 따르겠지. 그건 너도 인식하고 있잖니? 그레이맨이 열쇠일 가능성이 많은데 지난번에 너는 그 열쇠를 사용하는 일을 꺼렸었어. 그 열쇠로 열면 나올 뭔가를 겁내면서.

(5초간 침묵)

A: 이제는 그레이맨이 누구인지 알아요. 모든 것들을 안다고 생각해요.

T: 모든 걸?

A: 그런 것 같아요.

T: 그럼 말해봐. 얘기를 꺼내. 어디서 시작해도 좋으니까 말해. 토해내렴. 그레이맨은 누구니?

A: 그 사람은 우리 생활의 일부이기도 하고 그렇지 않기도 했어요. 항상 거기 있었기 때문에 나는 그냥 당연히 그렇게 있는 사람으로 여겼죠. 이렇게 설명하면 좋을 것 같아요. 옛날에 아빠가 추리소설의 줄거리를 말해준 적이 있어요. 제목은 '투명인간'이었죠. 영화로 만든 『투명인간』 말고 다른 이야기였어요. 살인 사건이 나오는 이야기였던 것 같아요. 살인자가 도착하면 덮칠 생

각으로 경찰들이 거리를 샅샅이 살펴보고 있었어요. 그러다 살인자가 도착하는데 아무도 그 사람을 보지 못했어요. 나중에야 경찰들은 살인자가 우편집배원이라는 걸, 그가 풍경의 한 부분 같았기 때문에 누구도 그의 존재를 눈치 채지 못하고 조용히 지나갔다는 걸 알게 되죠. 그 사람은 너무 평범해서 오히려 눈에 보이지 않았던 거예요. 그레이맨 역시 그런 식으로 우리 생활 속에 있었어요.

T: 얼마나 자주 나타났니?

A: 한 달에 한두 번은 우리 집에 찾아왔어요. 내내. 주로 주말, 특히 토요일에 왔어요. 그 사람이 벨을 누르면 엄마는 바로 방으로 올라가고, 아빠와 그레이맨은 지하실로 내려갔어요.

T: 지하실?

A: 말했던 것 같은데요. 거기 아래에 아빠가 널빤지로 마무리한 휴게실 겸 사무 공간을 만들어놓았다고요. 아빠와 그레이맨은 거기로 내려가곤 했어요. 한 시간쯤. 그러는 동안에 나는 한 번도 거기 내려가 본 일이 없어요. 그러고 나서 그 사람은 떠났어요.

T: 그런데 그 사람을 왜 그레이맨이라고 부르는 거지?

A: 우스운 일이지만, 그 사람 이름이 그레이였거든요. 어쨌든 아빠가 부르는 이름을 들어보면 그랬어요. 하지만 저한테는 그레이맨처럼 느껴지기도 했어요.

T: 왜 그랬지? 회색 옷을 잘 입고 다녔니?

A: 그렇진 않아요. 하지만 그 사람한테는 회색을 연상시키는, 뭔가가 있었어요. 머리칼이 회색이었어요. 하지만 그것 이상으로, 나한테 회색은 아무것도 아닌 느낌의 색깔인데 그게 바로 내게 느껴지던 그레이 씨 그 자체였어요. 아무것도 아닌 것 같은 거요.

T: 그러니까 그 사람은 줄곧 네 집에 찾아왔는데, 너는 한 번도 그 사람에 대해 호기심을 느끼거나 의심하지 않았단 말이니?

A: 아, 무슨 의심할 거리가 없었어요. 아빠는 그레이 씨가 아빠를 고용한 보험회사의 뉴잉글랜드 지사장이라고 했거든요. 아빠는 두 사람이 기밀 서류 같은 걸 작성해야만 한다고 했어요. 나는 물론 그 설명을 곧이곧대로 믿었죠. 그때는 아빠의 말을 의심할 이유가 없었어요. 그러니까, 그레이 씨는 우리 생활 안에 그냥 있었어요. 가구처럼 집 안 풍경의 일부였어요. 의심하고 말고 할 게 없었죠. 내가 모든 걸 의심하게 되기 전까지는요.

T: 모든 것을 의심하기 시작한 것은 언제부터니?

A: 그 전화 통화, 이모인 사람과 엄마가 통화하는 걸 엿듣게 된 이후죠. 숨겨진 이모. 두 장의 출생증명서는 그냥 넘어갈 수 있었어요. 그건 실수일 수도 있었으니까. 하지만 이 사람은 그렇지 않았어요. 그녀는 진짜였어요.

T: 왜 부모님께 그 여자에 대해서 직접 물어보지 않았니?

(6초간 침묵)

A: 너무 무서웠으니까요. 그냥 아무 일이 없었던 것처럼, 그런 전

화 따위는 들어본 일이 없다는 듯이 굴려고 노력했어요. 게다가 그랬다가는 엄마의 전화를 몰래 엿들었다는 사실을 털어놓아야만 한다는 것도 알고 있었거든요. 거기에는 논리적인 설명이 필요하다고 계속 혼자 생각했어요. 부모님이 나를 사랑한다는 걸 알고 있었고 나 역시 부모님을 믿었고 그 사랑을 의심하지 않았어요. 그래서 저는 무서웠어요. 죄책감을 느꼈고요, 두 분의 얼굴을 똑바로 쳐다보지 못했어요, 그러다가 그 특별한 토요일이 찾아왔는데…….

T: 계속 얘기해봐라.

그는 에이미의 전화를 기다리고 있었다. 전날 밤, 에이미는 다음 날 쎄인트주드 성당에서 숫자놀이를 하겠다고 말했었다. 결혼식에서 무슨 짓을 하려고.

에이미에게 늘 보여주려고 노력했던 태연함은 온데간데없이, 애덤은 앞으로 일어날 일을 생각하고는 오싹한 마음을 느꼈다.

"이것 봐, 에이미. 그러니까 교회에 가서 신성모독을 저지를 생각인 거야? 아니면 결혼식을 망치려고?"

그가 물었다.

"물론 그렇지 않아, 에이스. 그저 간단한 흥밋거리일 뿐이야. 걱정하지 마. 교회하고는 아무 상관 없으니까. 우리가 집중할 곳은 주차장이야."

에이미는 더 이상 설명하려고 하지 않았다.

"아침에 전화할게. 결혼식은 오후 2시에나 시작할 거야."

그렇게 해서 에이미의 전화가 오기만을, 동시에 오지 않기만을 기다리면서 집에서 빈둥거리는데 그레이 씨가 현관벨을 눌렀다. 애덤이 현관문을 열었다. 그레이 씨의 표정은 무겁게 굳어 있었다. 평소와 다름없는 회색빛 얼굴이었다. 그는 다정한 인사를 하거나 "얘야."라고 알은척을 하거나 기분 좋게 집 안으로 걸어 들어오느라 시간을 허비하는 사람이 아니었다. 늘 바람에 쫓기는 것 같았다. 위층에서 엄마의 침실 문이 닫히는 소리가 들렸다. 집 뒤쪽에 있던 아빠가 걸어왔다. 몇 년 전만 해도 그레이 씨는 애덤에게 가끔 선물을 주기도 했다. 장난감 배, 야구방망이, 공. 이제는 애덤에게 눈길도 주지 않았다.

애덤은 한쪽으로 비켜섰다. 그레이 씨와 아빠는 평상시와 다름없이 지하실 계단으로 향했다. 애덤은 처음으로 이상하다는 듯이 그레이 씨를 쳐다봤다. 만약에 어딘가에 이모가 숨겨져 있다면, 혹시 그레이 씨가 이모부는 아닐까? 말도 안 되는 소리였다.

할 일이 없어 지겨워지자, 그는 에이미에게서 전화가 오기만을 기다리며 이 방 저 방 기웃거렸다. 그는 점점 더 에이미 없이 시간을 보내기가 힘들어진다는 걸, 에이미 없이 살아가기가 어렵다는 걸 깨달았다. 애덤은 부끄럼이 많았기 때문에 늘 쉽게 친구를 사귀지 못했다. 그는 붙임성이 좋지 않았다. 다른 사람들에게 유명한 작가가 되고 싶다거나 하는 자신의 소원과 희망을 말할 엄두도 내지 못했다. 그랬다가는 다들 웃음을 터뜨리거나 비웃을 것이라고 지레짐작했다. 이상한 일이지만, 그에게는 자기 생의 목표가 오직 웃고 장난치는 데에만 있는 것처럼 보이는 에이미 허츠가 가장 대하기 편한 사람, 자신의 꿈을 들려줄 수 있는 사람이었다. 에이미에게도 숨기는 비밀이 몇 가지 있었다. 만약 그 모든 의심스러운 일들에 대해 에이미에게 얘기하면 어떨까 하고 생각한 적도 있었다. 출생증명서며 그 뒤에 알게 된 숨겨진 이모의 존재. 물론 에이미가 자기에게 제정신이냐고 되물을까 봐 겁이 났다.

그는 지하의 방에 있는 그레이 씨를 생각했다. 뻣뻣한 셔츠 하며, 얼마나 빈틈없는 사람인가. 그는 그레이 씨가 에이미의 숫자놀이 대상이 된다면 어떨지 상상했다. 몇 주 전 에이미는 학생들이 싫어하는 크랜들 선생님에게 학생이 쓴 것 같은 익명의 연애편지를 보내 선생님을 머리끝까지 화나게 만들었다. 남학생이 쓴 것처럼 꾸며서 불쌍한 크랜들 선생으로 하여금 사랑에 빠진 십 대 동성애자에게 스토킹당하고 있다고 믿게 만든 건 에이미의 솜씨였다.

장난이라면, 나도 얼마든지 칠 수 있어, 라고 애덤은 생각했다. 그는 지하실로 내려가는 문까지 갔다. 그는 귀를 기울였다. 아무 소리도 없었다. 그는 문을 열고 계단을 따라 내려갔다. 지하실 문은 닫혀 있었다. 애덤은 발끝으로 살금살금 그 문까지 걸어갔다. 그는 망설이지 않고 그 문에 귀를 바짝 댔다. 아무 소리도 나지 않았다. 방음 처리한 게 틀림없다고 생각했다. 지하실이 동굴처럼 둥근 천장을 가졌다는 사실이 문득 떠올랐다. 그 방에 있으면 늘 그는 미미한 폐쇄 공포증을 느꼈다. 아빠는 벽과 천장에 빈틈없이 널빤지를 덧대 천장의 창문을 막았다. "프라이버시가 필요할 때는 프라이버시를 만들면 되는 거지."라고 아빠는 농담을 했다. 하지만 그건 진짜 농담이었을까?

문의 나무에 댄 애덤의 귀가 따뜻해지고 있었다.

바로 그 순간, 그는 손잡이가 돌아가는 소리를 들었다.

애덤은 몸을 돌려 어둠 속으로 숨어들었다.

아빠의 윤곽이 모습을 드러냈다. 애덤은 벽에 몸을 딱 붙였다. 아빠는 그를 봤을까? 그가 문밖에 있는 소리를 들었던 것일까?

아빠는 잠시 멈춰 서서 적잖이 당황한 애덤으로서는 알아들을 수 없는 말을 그레이 씨에게 건넨 뒤 — 심장 뛰는 소리가 너무나 컸다 — 문을 닫았다. 아빠는 계단을 밟고 위로 올라갔다.

애덤은 천장을 울리는 발걸음 소리를 통해 아빠가 위층에서 이 방 저 방 걸어 다닌다는 사실을 알 수 있었다. 지하실에 있는 그레이 씨에게서는 아무런 소리도 들리지 않았다. 애덤은 에드거 앨런 포우의 이야기에 나오는 것처럼 자기 심장이 뛰는 소리가 남들에게 들릴까 봐 걱정됐다. 아빠가 다시 계단을 밟고 아래로 내려왔다. 애덤이 있는 쪽은 쳐다보지도 않았다. 걱정된다거나 서두르는 기색도 보이지 않았다. 아빠가 문을 닫자, 빛 줄기가 사라졌다. 그

제야 애덤은 벽에 기댄 몸에서 편안하게 힘을 뺄 수 있었다. 땀으로 흠뻑 젖었다. 그는 천천히 걸어간 뒤에 소리 나지 않게 계단을 밟고 올라갔다.

T: 그게 다니?

A: 아니에요.

T: 그럼 좀 더 해보자. 땀을 흘리고 있구나. 크리넥스 휴지가 거기 있을 거야. 좀 닦아라.

A: 고맙습니다.

(10초간 침묵)

T: 그런데 지하실 문에 있는 너를 아빠가 본 건 아니니?

A: 맞아요. 하지만 그때는 몰랐어요. 그냥 봤을지도 모른다고 생각했죠. 그레이 씨와 함께 지하실에서 올라왔을 때, 아빠가 저를 좀 이상하게 쳐다보더라고요. 수상하다는 듯이. 하지만 아무 말씀도 없었어요. 아빠 얼굴을 마주 대하기 힘들었어요. 그래서 저는 아빠에게 에이미 허츠네 집으로 놀러 간다고 말했죠. 하지만 가지 않았어요. 차고로 가서 거기 있는 작업대에 앉았어요. 겁에 질려 있었거든요. 사람을 잘 속이지도 못하고 아닌 척 연기하는 것도 정말 못하기 때문에 겁이 난 거죠. 거기 앉아 있는데 기분이 끔찍하더군요. 부모님 이야기를 몰래 엿들었다는 게 부끄럽기도 했고요. 부모님은 나를 사랑하고, 또 그 모든 일을

내가 납득할 수 있도록 설명하실 수 있다는 걸 알았어요. 그래서 나는 아빠를 만나려고 다시 집으로 갔어요. 잘못했다고 말하려고요. 그런데 아빠는 보이지 않았어요. 나는 지하실을 둘러봤어요. 거기에도 없었어요. 위층으로 올라갔어요. 부모님 침실 문은 여전히 닫혀 있었어요. 나는 그 문으로 다가갔어요. 문을 두드리고 들어가 내가 했던 짓을 다 털어놓으려고 했죠. 그때 목소리가 들렸어요. 그리고 모든 게 바뀌었지요. 영영.

(10초간 침묵)

T: 무슨 얘기를 들었지?

A: 이상한 거였어요. 꼭 오래전 그날 들려오던 끔찍한 속삭임 같은 목소리였어요. 아빠의 목소리를 들었죠. 이렇게 말했어요. "그 애가 의심하기 시작했어. 지하실 문에서 엿듣고 있었거든. 톰슨하고 내가 하는 말을 몰래 들으려고 한 거야." 잠시 나는 그게 전혀 다른 상황에서 벌어진 다른 사람에 대한 이야기인 줄 알고 마음을 놓았어요. 톰슨이라는 사람은 제가 몰랐으니까요. 그때 엄마가 이렇게 말하더군요. "그 사람, 이제 그만 와야 해요. 그리고 무엇보다 제 이름을 사용해야지. 우리가 톰슨을 그레이라고 부른 지도 벌써 몇 년째예요. 이젠 아주 딴사람 같아요. 이 우스꽝스러운 짓은 이젠 그만……." 엄마는 화난 목소리였어요. 그렇게 화난 목소리는 한 번도 들어본 일이 없었죠. 아빠가 말했어요. "이름이 수천 개도 넘을걸, 아마. 그렇게 해서 살아남은

거니까. 덕분에 우리도 살아남았고." 엄마가 이제는 어느 정도 화가 누그러진, 예의 그 슬픔이 담긴 목소리로 말했어요. "다 그 덕분이죠. 사는 게 아니라 그저 살아남는 일."

(7초간 침묵)

T: 계속해라. 크리넥스로 좀 닦고.

(12초간 침묵)

A: 그리고 아빠가 말했어요. "이젠 어떻게 해야겠어, 루이즈. 그 애도 더 이상 애가 아니야. 언젠가 밤에 마사하고 전화할 때 엿들은 것 같다고 하지 않았어?" 엄마가 뭐라고 말하는지는 들리지 않았어요. 아빠 목소리는 들을 수 있었죠. "그레이, 그러니까 톰슨이 뭐라고 말하든 이젠 애덤에 대해서 뭔가 해야 할 때가 된 것 같아." 나는 복도에서 덜덜 떨었어요…….

(8초간 침묵)

T: 이제 다 분명해졌구나, 그렇지?

A: 맞아요.

T: 잠시 쉴래, 아니면 계속할까?

A: 계속해요.

테이프 교환:

OZK011 끝

A: 내가 아는 다음 장면은 지하실에 가서 앉아 있었던 거예요. 문을 열어놓았어요. 거기 있는 나를 아빠가 볼 수 있게요. 전화벨이 울렸고, 거기에 연결된 전화기가 있었지만 나는 받으려고 하지 않았어요. 넋이 나간 사람처럼 거기 앉아 있었죠. 에이미 전화라는 걸 알았지만 그 순간만은 에이미도 중요하지 않았어요. 나는 거기 앉아서 아빠가 내려오기만을 기다렸어요. 얼마나 오랫동안 그렇게 있었는지도 몰라요…….

그는 불을 켤 생각도 하지 않았다. 희미한 빛이 지하실 저쪽에서 방을 가로질러 날아가 탁구공에 부딪혔다. 탁구공은 모형 달처럼 어둠 속에 떠 있었다. 그는 거기에 얼마나 오랫동안 앉아 있었는지 몰랐다. 그러다 아빠의 목소리가 들렸다.

"애덤?"

아빠는 맨 윗계단에서 그를 불렀다.

"애덤, 거기 아래 있니?"

애덤은 대답하지 않았다. 하지만 아빠는 애덤이 거기 있다는 걸 눈치 챈 게 분명했다. 왜냐하면 지하실로 흘러드는 빛을 가리며 아빠가 계단을 내려오기 시작했기 때문이었다. 아빠는 널빤지를 덧댄 방의 문까지 와서 그를 봤다.

"너, 여기서 뭐하니? 조금 전에 에이미에게 전화가 와서 걔네 집에 가고 있다고 말했는데."

아빠가 물었다.

그는 아빠를 올려다봤다. 걱정스러운 표정의, 다정한 아빠. 무슨 일이 있었든지 그는 아빠를 전적으로 신뢰했다. 하지만 애덤은 여전히 입을 열지 않았다. 그는 자신이 무슨 말을 할지 알 수 없었다. 자기 입에서 무슨 말이 쏟아져 나올지, 혹시 묻고 싶지 않았던 질문을 할지, 그래서 듣고 싶지 않은 답을 들을지. 하지만 동시에 그는 알고 싶었다. 모든 것을 다 알고 싶었다. 아무 일도 없었다는 듯이, 두 번째 출생증명서 같은 건 세상에 없다는 듯이, 그 전화 내용도 들어본 일이 없었다는 듯이 행동하는 일에도 이젠 지쳤다. 속이고 사는 사람이 되는 것도, 그런 척하는 일도 지겨워졌다.

"괜찮니, 애덤?"

그렇게 묻는 아빠의 이마에 걱정 때문에 주름이 잡혔다. 아빠는 작업대 옆에 앉았다.

애덤은 탁구공을 바라봤다. 더 이상 달이 아니라, 이제는 그냥 공이었다.

"무슨 일이라도 있니?"

가볍게 떠보는 것처럼 아빠가 물었다. 애덤의 엄마가 별로 기분이 좋지 않을 때면 아빠는 그런 말투로 얘기했다.

애덤은 두 눈을 감았다. 아무런 준비도 계획도 하지 않았는데, 이런 말들이 튀어나왔다.

"그게 다 뭔가요, 아빠? 그레이 씨는 누구고 톰슨 씨는 누구예요? 그 아줌마, 엄마가 매주 전화하는, 마사라는 그 아줌마는 또 누구고요? 도대체 어떻게 된 거죠, 아빠?"

그렇게 물으면 자기가 전화와 얘기를 몰래 엿들었다는 걸 실토하는 것임을 그는 알았다. 또한 동시에 진심으로 슬프지만, 어떤 대답이냐에 따라서 자신의 삶이 바뀌리라는 걸, 자신의, 가족의 삶에 그가 알지 못했던 진실들이 드러나리라는 걸 알 수 있었다. 처음부터 물어보는 걸 주저한 건 바로 그 이유 때문이리라. 무엇도 바뀌지 않기를 바랐으니까. 하지만 이제 질문은 던져졌다. 그는 두 눈을 뜨고 아빠를 바라봤다.

"주여."

아빠가 말했다. 애덤으로서는 아빠가 욕을 하는 것인지 기도를 하는 것인지 확신할 수 없었다.

"주여."

아빠는 다시 말했다. 한숨을 내쉬며. 길고 긴 한숨, 그 한숨 속에 담긴 피로, 또한 슬픔, 극심한 슬픔.

아빠가 그의 어깨를 만졌다. 부드러운 손길, 진심으로 쓰다듬는 손길이었다.

"얼마나 많은 걸 알고 있니, 애덤?"

"모르겠어요, 아빠. 많진 않아요."

공간을 울리는 목소리가 이상하게 들렸다.

"그렇겠지. 그렇게 물어본다는 것 자체가 내가 더 유리한 처지라는 얘기구나. 그동안 뭔가 미심쩍은 것들이 있었겠지? 네가 나를, 우리를, 네 엄마와 나를, 관찰하듯이 바라보는 모습을 몇 번 목격했다. 최근에는 몰래 집 안에 숨어 있기도 했고. 엿듣거나. 곰곰이 생각하면서. 우린 처음에 에이미 때문에 네가 멍해졌다고, 에이미 때문이라고 생각했어. 아니 그렇다고 믿었지. 언젠가 네가 지금처럼 내게 물어보는 날이 올까 봐 두려웠기 때문에."

아빠는 한숨을 내쉬었다.

"그런데 오늘이 바로 그날이구나……."

"말해줄 거죠, 아빠? 도대체 그게 다 뭔가요? 난 알아야 해요."

애덤이 물었다.

"그래, 너도 알아야겠지. 네게도 알 권리가 있고. 이젠 더 이상 어린아이가 아니니까. 그렇게 생각한 지도 오래됐어. 하지만 이런 일에 적당한 때라는 게 있을 수가 없지……."

T: 그래서 아빠가 말했니?
A: 예. 그래요, 말했어요.
T: 뭐라고 말했니?
A: 내 이름은 폴 델몬트라고요. 애덤 파머는 없다고요.

(15초간 침묵)

T: 계속할 수 있겠니?

A: 예. 전 괜찮아요. 좋아요.

T: 그럼, 그리고 또 무슨 말을 했지?

A: 모든 걸 다…….

T: 모든 걸 다?

A: 예, 거의 다요. 버스를 타고 가던 밤에 대한 기억이 처음이라고 했었잖아요. 아빠는 그 기억이 맞다고 했어요. 우린 도망가고 있었어요. 새로운 곳에서 살기 위해서요. 그리고 숲에서 개를 만났던 그날은. 아빠가 '그들' 중 한 명을 알아봤기 때문에 숲으로 도망쳤던 거예요.

T: 그들이라니?

(9초간 침묵)

A: 지금은 확실치 않아요. 그들이 누군지 알긴 알았으니까 기억이 다시 돌아오겠죠. 어쨌든 그날 지하실에서 아빠는 내가 누군지,

자신이 누군지, 우리가 누군지 얘기했어요. 갑자기 과거가, 전에는 하나도 몰랐던 뭔가가 생긴 거죠. 그날 오후, 몇 시간 만에, 그 지하실에서, 모든 게 바뀌었어요…….

앤터니 델몬트가 진짜 이름인 그의 아빠는 뉴욕 주 북부의 작은 마을에서 기자로 일했다. 그 마을의 이름은 블라운트로 인구는 삼만 정도였다. 마을을 굽어보는 화강암 줄무늬의 높은 봉우리들로 유명한 곳이었다. 백 년 전, 대서양을 건너 그 봉우리들로 대리석과 화강암을 다루는 기술을 지닌 이탈리아 사람들이 몰려들었는데, 애덤의 증조할아버지도 그중 한 명이었다. 채석장은 얼마 지나지 않아 고갈됐지만 그 이탈리아 사람들은 거기 남아 마을에 동화됐다. 이들은 하얀 살결에 금발을 지닌 북부 이탈리아인들로, 산등성이의 계단식 밭에 포도를 키우지 않았다. 애덤의 할아버지는 자기 세대 중에서는 처음으로 교육의 기회를 찾아 나선 사람이었다. 그는 로스쿨을 졸업한 뒤, 블라운트 한복판에 법률사무소를 운영하는 등 그럭저럭 성공을 거뒀다. 애덤의 아빠는 법률 쪽의 일을 할 생각이 없었다. 그는 글 쓰는 일에 끌렸다. 그는 뉴욕 시에 있는 컬럼비아 대학교에서 학업을 마친 뒤, 미주리 언론대학원에 다녔다. 여행 가방에 학위를 넣고 블라운트로 돌아와 『블라운트 텔레그래퍼』의 수습기자가 됐다. 곧 그는 정식 기자로 승진해 정치 담당으로 발령받았다. 그는 신문사 일을 좋아했다. 도서관 서가의 책들을 채우는 문학적인 문장들이 아니라 기사를 작성할 때 사용하는 날카롭고 짧은 문장들에 매혹됐다. 촌철살인의 문장들. 지면 위를 춤추듯이 내달리는 공격적인 동사들. 『텔레그래퍼』의 사주이자 편집인이었던 라스코우 캠벨은 이야기의 표면에 존재하는 현상 뒤에 숨어 있는 의미들을 찾아내라고, 평범한 독자들에게는 감춰져 보이지 않는 것들을 샅샅이 파헤치라고 주문했다. 그는 블라운트의 부패 사건을 다루는 일련의 연재 기사로 AP통신사가 주관하는 '올해의 지역신문 기자상'을 수상했다. 그 기사에서 그는 제설기와 트럭을 구매하면서 뇌물을 받아 챙긴 건축과 공무원의 비리를 추적했다. 라스코우 캠벨은 기뻐했다. 때로 그는 기자상을 받은 앤터니 델몬트를 올버니에 있는 주 의회의사당으로 며칠씩 출장 보냈다. 다시 한 번 그 사주는 자부심으로 얼굴이 환해졌다. 그 정도 규모의 신문 중 주 의회 의원에게서 독점 기사를 따낼 수 있는 곳이 과연 몇 군데나 되었겠는가?

· 그러는 동안, 애덤의 아빠는 한 여자를 만나 결혼에 이르렀다. 그녀의 이름은 루이즈 놀란, 푸른 눈동자에 검은 머리칼을 가진 수줍음 많은 미인이자, 불행했던 부모 사이에서 태어난 둘째 딸이었다. 그녀의 어머니는 그녀를 낳다 죽었고, 블라운트 인근에서 그럭저럭 평판이 좋았던 아버지는 그 뒤로 맥주든, 위스키든, 럼주든, 호밀 위스키든 아픔을 달랠 수 있는 마실 것이라면 가리지 않고 빠져들기 시작했다. 어느 1월의 밤, 그는 인사불성인 채 눈으로 뒤덮인

뒷골목을 걸어가다가 발을 헛디디고 쓰러져 얼어 죽었다. 그때 근면한 한 젊은 기자가 루이즈 놀란을 슬픔에서 구해냈고, 마침내 두 사람은 쎄인트조우저프 성당에서 결혼식을 올렸다. 애덤의 엄마는 평생 독실한 가톨릭 신자였기 때문이었다. 가장 어려운 시기에도 줄곧 지켜왔던 종교적 믿음은 그녀의 아버지가 죽은 뒤 더욱 굳건해졌다. 결혼식은 허례허식 없이 검소했다. 양가의 부모는 모두 죽었으며 가까운 곳에는 먼 친척들만이 흩어져 살고 있었다. 나이아가라폭포로 신혼여행을 다녀온 뒤 그들은 애덤의 조상들을 마을로 정착시킨 그 봉우리의 그늘에 있는 블라운트의 방 다섯 개짜리 농장에서 살림을 시작했다. 곧 예쁘고 유순한 아이(아빠가 자신을 그렇게 묘사하자, 애덤은 낯이 뜨거워졌다.), 애덤이 태어났다. 좋은 삶, 멋진 삶이었다…….

T: 그래, 그래. 알겠어. 이제 알겠구나…….

A: 지겨운 모양이군요. 죄송해요. 제가 지금 너무 세세한 것까지 말하고 있는 건가요? 저에 관한 모든 걸 듣고 싶어 하시는 것 아니었나요?

T: 그래, 물론 다 알고 싶지. 지겨운 것처럼 보였다면 사과하마. 아직도 함께 가야 할 길이 아주 멀거든.

　　(5초간 침묵)

A: 저에 관해서 진짜 알고 싶은 게 뭔가요? 도대체 뭐가 알고 싶어

서 계속 물어보시는 건가요?

T: 왜 이런 일을 해야만 하는지 다시 얘기해야만 할까? 이건 너의 과거를 알아내기 위한 여정이라고 말하지 않았니? 나는 안내자일 뿐이고.

A: 하지만 가끔은 어느 쪽이 더 중요한 건지 궁금할 때가 있어요. 내가 나에 대해 알아내는 것인지 당신이 나에 대해 알아내는 것인지.

T: 그런 예민한 문제는 접어두는 게 좋겠다. 그런 의문들은 뭔가를 알아내는 걸 방해할 뿐이지. 그렇게 되면 네 기억에서 지워진 부분들은 영영 그렇게 남겨지는 거야.

(6초간 침묵)

A: 알겠어요. 죄송해요. 말씀하신 대로 계속 저를 도와주세요.

T: 그럼 계속해보자. 과연 무슨 일이 일어났기에 블라운트에서 전원생활을 즐기던 너희 가족이 야간 버스에 올라타야만 했는지 같이 알아보도록 하자.

그는 그날 지하실에서 들었던 아빠의 목소리를, 그리고 우주 공간 속에 떠 있는 작은 행성 같았던 탁구공을 여전히 기억할 수 있었다. 자신을 꽉 움켜쥐는 듯한 아빠의 목소리. 그럼에도 그의 작은 일부, 이제는 더 이상 애덤 파머가 아니라 폴 델몬트인 그 부분은 고독하고 외로웠다. 나는 폴 델몬트인 거야. 자기 내부에서 그런 목소리가 들려왔다. 폴 델, 몬, 트. 그렇다면 애덤 파머는 누구인가? 그는 어디서 나온 것일까? 마침내 아빠는 그에게 애덤 파머가 생긴 건 아주 오래전의 일이라고 말했다. 오래전, 그러니까 원래는 이름이 앤터니 델몬트였지만 나중에 데이비드 파머가 된 한 기자가 올 버니의 주 의회에서 어떤 서류를 발견하고 그 안에 든 내용을 알게 되면서, 결국 그들의 삶을 돌이킬 수 없게 만들어버린 그 내용들은……

T: 그게 무슨 내용이었지?

A: 정확하게 말씀해주시진 않았어요. 하지만 저도 정부 내의 부패와 관련한 것이라는 정도는 알아요.

T: 정부라면 어떤 정부를 말하는 거냐? 주 정부, 아니면 연방 정부?

A: 둘 다요. 단순히 정부만 연루된 게 아니었어요. 연결 고리가 있었죠.

T: 연결 고리라니?

A: 범죄 사이의, 아빠는 어떤 조직이라고 말씀하셨는데요, 그 조직과 정부, 그러니까 읍면 단위에서 워싱턴까지를 포함하는 정부 사이를 잇는 거였어요.

T: 그런 연결 고리에 대한 구체적인 증거가 있었니?

A: 또 심문하는 것처럼 말씀하시는군요. 저 개인에 대한 관심은 하나도 없이, 어떤 특별한 정보를 찾는 것처럼 말이죠.

T: 모든 건 너 개인과 연결돼 있어. 우린 구체적으로 말해야 해. 추상적으로 애매하게 말하는 건, 지금까지 말한 것으로도 충분하지 않니? 구체적인 게 부족하니까……. 새벽 2시에 악몽에서 깨어나는 것도 그런 이유 때문이 아니니?

(5초간 침묵)

A: 죄송해요. 아무튼 아빠는 자신이 발견한 정보, 밝혀내는 데 일 년이나 걸린 그 정보에 대해서 말했어요. 아빠는 증인이 될 필요가 있었어요. 그래서 워싱턴에서 증언해야만 했던 거죠. 어떤 특수한 상원 위원회에서. 문을 닫은 채 비공개로. 텔레비전 카메라도, 기자도 없어야만 했어요. 나중에는 누군가 기소되고 체포되겠지만, 증언은 비공개로 이뤄져야만 했죠. 그렇지 않으면…….

T: 그렇지 않으면, 뭐?

A: 아빠가 한 말을 그대로 기억해요. 그렇지 않으면 아빠의 삶은 구멍 뚫린 5센트짜리처럼 쓸모없어질 거라고 했어요. 그런 식으로 말하는 걸 한 번도 들어본 일이 없었어요. 하지만 듣는 순간 그게 무슨 뜻일지 알겠더라고요.

(5초간 침묵)

T: 계속해봐.

A: 아빠는 워싱턴으로 가서 증언했고 수사관들이 추적할 수 있도록 증거를 제시했어요. 수사관들은 아빠의 신원은 비밀로 보호

할 것이라 했고, 아빠는 그 말을 믿었어요. 거의 일 년쯤 아빠는 집을 비우고 호텔에 숨어 있었어요. 이따금 엄마와 나를 만나기 위해 집에 올 때면 집 주변에 경호원들이 눈에 띄지 않게 그늘 같은 데 서서 아빠를 지켰죠. 그때 저는 아기였어요. 두세 살 정도. 그 시절 내내 아빠는 죄책감에 사로잡혀 있었다고 했어요. 하지만 그건 해야 할 일이었다고도 했죠. 아빠는 조국을 위해서 올바르게 행동해야만 하고, 알고 있는 걸 죄다 말해야만 한다고 믿는 구닥다리 시민 의식을 지녔다고 했어요.

T: 아까 너는 네 아빠가 거의 다 얘기했다고 말했지. 그건 무슨 뜻이었니?

A: 저한테는 말해주기 힘든 정보도 있다고 했거든요. 그래야 저를 보호할 수 있다고.

T: 그게 어떻게 너를 보호할 수 있다는 말이지?

A: 아빠 말은 내가 어떤 문제나 어떤 일에 대해서 조금이라도 의문을 가지면, 그걸 떨치기 어려워질 테니까 아예 처음부터 잘 모르는 게 낫다는 거였어요. 그러면 거짓말 테스트 같은 조사도 통과할 수 있다는 거죠. 다시 말하면 나는 아는 대로 말해도, 진실만 말하게 하는 주사 같은 게 있다고 하더라도 배신할 일은 없을 것이라고요.

T: 도대체 뭘 배신한다고 생각한 거니?

(6초간 침묵)

A: 질문이 좀 이상해요.

T: 네 말대로 내 질문이 이상하다면, 어디가 어떻게 이상한 거지?

A: 배신에 대해서 물어보는 것 같지만, 결국 나더러 뭘 배신하라고 말하는 것 같잖아요. 저는 몰라요. 혼란스러워요.

T: 물론 너는 혼란스럽겠지. 얘기 하나 해줄까? 지금 네가 말하는 논리나, 네가 갖고 있는 의구심 같은 건 너 자신을 보호하려 만든 것인지도 몰라. 너는 네게 일어난 일들에 관한 중요한 뭔가가 나오려고 할 때마다 멈춰 서고 있어. 내가 물어보는 질문들을 경계하면서. 왜냐하면 겁이 나니까. 너의 과거를 직시하는 게 내키지 않으니까.

A: 겁나지 않아요. 나도 알고 싶어요.

T: 그럼 앞으로 계속 가보자. 옆길로 새지도, 뒤로 돌아가지도 말고.

A: 좋아요…….

(5초간 침묵)

A: 어디까지 얘기했죠?

T: 워싱턴에서 증언하던 일까지…….

A: 그래요, 그렇게 해서 모두 끝났어요. 아빠는 블라운트로 돌아와서 직장에 복귀했어요. 캠벨 씨는 아빠가 없던 기간을 휴가로 처리했어요. 캠벨 씨는 아빠가 워싱턴에서 집필을 위한 취재 활동을 했다고 생각했어요. 정부에서는 아빠의 월급을 지급했고요. 어쨌든 모든 게 끝났어요. 할 일도 모두. 기소장이 작성됐어

요. 조용히 사람들이 체포됐고, 워싱턴에서는 돌연한 사임이 여러 건 있었죠. 하지만 영웅 같은 건 없었어요. 아빠는 그런 걸 원하지 않았어요. 아빠는 가족들과 원래대로 살 수 있기만을 바랐을 뿐이에요. 그러다 그 일이 터졌어요…….

폭탄. 자동차에 설치되어 그의 아빠가 차 열쇠를 돌리기만을 기다리는. 하지만 어느 지방 경찰관이 델몬트가(家) 근처를 어슬렁거리는 낯선 사람 둘을 목격한 덕분에 폭발은 일어나지 않았다. 경찰서로부터 아빠에게 집 안에서 나오지 말라는 전화가 걸려 왔다. 폭발물 전담팀이 현장에 나타나 자동차를 견인해 갔다. 나중에 조사한 바에 따르면 자동차는 물론이고 반경 10피트 안에 있는 것들을 모두 날려버릴 만큼 강력한 폭탄이 액셀에 설치돼 있었다고 한다.

사흘 뒤 또 다른 시도가 이뤄졌다. 아빠는 신문사에서 늦도록 야근하고 있었다. 마음이 불안하고 신경이 날카로워서 타자기를 두드리기 힘들었지만, 불안한 마음에 굴복하긴 싫었다. 어쨌든 라스코우 캠벨이 경찰서장에게 채근한 탓에 경찰관 한 명이 신문사 건물 입구를 지키고 있었다. 아빠는 시청 조달부서에서 벌어진 부패 사건에 관한 3회 연재 기사를 완성했다. 돈을 중복해서 챙기는 일은 없었지만, 서류상으로만 존재하는 장비에 대한 대여비가 책정돼 있었다. 아빠는 계단을 걸어 내려갔다. 경찰관의 모습을 보자, 안심이 됐다. 그때 경찰관이 아빠를 향해 돌아섰다. 그의 손에는 권총이 있었다. 아빠는 그 자리에 얼어붙었다. 그가 권총을 치켜들었을 때, 아빠는 그 얼굴과 무표정한 시선을 봤다. 고용된 킬러, 청부살인업자의 표정이었다. 어마어마한 슬픔이 아빠를 휩쓸었다. 아빠에게는 아내와 아들이 있었다. 자기가 사라지면 이제 아내와 아들을 돌보는 사람은 없을 것이었다. 권총이 발사되고 폭탄이 터지는 소리만큼이나 큰 소리가 울렸다. 마음의 준비를 단단히 하고 있던 아빠는 슬로모션처럼 그 킬러가 두 눈이 튀어나올 듯한 표정으로 입을 벌린 채 나자빠지는 모습을 볼 수 있었다. 킬러는 앞으로 넘어졌고, 권총은 그의 손에서 보도로 미끄러졌다.

그날 밤 이후, 그레이 씨가 그들의 삶으로 들어왔다…….

T: 구체적이라는 말을 네가 싫어하는 것 같지만, 어쨌든 이제 좀 구체적이구나. 그렇다면 이제 이 그레이 씨라는 사람은 누구냐? 지금까지 네가 한 말을 들으면 이 사람은 너희 가족의 삶 주위를 서성거리는 유령 같은데.

A: 정부, 연방 정부를 위해서 일하는 사람이에요. 아빠 말로는 처음부터 그레이 씨는 이 사건에 연루돼 있었다고 해요. 아빠가 증언할 때부터. 그냥 뒤에서 지켜보면서 기다렸을 뿐…….

T: 경호원 같은 거?

A: 아니요. 경호원 이상의 존재죠. 아빠 말로는 정부에서 새 조직을 만들 때 처음부터 참여했던 사람이었대요.

T: 그건 어떤 부서였지?

A: 잠깐만 생각 좀 해보고요.

(5초간 침묵)

A: 지금은 이름만 생각나요. 미합중국 신원재발급부. 사람들을 보호하려고 만든 것 같아요. 사람들을 보호하기 위해 새로운 신원을 발급하는 거죠. 그러면 누구도 찾지 못할 테니까.

T: 누가 찾는단 말이지?

A: 증언에서 죄가 드러난 사람들이죠.

T: 미안하지만 도대체 무슨 말인지 정확히 이해되지 않는구나.

A: 아빠가 뭐라고 말했는지 정확하게 기억해볼게요.

(5초간 침묵)

A: 머리가 슬슬 아프네요. 뭔가가 두드리는 것 같아요.

T: 알약을 줄까?

A: 아니요. 이제는 알약을 믿지 않아요.

T: 그건 이제 나도 믿지 않는다는 소리니?

A: 지금은 뭐라고 확실하게 못 하겠어요. 생각할 시간을 좀 주세요. 아빠가 저한테 무슨 말을 했는지 죄다 생각할 시간을요. 우리가 얘기했던 모든 것들을 생각할 시간을…….

　두 사람이 대화하던 방식. 아니, 그렇다기보다, 아빠는 말하고 애덤은 들었다. 하지만 백 번에 한 번, 천 번에 한 번쯤이었다고 해도 애덤도 질문을 했다. 자신의 원래 이름과 변화된 삶을 알게 된 처음 며칠 동안, 마침내 끔찍하던 침묵은 사라지고 애덤과 아빠는 쉬지 않고 이야기를 나눴다. 널빤지를 덧댄 지하실에서 얘기할 때도 있었고 집 밖에서, 길을 걸어가면서, 식당에 앉거나 공원 벤치에서 한가롭게 얘기할 때도 있었다. 아빠는 왜 그렇게 많은 부분을 가려야만 했는지 설명했다. 널빤지를 덧댄 방은 안전한 방이었다. 그레이 씨의 부하들이 방을 조사해 "벌레"—도청기—들이 없다는 사실을 확인했다. 그 방 안이 아니라면 누군가 엿듣거나 도청할 가능성이 없도록 사람들이 많은 장소에서 움직이면서 대화를 나누는 게 제일 좋았다. 그런 대화를 통해서 아빠는 애덤에게 지금까지 일어난 일들을, 어떻게 해서 새로운 삶을 살게 됐는지를 들려줬다.

아빠는 이렇게 말했다.

"우리로서는 달리 선택할 여지가 없다는 게 최종 결론이었어. 그레이가 몇 가지 대안을 말했지. 그 사람은 신원재발급부를 발전시킨 사람이었어. 그 부서는 조직범죄에 맞서서 증언하는 사람들이 생겨나자 그들을 보호할 필요성 때문에 갑자기 성장했지. 처음에는 범죄 조직에 가담했던 사람들이 증언했었어. 조직의 일원으로 활동하다가 어떤 이유로 인해 자기 패거리들을 배신하게 된 범죄자들이지. 그들은 그 대가로 보호를 요청했어. 처음에는 그저 경호원을 붙여주는 것뿐이었지. 처음에 증언한 사람들 중에는 유죄 판결을 받아서 수감된 사람들이 있었는데, 이 경우에는 어쩔 수가 없었어. 그렇지 않고 감옥에 들어가지 않은 증인들에게는 새 신분증을 만들어줬지. 그래서 새로 받은 이름으로 새로운 삶을 살 수 있었던 거야."

애덤과 아빠는 대개 여자애들로 이뤄진 무리가 돌차기 놀이 따위를 하면서 놀고 있는 학교 운동장을 걸어가고 있었다. 아이들의 순진무구한 웃음과 고함이 오후의 공기에 울려 퍼졌다. 갑자기 그 모든 것들이 애덤에게는 낯설어졌다.

"그레이가 상황에 대해서 설명했단다."

아이들도, 햇살도 느끼지 못한 채, 고개를 약간 숙이고 두 눈으로 보도를 두리번거리며 아빠가 계속 말했다.

"그 사람이 말하기를, 내가 알고 있던 삶은 끝났다고 하더라. 총알로든 폭탄으로든 그 어떤 무기로든 내 인생이 끝장나는 건 시간 문제였으니까. 그 사람은 처음부터 나를 지켜봤던 거야. 차에 폭탄이 설치됐을 때도 그레이와 그 부하들이 경찰서에 경고한 거지. 경찰인 것처럼 차려입고 신문사 건물 바깥에서 나를 죽이려고 서 있던 사람에게 총을 쏜 것도 그레이의 부하였어. 그레이는 그때가 언제가 됐든 암살은 성공할 거라고 했어. 나보고 살아남을 수 없다고 했지. 이유를 대라면 한둘이 아니었겠지만, 어쨌든 나에게 복수하려는 사람들이 있었어. 그렇게 하면 비리를 증언하려는 다른 사람들에게 좋은 본보기가 될 테니까. 게다가 그들은 여전히 내가 조사를 통해 얼마나 많이 알게 됐는지, 당국에 얼마나 많은 사실들을 제

보할 것인지 알지 못했어. 혹은 당시에는 아무런 가치도 없는 것처럼 보였지만, 나중에 모든 사실이 밝혀지고 나면 더 중요해질 수도 있는 일들을 얼마나 알고 있는지도 알지 못했지.”

아빠는 돌멩이를 걷어찬 뒤, 하수구까지 굴러가는 것을 지켜봤다.

“나는 영웅이 될 만한 사람은 아니다. 겁이 얼마나 많은데. 하지만 나는 한번 부딪쳐보겠다고, 미국은 자유국가가 아니냐고, 법이 있지 않냐고, 시민이라면 도망가지 않더라도 보호받을 수 있을 거라고 그레이를 설득하려고 했지. 그런데 그레이가 결정적인 한 방을 날리더구나. 이렇게 말했어. 차에 폭탄을 설치했을 때는 나 혼자만을 노리는 게 아니라고. 그 차에 타는 사람이라면 누구나 노리는 것인데, 그렇게 당할 만한 사람이면 바로 나의 가족일 것이라는 거였지. 그는 너와 네 엄마가 나만큼 위험한 처지에 놓였다고 말했어. 내가 뉴욕 주 블라운트에서 앤터니 델몬트로 살아가는 한 말이다. 나는 어떻게 해야 할지 알 수 없었어. 그저 우리를 둘러싼 세계가 뭔가 잘못됐다는 느낌을 받았을 뿐이었지. 그렇게 사무실로 찾아온 그레이를 만나고 집에 돌아와서야 나는 네 엄마가 전화 한 통을 받았다는 걸 알게 됐단다. 그다음 주에 쎄인트조우저프 성당에서 두 번의 장례미사가 열릴 것이라는 걸 알리는 짧고 간단한 내용의 전화였어. 네 엄마의 남편과 아들의 장례미사 말이다. 네 엄마가 당할 대가는 그러니까 엄마 혼자 살아가는…….”

어쩌면 태양에게는 그날처럼 밝게 빛날 권리가 없고, 아이들에게도 그렇게 행복하게 소리치며 놀 권리가 없는 것이리라.

"그날 밤, 나는 그레이에게서 받은 전화번호로 전화를 걸었단
다."

T: 그렇게 해서 네 가족은 신원재발급부의 보호를 받게 된 것이
   구나.

A: 예. 하지만 지금과는 많이 달랐어요. 아빠는 그 사람들이 아직
   일이 서툴렀다고 했어요. 지금은 '증인 재정착 제도' — 이게 공
   식적인 이름인데 — 라는, 의회에서 만든 법적 장치가 별 무리
   없이 잘 돌아가고 있어요. 해당 가족들 모두 새로운 곳에 보금
   자리를 마련하는데, 새 신분증뿐만 아니라 이전의 가족사까지
   도 모두 정리된 공식 문서를 제공받죠. 거의 완벽해요. 하지만
   그때는 막 이런 제도가 만들어질 무렵이었어요. 우린 그 제도의
   혜택을 받은 최초의 가족들 중 하나였죠. 자금은 충분했어요.
   실제로 아빠 말로는 제가 대학을 졸업할 때까지 재정적으로 뒷
   받침할 수 있는 기금이 설립돼 있었다고 하더라고요. 하지만 좌
   충우돌이 많았죠. 그레이 씨와 부하들은 그때그때 일을 배워야
   만 했고, 때로는 바보짓도 저질렀어요.

T: 네 말대로라면 그 사람들이 어떤 '바보짓'을 저질렀지?

A: 예를 들자면, 그 두 개의 출생증명서 같은 거죠. 그레이 씨가 새
   로운 출생증명서를 가져왔을 때, 제 생일은 2월 14일에서 7월

14일로 바뀌어 있었어요. 아빠 말로는 그레이 씨가 화를 냈다더 군요. 생일은 바뀌지 않기를 바랐던 거죠. 그래야만 헷갈리지 않고, 장차 실수로라도 생일을 잘못 말하는 일이 생기지 않을 테 니까요. 화가 나긴 엄마도 마찬가지였어요. 간단히 말해 자기 아들이 태어난 날짜가 바뀌는 걸 원치 않았다고 말씀하셨어요. 그래서 그레이 씨는 다른 출생증명서를 가져온 거죠.

T: 그런데 네 아빠는 두 개를 모두 보관했다고 말했잖아.

A: 바보짓이 더 있을까 봐 걱정한 거죠. 어딘가에 7월 14일이라는 기록이 남아 있다면, 언젠가 그 출생증명서가 필요할지도 모른 다고 생각하신 거예요. 그래서 찢어버리지 않았던 거죠. 아빠는 그게 어쩌면 자신의 잘못일 수도 있다고 말했어요. 그때는 아빠 도 우왕좌왕하는 경우가 많았다면서.

그리고 이름들. 애덤은 아빠가 자신들의 새 이름에 대해서 말할 때, 그 목소리로 전해지던 분노와 혐오를 그때까지도 고스란히 느 낄 수 있었다.

"파머라니, 세상에. 그레이와 그 똘마니들은 파머라는 이름을 들 고 왔지. 백인, 미국인, 개신교도. 와스프(WASP, 앵글로쌕슨계 백인 신 교도를 가리키는 말로 정통 미국인을 이른다—옮긴이)라니. 나는 이탈리아 출신이고, 네 엄마는 아일랜드 출신이란다. 우린 둘 다 가톨릭 신자 야. 더구나 네 엄마는 주일이나 축일에 열리는 미사에 한 번도 빠져본 적 없는 독실한 가톨릭 신자인데 말이야."

그레이는 파머 가족이 가톨릭으로 개종한 것으로 하면 어떻겠냐고 제안하며 더 큰 임기응변에 도움을 청했다. 이렇게 되면 세례 증명과 견진성사에 관한 기록들이 필요했다.

"우린 꼭두각시 인형과 같았어. 너도, 네 엄마도, 나도. 우리에게는 스스로 삶을 선택할 능력이 없는 것 같았지. 물론 실제로도 우린 그랬어. 다른 사람들이 줄을 당기면, 우리는 껑충 뛰어야만 했어. 때로는 유머 감각이라고는 하나도 없는 사람이 우리를 데리고 노는 게 아닌가 하는 생각도 들었어. 네 이름이라고 들고 온 걸 봐라. 애덤이라니. 누가 그게 좋겠다, 라고 생각한 것이겠지. 애덤. 새로운 탄생, 첫 번째 인간. 알 수 없는 일이지. 네 엄마와 나는 그러고 싶지 않았지만, 그 폭탄과 전화를 생각하면 그렇게 할 수밖에 없었어. 그래서 우리는 여기 매싸추쎄츠 마뉴먼트에 도착하게 된 거지."

아빠가 말했다.

T: 왜 마뉴먼트였지? 다른 도시도 많았을 텐데 말이야.

A: 제 얘기가 재미없죠?

T: 제발. 나를 떠볼 생각은 안 했으면 좋겠구나.

A: 꼭 전에 이런 얘기를 다 들었는데 하는 수 없이 듣고 있는 것 같아서 그래요.

T: 내가 한번 들은 이야기를 시시콜콜 다시 들을 만큼 한가한 사람
   은 아니다. 그레이 씨가 왜 새로운 거처로 마뉴먼트를 선택했는
   지 알고 있다면, 다시 물어볼 이유가 없지 않겠니?

   (10초간 침묵)

A: 그 말씀이 맞겠죠. 늘 그랬듯이. 왜 마뉴먼트였는가 하면, 아빠
   말로는 엄마가 북동부에 살고 싶다고 주장했다더군요. 그레이
   씨도 동의했지만, 그게 엄마를 생각해서 그런 건 아니었어요.
   생활 방식, 우리가 이웃과 얼마나 잘 어울릴 수 있는지의 문제라
   고 했죠. 우리가 불쑥 텍사스로 가게 된다면, 바로 눈에 뜨였을
   거예요. 그래서 그레이 씨는 우리를 매싸추쎄츠에 정착시킬 준
   비를 한 거죠. 실제로 얼마나 멀리 떠나는지는 중요한 게 아니
   라고 했어요. 만약 꼼꼼하게 작업하지 않으면 누군가 우리의 정
   체를 찾아 블라운트까지 거슬러 올라갈 수도 있으니까요…….

T: 왜 그러니? 갑자기 얼굴이 하얗게 질렸네.

   (7초간 침묵)

A: 일이 분 정도 쉬었다가 해요…….

   (23초간 침묵)

T: 뭘 걱정하는 거니?

A: 말하다가 뭔가 생각났어요. 그레이 씨가 왜 누군가 블라운트까
   지 우리의 과거를 추적할 수 있다는 사실을 걱정하지 않았는
   지…….

다시 아빠와 함께 지하실. 엄마는 위층에 있었다. 아빠는 외투에 손을 넣어 봉투를 하나 꺼냈다. 보통 편지 봉투보다 조금 더 큰, 기다란 마닐라 봉투(목재 펄프에 마닐라삼을 섞어 제조한 질긴 종이봉투 — 옮긴이). 아빠는 자기 손이 저울이라도 되는 양, 그 무게와 값어치와 중요성을 재어보기라도 하는 듯이 봉투를 손바닥 위에 올려놓았다. 마침내 아빠는 봉투에 십자로 붙여놓은 스카치테이프를 조심스럽게 떼며 봉투를 열었다. 오려둔 신문 기사 같은 걸 봉투에서 꺼냈다. 누렇게 색이 바래고 금방이라도 부서질 듯했다. 아빠는 그걸 애덤에게 건넸다.

"이건 그레이가 우리에게 만들어준 안전장치란다."

아빠가 말했다. 아빠의 목소리에는 전에 한 번도 들어보지 못했던 종류의 비애가 가득했다.

애덤은 긴 기사 위에 붙어 있는 5단짜리 헤드라인을 내려다봤다. 그 긴 기사를 다 읽어볼 필요도 없었다. 헤드라인만 보고서도 무슨 기사인지 알 수 있었으니까.

블라운트의 기자, 부인과 자녀,
고속도로에서 교통사고로 사망.

A: 거기 앉아 신문 기사를 보면서 저는 생각했어요. 나는 죽었구

나. 벌써 죽었구나.

T: 충격적이었겠구나?

A: 모르겠어요. 지금은 아무것도 모르겠어요. 머리가 멍해요. 또 멍해졌어요.

T: 그만두고 싶니? 너에게 가혹한 시간이었던 것 같다. 중요하지만, 가혹한 시간. 어떤 단계를 넘어선 거야. 하지만 지금은 쉬어야 할 것 같아. 더 자세한 내용은 나중에 알아보자.

A: 예.

T: 그럼, 이제 그만하자.

테이프 끝 OZK012

잡화점에서 나와 주차 미터기로 걸어가는데 내 자전거가 사라진 게 보인다. 지금은 5시이고 길에는 사무실이나 공장에서 서둘러 집으로 돌아가려고 보도 위로 발을 굴리며 걸어가는 사람들로 가득하다. 버스 한 대가 김 빠지는 소리를 내면서 멈춰 서서 승하차문으로 사람들을 토해낸다. 신호등은 깜빡거리고 자동차 경적이 울린다. 거기에 나는 보이지 않는 작은 섬처럼 혼자 서서 내 자전거가 있었던 곳을 바라본다. 잠금장치도 없이 그냥 거기 세워둔 게 잘못이었다. 누군가 당장이라도 달려들어 손아귀에서 아빠의 꾸러미를 뺏어 갈까 봐 겁이 나 손에 들고 있던 꾸러미를 가슴으로 끌어안는다. 힘이 빠지고 두 눈 위 이마에서 종기가 쑤셔대는 듯한 고통의 작은 지점이, 아마도 편두통이 시작된다. 나는 고통을 눈으로 볼 수 있고 손가락으로 만질 수 있다는 듯이, 손으로 그곳을 더듬는다. 그저 아연한 표정으로 자전거가 있었던 곳을 줄곧 바라본다.

나는 혹시 누가 나를 골탕 먹이려고 장난을 치느라 자전거를 근처에 숨겨놓은 게 아닌가 해서 주위를 살펴본다. 상점 두 곳 사이의 골목길 입구가 보여 그 골목 안쪽을 바라본다. 바람에 날아다니는 신문지, 쓰레기통, 쓰레기통 옆에서 활처럼 등을 구부리고 있는 고양이뿐. 고양이는 으르렁거리고 나는 몸을 돌려 길 여기저기를 바라본다. 지나가는 사람들만 있을 뿐, 자전거는 없다.

하지만 자꾸만 그 골목이 신경 쓰인다. 만약 내가 자전거를 훔쳐 간다면, 재빨리 사라져야 할 테니까 아마도 누군가 "거기 서라, 도둑놈아!"라고 소리를 지를 수 있는 거리 쪽보다는 그 골목으로 갈 것 같다.

나는 그 골목으로 돌아간다. 자전거 한 대와 소년 한 명이 지나갈 수 있을 정도로 좁지만, 어쨌든 골목으로 들어간다. 그 좁은 길을 따라 달리는데 건물 바깥벽 벽돌에 양쪽 어깨가 긁힌다. 골목은 너무 좁아서 폐쇄 공포증을 불러일으킨다. 겨드랑이에 땀이 배는 동안 손바닥은 축축해진다. 나는 골목을 지나 앞쪽으로 달려 나가고 마침내 골목에서 벗어나 메인 스트리트 건물들 뒤쪽의 공터로 나간다. 쓰레기통들. 바퀴도 없이 땅바닥에 주저앉은 폐차 한 대. 널빤지를 덧댄 창문들. 땅거미가 길모퉁이를 가린다.

"애야, 뭘 잃어버린 게냐?"

나는 몸을 돌려보지만, 거기에는 누구도, 그 무엇도 없어서 좀 놀란다.

"여기 위다."

목소리가 대답한다. 희미하게 묻어나는 남부식 억양이 부드럽다.

그는 내 위쪽 2층에 있는 화재 대피 계단의 층계참에 서 있다. 눈을 가늘게 뜨고 거기에 덩치가 산만 한 남자가 어스름 무렵의 쌀쌀한 뉴잉글랜드 날씨에도 하얀색 셔츠를 가슴께까지 풀어젖히고 서 있는 걸 본다. 내 눈동자가 어스름에 익숙해지면서 그 사람의 얼굴에 물기가 묻어 있는 걸, 통통한 뺨은 축축하고 이마는 젖어 있는 걸 볼 수 있다. 그는 손수건을 들고 이마를 두들겨보지만, 별 소용이 없다. 그는 화재 대피 계단의 철제 난간에 몸을 기대고, 그 반작용으로 난간은 쳇소리를 낸다. 계단이 폭삭 무너져 내릴지도 모른다는 생각에 본능적으로 나는 한두 걸음 뒤로 물러난다. 저 사람이 "애야."라고 말했던가?

"누가 제 자전거를 가져갔어요. 일이 분 정도 가게 앞에 세워뒀는데, 다시 나와 보니까 없어졌어요."

내가 말한다.

"두말하면 잔소리겠구나, 애야. 요새는 아무거나 다 훔쳐 가니까. '꼭 붙들어 매지 않으면 그건 가져가라는 얘기'라는 말도 있지 않냐. 그런데 요새는 꼭 붙들어 매놓아도 다 가져간단다."

말을 길게 하니까 억양이 더 분명해진다.

나는 서늘한 저녁에 땀을 뻘뻘 흘리고 있는 그의 괴물 같은 몸이, 또 "얘야."라고 말할 때 그 입술이 움직이던 모양이 흉해서 찌푸린 내 표정을 그가 본 게 아닌지 걱정된다. 그 사람이 마음에 들지는 않았지만, 자전거의 행방에 대해 뭔가 알고 있는 건 확실해 보인다. 그렇지 않다면 나는 단지 거기 서 있을 뿐이었는데, 왜 뭘 잃어버렸느냐고 물어봤겠는가?

"누가 여기로 자전거 타고 지나가는 거 보지 못하셨나요?"

내가 묻는다.

"한곳에 오래 있으면 별의별 걸 다 보게 되지."

그가 말한다. 나를 놀리는 것처럼 목소리에 조롱기가 좀 있다.

"뭐가 힘든지 알아? 이렇게 새장에 갇힌 새처럼 그저 오는 것만 기다릴 뿐, 쫓아갈 수는 없는 거야. 무슨 소리인지 알겠어?"

무슨 소리인지 알 것 같다. 철제 난간과 쇠기둥과 가로장은 꼭 감옥을 연상시켰고, 몸집이 엄청난 그는 꼼짝달싹하지 못하는 죄수 같았다.

"거기 위에서 사시나요?"

나는 그 사람하고 노닥거리고 싶지 않았지만, 그렇다고 화를 돋우고 싶은 생각도 없어 묻는다. 뭔가 얘기를 들어보려면 아직까지는 흥미를 느끼게 만들어야만 한다.

"여기 아파트에서 살지. 방이 네 개야. 나는 메인 스트리트로 향한 창문으로 바깥을 내다보고 여기 화재 대피 계단에 서서 뒷골목을 본단다.”

그는 자기 뒤쪽의 너른 문, 배달 물품을 나르는 그런 종류의 뒷문을 가리켰다.

“이 문만은 참 좋단 말이지. 그래서 여기 앉아 기다리면서 지켜봐. 아니면 서서 기다리면서 지켜보거나. 그러면 조만간 뭔가를 보게 된단 말이다.”

“제 자전거도 보셨으면 좋겠네요. 그리고 누가 가져갔는지도요.”

내가 말한다.

“물건을 잃어버리는 사람들이 있잖아. 그러면 신문에다가 광고를 싣지. 알겠지만 이런 거 말이야. ‘분실물. 자전거 한 대. 혹셋 메인 스트리트에서 분실. 사례.’ 사례, 얘야! 그게 열쇠지. 뭘 얻게 되면 사례를 해야만 하는 거야.”

이제는 그 사람의 목소리에 남부의 억양이 강하게 묻어나서 ‘사례’라는 말이 ‘사이레’처럼 들렸다. 그 목소리에는 남부 억양 이상의 것이, 꾸물거리는 뭔가가 있었지만 그게 뭔지는 알고 싶지 않다.

“사례할게요. 사례로 25달러를 드릴 수 있어요.”

그의 말투를 흉내 내면서 내가 말한다.

“세상에는 참 많은 종류의 사이레가 있단다, 얘야. 이런 사이레, 저런 사이레.”

그가 말한다. 어스름 속에서 그가 자기 몸을 긁어댄다. 풀어젖힌 가슴을, 반짝이는 고불고불한 털을, 그리고 그 아래의 배를 긁어댄다.

"참 많은 종류의……."

그가 말한다. 그의 목소리가 어스름 속에 우물쭈물 남아 있다.

다시 편두통이, 이마의 욱신거림이 느껴진다. 아랫배가 울렁거리며 욕지기가 나고 입에는 신물이 올라온다.

"자전거만 찾으면 돼요."

떨리는 입술로 내가 말한다. 다시 조그만 아이가 된 듯한 느낌이다. 언제나 그랬듯 여전히 겁쟁이인 것 같아서 슬픔과 분노를 동시에 느낀다. 나는 울먹거리고 그렇게 울먹이는 내가 싫고 또 화재 대피 계단에 서서 나를 이런 상태로 몰고 간 그 뚱뚱한 남자가 싫다. 그게 누구든 내 자전거를 가져간 사람도 싫다. 이제 미움과 분노가 결합돼 편두통은 더욱 심해진다. 저녁의 서늘함에 몸을 떨며 나는 그 사람 앞에 무기력하게 서서 무력한 눈물과 내 뺨에 와 닿는 사나운 냉기를 느낀다. 내 눈물의 물기에 젖어 그 사람의 커다란 몸이 물속에 있는 것처럼 흔들린다.

"이봐, 누가 걔 자전거를 가져갔는지 말해줘."

다른 목소리가 끼어든다. 뉴잉글랜드식의 단단함이 배어 있는 날카로운 목소리다.

나는 눈물을 닦는다.

뚱뚱한 남자는 나무를 꺾어버릴 듯한 바람 같은 엄청난 한숨을 내뱉는다.

"어서, 말해줘."

남자의 뒤, 아파트 안에서 그 목소리가 흘러나온다.

엄청난 살들이 접히면서 남자의 얼굴에 토라진 표정을 만든다.

"내 마음대로 할 수 있는 건 하나도 없네."

꼬마가 된 것처럼 그 남자가 말한다.

"어서 말해, 아서."

목소리가 말한다.

"바니네 꼬마, 주니어 녀석이 네 자전거를 가져갔지. 한 십오 분쯤 전에 이 골목으로 지나갔어. 뭘 잘 훔치는 녀석이니까 언젠가는 사람들이 녀석을 해치워버릴 거야."

그 남자가 말한다.

"갠 어디 사나요?"

코를 훌쩍이며, 이렇게 추운데 저 사람은 어떻게 저렇게 멀쩡한지 궁금해하면서 내가 묻는다.

"어퍼 메인 스트리트, 제일침례교회 바로 옆이야. 이 마을에서 가장 유명한 도둑인 주니어 바니가 침례교회 옆에 살다니 정말 웃긴 일이지."

"들어와, 아서. 추우니까."

안에 있어서 보이지 않는 남자의 목소리가 이제 따뜻하게, 한결

누그러졌다.

몸집 큰 남자는 눈에 슬픔을 담고 나를 내려다본다. 그가 구슬프게 말한다.

"나는 절대로 아무 짓도 하지 않아."

"고마워요."

몸집 큰 남자가 아니라 안에 있는 사람에게 소리 높여 인사한다. 어떤 이유에서인지 나는 그 몸집 큰 남자를 향해서는 "안됐군요." 라고 말하고 있다. 여전히 아랫배는 메스껍고 머리는 욱신거리며 주니어 바니를 찾아가는 일은 하기 싫고 몸집 큰 남자의 몸을 보는 건 불쾌하다. 하지만 그럼에도 화재 대피 계단에 갇힌 것처럼 천천히 몸을 돌리는 그 남자를 보면서 나는 "안됐어요."라고 한 번 더 말한다. 그리고 끔찍했던 그곳을 빠져나간다.

테이프 OZK013   0800   날짜 삭제 T-A

T: 오늘 아침에는 얼굴이 좋아 보이는구나.

A: 고맙습니다.

T: 정신이 말짱하네.

A: 말짱해요.

T: 지금까지 우리 정말 잘하고 있어, 그렇지?

A: 이제 많은 것들이 분명해졌어요. 모든 건 아니지만. 그래도 꽤.

　　 때로는 흐릿하지만, 아무것도 없는 것보다는 흐릿한 게 낫죠.

T: 좋아. 내가 세부 사항이 필요하다고 했지.

A: 항상 세부 사항을 바라시더군요. 어떤 세부 사항 말인가요?

T: 내가 말하는 세부 사항이란 일반적인 정보에 반대되는 것들이지.

A: 그러니까 마뉴먼트에 살 때 우리가 어떻게 살았는지, 어떻게 거기까지 가게 됐는지 시시콜콜하게 말하라는 건가요?

T: 그래, 바로 그거야. 덧붙이면, 너희 가족이 마뉴먼트에 살게 된 이유도.

A: 그건 말씀드렸잖아요. 아빠가 증언을 했다고. 그래서 위험에 빠졌다고.

T: 그 증언이 어떤 건지 들은 게 있니? 예를 들어, 어떤 종류의 증언이었는지?

A: 아니요. 그럴 만한 시간은 없었어요.

T: 시간이 없었다는 건 무슨 뜻이니?

(9초간 침묵)

A: 모르겠어요. 확실하지 않아요.

T: 문제가 생긴 것 같구나. 얼굴을 찡그리다니. 무슨 일이지?

저 멀리 떠가는 한 점 구름처럼, 그의 마음에 다가오는 어두운 것. 다시 공포의 언저리로, 뼛속 깊은 곳의 떨림, 골수에 치미는…….

T: 아마도 연달은 질문들이 네게 안 좋았던 모양이구나. 떠오르는 대로 생각을 그냥 흘려보내면 될 텐데.

A: 좋아요. 그게, 한 일 분 정도, 또다시 공백이 느껴졌어요. 아시겠지만, 아직도 빈 부분들이 있으니까요.

T: 우리는 결국 그 빈 부분들을 다 채우게 될 거야. 지금까지도 정말 먼 길을 왔다는 걸 생각해보렴.

A: 그만큼 또 먼 길을 가야만 하는 걸까요?

T: 그럴 수도 있고, 아닐 수도 있고.

A: 그러니까 그게 저한테 달린 문제라는 건가요?

T: 어느 정도는 그렇다. 그리고 이 상담에도 달려 있지. 또 약에도 달린 문제야. 어떠니, 네가 진실을 알게 된 이후로 네 아빠와 더 가까워졌니?

A: 예. 우린 많은 시간을 함께 보냈어요. 아빠는 저를 그런 곤경에 빠뜨린 걸 거듭 사과했어요. 엄마를 그렇게 만든 것도요. 하지만 저는 아빠가 자랑스러웠어요. 진짜로. 아빠는 옳다고 믿는 일을 하신 거잖아요. 모든 사회적인 지위를 포기한 채…….

그는 주저하며 혹시 기분 나쁘게 들리지나 않을까 걱정하면서 아빠에게 물어본 일을 떠올렸다. 이전의 삶을 모두 버리고, 지위와 친구들을 모두 포기하고 새로운 삶을 다시 시작하는 게 힘들지 않았냐고 말이다. 애덤은 자신이 만약 에이미를 포기하고 마뉴먼트를 떠나 이 나라 어딘가에 있는 새로운 마을에서 새로운 삶을 시작한다면 그게 얼마나 끔찍한 일일까 상상했다.

"물론 힘들었단다, 얘야. 하지만 가장 힘들었던 사람은 네 엄마였어. 나는 블라운트를 떠나는 게 별로 걱정되지 않았어. 늘 다른 곳에서 일을 하면 어떨까 하고 생각했었으니까. 소년들이 유명해지고 싶은 마음에 어딘가 멀리 떠나는 꿈을 꾸는 것처럼 내게도 그런 꿈들이 있었거든. 하지만 네 엄마는 블라운트를, 특히 거기 사는 사람들을 사랑했었지. 내게 제일 힘든 것은—지금도 그 일이 그리운데—신문사 일을 그만둔 거야. 나는 여전히 다시 상황이 바뀌면 기자로 돌아가고 싶어. 그레이는 내가 동종업계에서 일하는 건 너무 위험한 일이라고 생각했지. 나는 보험 일이 별로 재미가 없단다. 하지만 신원재발급부에서는 항상 자신들이 보호하는 중인들이 운영할 수 있도록 사들이거나 넘겨받을 수 있는 합법적인 사업을 찾아 나서지. 그때 내게 떨어진 것이 보험대리점이었어. 우린 새롭게 살아야만 했어, 애덤. 물론 힘들었지. 네가 다른 일을 생각해냈다면 우리는 기꺼이 그 말을 들었을 거야. 위험은 늘 존재했단다. 지금도 마찬가지야. 그레이는 우리의 기록은 모두 감췄다고 했어. 뉴욕 주 블라운트에서 십 년 전 살았던 세 명의 신원은 모두 소각됐어. 하지만 어떻게 될지 누가 알겠어? 정말 누가 알 수 있겠니?"

"그레이 씨가 여기 마뉴먼트로 자주 오는 이유는 뭔가요?"

"연락을 유지해야만 하니까. 이태에 한 번씩은 특별한 보너스를 가져다주기도 하고. 내게 최근의 진행 상황들에 대해서 알려주기 위해 들르기도 하지. 또한 우리가 여전히 안전한지 확인하려는 목적도 있어. 이따금은 놓쳐버린 사실들, 그냥 넘어갔지만 이후에 상황이 전개되면서 다시금 중요해진 세부 사항들에 대해서 내가 기억하는 것들을 물어보기도 했어. 그리고 또 다른 이유도 있었지. 그 사람이 직접 말한 건 아니기 때문에 나는 그저 그러리라고 추측할 뿐이지만. 내 생각에는 나를 계속 감시할 필요가 있었던 것 같아."

"하지만 왜요?"

"정확한 이유는 나도 몰라. 아마도 다른 쪽에서 나를 접촉하는지 보려는 것이었겠지."

두 사람은 항상 움직이면서, 그것도 짧은 시간 동안만 이런 대화를 나눴다. 거리를 걸으면서, 쎄인트주드 성당 바자회에 가면서, 애덤이 피라미드 모형 위에 얹어놓은 나무 핀 세 개를 공으로 겨눌 때 어떻게 던지면 좋을지 서로 의견을 주고받으면서. 한번은 자동차 극장에 들어가서 스피커를 모두 꺼놓고 둘이서 얘기한 적도 있었다. 영사막에는 존 웨인의 영화가 상영되고 있었는데, 애덤은 제목을 까먹었다. 하지만 그는 아빠에게 왜 중언했다가 협박을 당한 지 십 년이 지났는데도 그레이 씨는 계속 조심하라고 말하는 것인지 물어본 일만은 기억하고 있었다.

엉덩이 아래로 총을 찬 채, 으스대듯이 거리를 걸어가는 존 웨인을 바라보면서 아빠는 말했다.

"왜냐하면 그 조직들이 — 아마도 하나는 아닌 게 분명한데 — 지금까지도 얼마나 많은 권력을 쥐고 있는지는 아무도 모르기 때문이지. 그 사람들이 정부 조직에 얼마나 깊숙하게 침투했는지 알 수 없거든."

애덤은 어떤 단어만은 내뱉고 싶지 않았지만 어쨌든 계속해보기로 하고, 영사막에 비치는 존 웨인에게서 눈을 떼고 말했다.

"마피아가 개입된 건가요, 아빠?"

그의 입에서 흘러나온 그 단어는 우스꽝스럽게 들렸다. 영화관에서나 들을 수 있는, 드라마 같은 단어이지, 그들의 삶에는 등장할 수 없는 것이었다.

"그게 누구고 무엇인지는 나도 말할 수 없어, 애덤. 너는 알 필요가 없단다. 어쨌든 '마피아'란 사람들이 부르기 좋게 붙인 이름일 뿐이지. 같은 걸 말하는데도 엄청나게 많은 단어들이 있으니까. 시간상으로 보자면, 내가 건네준 증거는 몇 번이고 다시 사용됐어. 하지만 거기에는 함정이 있었지. 내가 모든 정보를, 내가 알고 있는 모든 것을 털어놓은 게 맞는지 아는 사람은 아무도 없었다는 거야. 바로 그 때문에 나에 대한 감시가 필요했던 거지. 그레이가 여기로 찾아오는 진짜 이유는 아마 그 때문일 거야. 그 사람은 더 많은 정보가 있는지 계속 살펴봤고 나는 이제 남은 건 없다고, 내가 알고 있는 건 다 가르쳐줬다고 말했지. 그러면 그 사람은 그냥 나를 쳐다봤어. 그럴 때면 모골이 송연해졌단다. 이따금 내가 그 사람에게 성가시고 난감한 사람이구나 하는 생각이 들었어. 때로는 그 사람이 오면, 우린 서로 적이라도 되는 듯 앉아 있었지. 그게 아니라면 이제 두 사람 다 더 이상 믿지도 않는 미친 게임을 계속하는 듯한 느낌도 들었어……."

T: 네 아빠가 말했다는 정보, 그게 어떤 것인지 드러난 적은 있니?
A: 아니요.
T: 궁금하지 않았어? 결국에는 그 정보 때문에 너희 가족의 삶이 바뀌어버렸잖아.
A: 아빠가 나를 지키려면 말해서는 안 된다고 얘기했고 나 역시 알고 싶다고 하지 않았어요.
T: 네 아빠는 그레이에게 더 이상 감추는 게 없다고 했지. 그 말을 할 때 뭐 기억나는 건 없니?
A: 무슨 말씀인지 모르겠어요.
T: 내 말은, 네 아빠가 정말 모든 진실을 말한 것인지, 아니면 그냥 그러는 척하는 것인지 네게 말했느냐는 것이지.
   (9초간 침묵)
T: 왜 갑자기 입을 다무는 거니? 이상한 눈으로 나를 쳐다보는구나.
A: 정반대의 말씀을 하시네요. 지금 선생님이 저를 정말 이상한 눈으로 쳐다보고 있어요. 아빠가 그레이 씨에 관해서 말하던 게

생각나네요. 그레이 씨의 표정을 보고 있노라면 서로가 적이라도 된 듯이 모골이 송연해진다고요. 조금 전에 선생님이 그 정보들에 관해 물을 때 나를 쳐다보던 표정이 꼭 그랬어요…….

T: 내 표정이 마음에 들지 않았다면 사과하마. 나도 사람이니까. 때로는 머리가 아프기도 하고 그렇단다. 어젯밤에 잠을 설쳤거든. 내 표정이 좀 안 좋아 보였다면 아마도 그래서일 거야.

A: 선생님도 사람이라니 다행이네요. 가끔은 정말 그럴까 하는 생각도 들었는데.

T: 이해한다. 네가 나한테 화를 낼 때와 마찬가지인 셈이지. 나도 신경 쓰지 않는다.

A: 무슨 말씀인지 모르겠어요.

T: 우리가 진실에, 네가 감추거나 부정해왔던 기본적인 진실에 다가갈 때마다 너는 나한테 그랬어. 하지만 이해한다. 네 분노를 쏟아낼 사람을 달리 찾자면 나밖에 없으니까.

A: 무슨 뜻이죠? '달리 찾자면 나밖에'라고요? 그럼 다른 어떤 사람이 있다는 뜻인가요?

T: 모르겠니?

A: 그러니까 그게, 저란 말인가요? 다 지겨워 죽겠어요. 만날 배배 꼬아서 말하는 거.

T: 알고 있니? 다시 화내고 있구나. 중요한 지점에 다가갈 때마다 그랬던 것처럼.

A: 무슨 지점이요?

T: 네 아빠가 알고 있었던 정보, 아빠가 네게는 말하지 않았다고 하
는 그 정보 말이다.

(15초간 침묵)

의자에 앉은 애덤은 자기 몸이 오그라드는 걸 느낄 수 있었다. 물
론 비유적으로 말해서 그렇다는 뜻이다. 왜냐하면 자신은 어느 때
와 같이 의자 위에 앉아서 브린트를 바라보고 있었기 때문이다. 브
린트. 이제 애덤은 그 사람이 절대로 의사일 리 없다는 걸 확신했
다. 하지만 그렇다면, 그는 누구란 말인가? 애덤은 가능한 모든 경
우 앞에서 주춤거렸다. 브린트는 나쁜 사람일까? 아빠가 말했던 나
쁜 사람들 중 한 명일까? 애덤은 안에서 혼란이 솟구치는 걸 느낄
수 있었으나 가만히 있으려고, 브린트가 늘 말했듯이 그 혼란을 이
겨내려고 애썼다. 그러다가 애덤은 자신이 브린트에게 의지하고
있다는 걸 깨닫게 됐다. 그가 나쁜 사람이든 아니든, 브린트는 애덤
이 자신을 발견할 수 있도록, 자신이 누구이며, 어디서 온 것인지
알 수 있도록 도와줬다. 지금 자신이 여기서 뭘 하는지도 알 수 있
도록 브린트가 도와줄 수 있을까? 바로 여기에서? 그러므로 그는
브린트에게 의지해야만 했지만, 브린트가 원하는 정보에 대해서는
조심스럽게 경계할 필요가 있었다. 그리고 그는 혹시 자기 안에 자
신도 모르는 어떤 정보가 있는 것은 아닐까 생각했다. 그렇다면, 결

국 브린트의 말이 옳았다는 뜻일까? 미로를 헤매는 생쥐처럼 생각은 줄달음질 쳤다.

T: 아프니?

A: 아니요, 괜찮아요. 제가 알게 된 모든 것들. 그 때문에 계속 흔들려요.

T: 이해할 만하다.

A: 제 기억의 가장 끔찍한 부분들은 조각조각 부서진 채로 떠올라요, 완전한 모습은 보이지 않은 채로.

T: 한 번에 한 걸음씩 나아가도록 하자.

A: 예.

T: 우리는 네 아빠에 대해 말하고 있었어. 아빠가 과거에 대해 네게 뭐라고 말했는지. 그 방향으로 생각이 흘러가게 하자꾸나. 너와 네 아빠…….

아빠의 설명은 몇 주에 걸쳐서 이어졌다. 애덤의 의문은 끝이 없었고 어떤 사실들은 하도 놀라워서 정신이 멍할 정도였다. 하루 스물네 시간 함께 생활하는 친밀한 사람들이었는데, 그 사람이 실제로는 누구였는지 전혀 몰랐다면 어떤 기분이 들겠는가. 애덤은 부모님이 몇 년에 걸쳐 자신을 속여왔다는 사실에 놀랐다. 예컨대 아빠의 안경들. 그레이 씨가 마뉴먼트로 들고 온 그 안경은 도수가 없었는데, 이삼 년마다 한 번씩 스타일이 바뀌었다.

"그래서 나는 사무실 근처에 안경점을 하는 헌틀리 씨를 피해 다니지. 뉴욕에 친한 친구가 안경점을 하는데, 그 사람이 내 안경을 맞춰준다고 했어."

아빠가 설명했다.

아빠의 수염 역시 속임수였다. 블라운트에서 기자로 일할 때는 턱수염을 기르지 않았다. 또 담배도 끊었다.

"정말 힘들었단다, 애덤. 하지만 그레이는 끊어야만 한다고 우겼고, 네 엄마는 내가 금연하자 기뻐했어. 우리의 새로운 삶에 한 가지라도 다행스러운 게 있다면 담배를 끊은 일이라고 네 엄마는 말했어. 하지만 나는 요즘도 담배가 피우고 싶단다……."

애덤의 질문은 끝이 없는 것 같았다.

"엄마와 아빠가 펜씰베이니아 주 롤링즈에 산 건 맞나요?"

에이미가 전화로 알려줬던 기자 얘기를 하며 애덤이 물었다.

"아니. 하지만 언젠가 비행기를 타고 가서 주말을 보낸 적이 있기 때문에 그 마을은 잘 알고 있었지. 거리와 건물이 어떻게 배치돼 있는지, 또 분위기가 어떤지. 혹시 롤링즈에서 온 누군가를 만날 수도 있으니까 그런 게 중요했지. 거기 신문사 건물 바깥에 서서 기자들과 신문사 얘기나 좀 해볼까 하고 생각한 일까지 있었다. 하지만 나는 그러지 않았어. 사실 나는 에이미 아빠와 얘기하는 것도 늘 피했어. 스스로 속이게 될까 봐."

아빠의 목소리는 착잡했다.

엄마가 마사라는 아줌마에게 건 그 전화는 무엇이었는가?

아빠가 마사는 메인 주 포틀랜드 근교의 수녀원에 은둔하는 수녀라고 설명했다. 마사는 엄마의 유일한 혈육이었고, 그레이는 매주 전화할 수 있도록 조치를 취해놓았다.

"잘못될 가능성이 적다고는 하지만, 그게 그레이가 허락한 유일한 위험 요소였지. 네 이모는 한 번도 블라운트에 살지 않았어. 십대 때 수녀원으로 들어갔으니까. 은둔이란 바깥 세계와는 담을 쌓고 지내는 거야, 애덤. 방문객도 받지 않아. 그레이는 일주일에 한번 그 전화를 위해서 특별히 조치를 취한 거란다. 그래서 네 엄마는 그 전화를 통해서만 이전의 세계와 연결될 수 있었어……."

A: 궁금한 게 하나 있어요.

T: 뭐니?

A: 엄마에 대해서는 한 번도 물어보지 않네요. 오직 아빠 얘기만. 엄마한테는 아무런 관심도 없다는 듯이 말이에요.

T: 그건 네 탓이지. 엄마에 대해서 한마디도 하지 않은 사람은 바로 너야. 전에도 내가 말했지만, 난 그저 도와주는 사람일 뿐이야. 어떤 방향으로 너를 이끄는 사람이 아니고.

(15초간 침묵)

A: 엄마에 대해서 말하고 싶어요. 그러니까 지금까지 내가 알아낸

사실들과 엄마는 어떤 연관이 있는지.

T: 아무래도 괜찮아. 계속해보자.

　(10초간 침묵)

T: 왜 그러니? 왜 가만히 있는 거지? 편안하게 생각해.

　(5초간 침묵)

A: 아무것도 아니에요. 엄마 얼굴이 기억나지 않아서 그랬어요.

T: 천천히 하자. 엄마는 거기, 네 인생의 일부로 있으니까. 엄마는
　곧 떠오를 거야…….

물론 엄마는 곧 떠올랐다.

A: 엄마에 관해서라면 이상해요. 사는 내내, 내가 아주 꼬마였을 때부터 엄마는 슬픈 사람이라고 생각했어요. 그러니까 어떤 사람을 보고 키가 크다, 뚱뚱하다, 혹은 말랐다고 하는 것처럼 말이에요. 아빠는 늘 더 센 쪽이었어요. 아빠가 밝은색이라면 엄마는 맥 빠진 색이랄까. 이상하게 들린다는 거 알아요.

T: 전혀 그렇지 않아.

A: 하지만 나중에 우리 삶에 대한 진실을 알게 된 뒤에도 엄마는 여전히 슬프게 보였어요. 그렇지만 동시에 강하기도 했어요. 맥이 없다고는 절대로 생각할 수 없었죠. 그건 슬픔도 공포도 아니었어요. '아무도 모르는 것' 때문이었어요.

T: '아무도 모르는 것'이라는 건 뭐지?

A: 언젠가 오후에 학교에서 돌아왔더니 엄마가 이런 말을 했어
요…….

    그날, 그는 집에 엄마와 자신뿐이라는 걸 알게 됐다. 엄마는 쓸쓸
한 모습으로 창가에 앉아서 착잡하게 바깥을 바라보고 있었다. 과
거를 알게 된 이후로 그는 이런 식으로 엄마와 마주한 적이 한 번도
없었다. 엄마는 그를 피하려는 것처럼 그가 나타나면 시선을 돌리
고 정말 바쁜 것처럼 행동했다. 한번은 저녁을 먹다가 고개를 들었
을 때, 엄마가 부드러운 눈빛으로, 하지만 그 부드러움 속에 어떤
공포가 담긴 눈빛으로 자신을 보고 있다는 걸 알게 됐다. 그는 엄마
에게 다가가 엄마를 안고 싶었다. 엄마를 안심시키고 싶은 것인지,
자신을 안심시키고 싶은 것인지 알 수 없었다.

    그날따라 특별히 엄마는 집으로 들어오는 애덤에게 경계심을 풀
었다. 엄마는 창가에서 몸을 돌리고 놀란 듯이 애덤을 쳐다봤다.

    "일찍 왔구나."

    엄마가 말했다.

    "문예부 모임이 취소됐어요. 동아리 모임."

    애덤이 대답했다. 거짓말이었다. 애덤은 그 모임에 가고 싶지 않
았다.

    "점심 먹어야지."

혼자서 아들과 한 방에 있는 것이 싫다는 듯이 엄마는 일어나 몸을 빨리 움직였다.

"잠깐만, 엄마."

엄마의 팔을 잡으며 그가 말했다.

엄마는 선한 눈빛으로 무슨 일이냐는 듯이 그를 바라봤다.

"얘기 좀 해요, 엄마. 얘기 안 한 지가 너무 오래됐어요."

그가 말했다.

"아, 애덤."

눈물이 그렁그렁 맺힌 눈으로 엄마는 슬픔에 잠긴 듯 말했다.

다음 순간, 애덤은 엄마를 두 팔로 안고 달래고 있는 자신을 발견했다. 갑자기 아이가 된 것은 애덤이 아니라 엄마였다. 그건 엄마가 애덤에게 자신의 특별한 두려움들, 그러니까 '아무도 모르는 것'에 대해 말했을 때였다.

"너도 알겠지만 애덤, 무슨 일이 일어나는지 절대로 알 수 없다는 것, 그게 제일 끔찍한 거야. 나는 항상 네 아빠를, 그때 네 아빠가 행한 결심들을 자랑스럽게 생각했어. 여러모로 생각할 때, 제일 힘들었던 사람은 아빠야. 아빠는 기자 일을 정말 좋아했는데, 그레이 씨는 새로운 신분, 새로운 이름으로 살아가면서도 계속 그 일을 하는 건 너무 위험하다고 했었지. 그래서 우린 여기로 와서 둘이서 최선을 다하려고 했어. 조심하기 위해서 심지어 연습까지 했단다. 예를 들면 우리의 원래 이름을 사용하지 않으려고 말이야. 확실히 너는 전혀 의심하지 않았지. 속임수였지만 마음에 걸리지는 않았어. 실제로 우리에게 정말 중요한 것들은 여전히 똑같았으니까. 나는 예전과 마찬가지로 가톨릭 신자였고 성당에 가서 세례를 받았어. 나는 너도 가톨릭 신자로 키우고 싶었지. 그레이 씨는 우리가 개종자라는 걸 증명하는 서류를 마련했단다. 그렇게 해서, 너도 알다시피, 우리는 종교를 바꾸지 않았지. 그리고 우린 여전히 서로 함께 지내고 있어. 그리고 너도. 그레이 씨는 우리에게 계속 말했어. 본질적인 것은 변함이 없다고, 중요한 것은 그대로라고, 거기에는 우리도 동의할 수밖에 없었지. 우리는 가족으로 함께 살았으니까."

엄마는 뭔가를 찾는 사람처럼 여전히 창밖을 내다보고 있었다.

"하지만 그럼에도 네 아빠와 나는—그건 지금도 그렇지만—확실한 보장은 전혀 없다고 생각했어. 이렇게 창가에 앉아서 거리를 오가는 자동차를 볼 때면 이런 생각이 들지. 저 차에는 누가 타고 있을까? 왜 저렇게 지나가는 거지? 그 차가 지나갈 때까지 나는 숨도 못 쉴 지경이야. 심지어는 차가 지나간 뒤에도 걱정을 해. 무슨 음모를 꾸미려고 이 주변을 조사한 게 아닐까……."

"엄마가 생각하는 그 사람들이 누구겠어요? 아빠의 증언 때문에 감옥에 간 사람들 아닌가요? 그 사람들이 어떻게 쫓아올 수 있겠어요?"

애덤이 물었다.

"그게 성가신 거야. 아마 너라도 얼마간은 편집증 환자처럼 모든 것과 모든 사람들을 의심하게 될 거야. 아무런 이유도 없이. 하지만 이유는 많단다, 애덤. 네 아빠가 맞서서 증언한 사람들은 거대한 조직의 조직원들이었는데, 그 조직은 아마도 다른 조직과 연결돼 있었을 거야. 악이 늘 그렇듯, 한쪽을 잘라내더라도 다른 쪽은 계속 자라지. 네 아빠의 증언으로 한쪽은 죽었겠지만, 다른 쪽은 어떻게 됐는지 누가 알 수 있겠니? 그리고 그레이, 그레이 씨가, 아니면 톰슨 씨나 뭐 다른 이름이었을 수도 있겠지. 그 사람이 자신을 뭐라고 소개하느냐에 따라서 말이다. 한번은 자기가 정부에서는 2222라는 숫자로 통한다고 우리한테 말한 적이 있었어. 위급한 경우, 워싱턴에 있는 자신에게 연락하려면 이 숫자가 필요할 거라고 하면서. 우리 삶은 그 사람 손아귀에 놓여 있었단다, 애덤. 우리는 그 사람을 믿어야만 했어. 어떤 점에서 그 사람은 우리의 창조자였어. 지금 우리가 살아가는 이 삶을 만든 사람이 바로 그 사람이니까. 우리에게 새로운 이름을 줬고, 네 아빠의 직업을 어떤 것으로 할지 결정했지. 그 사람은 또 우리가 가톨릭 신자로 남을지 아닐지에 대해서도 결정했어. 나는 종종 그런 생각이 들었어. 이 사람만, 이 2222의 관대한 처분만 기다리는 게 과연 옳은 일일까? 그 사람은 우리 인생에서 거의 신적인 존재였어, 애덤. 이 생각만 하면 나는 온몸이 떨리는구나."

엄마는 창가에서 몸을 돌렸다.

"지금조차도 이렇게 여기 앉아서 이런 이야기를 해서는 안 되는 거야. 그레이 말에 따르면, 서로 이런 이야기를 해도 좋은 안전한 곳은 지하실의 널빤지를 덧댄 방뿐이야. 그게 아니면 도청 장치가 설치될 만한 곳에서 멀리 떨어진 바깥. 다시 여기로 돌아오면, 우리는 그레이가 하라고 하는 것만 해야 하지. 가끔은 그 사람이 미워. 끔찍하게. 미워할 때면 죄책감이 들 정도야. 그럴 때면 생각해. 우리가 그 사람을 너무 믿은 거야. 한 번만이라도 우리가 그 사람을 거부했다면, 어떤 일들이 벌어졌을까? 한두 번인가는 정말 그럴 뻔했었지……."

엄마는 슬픈 듯이 고개를 흔들었다.

"어떻게요? 말해줘요, 엄마."

"어느 해 여름, 우린 휴가를 가기로 했어. 우리 셋이서. 물론 너만 놔두고 갈 수는 없으니까. 나는 늘 뉴올리언스에 가고 싶었거든. 마디 그라('기름진 화요일'이란 뜻으로 사순절이 시작되기 전에 펼쳐지는 축제. 미국에서는 뉴올리언스의 마디 그라가 제일 유명하다 — 옮긴이)라든가, 네 아빠가 좋아하던 재즈로 유명한, 정말 볼 것이 많은 오래된 도시 잖니. 그런데 그레이가 그걸 막았어. 그해에 뉴올리언스는 출입 금지라고 말하더구나."

"왜요?"

애덤이 물었다.

"네 아빠가 맞서서 증언한 사람들이 뉴올리언스에 연고가 많다는 거야. 우린 그 말을 무시할 뻔했어. 하지만 물론 그러진 않았지.

자칫하면 잃을 게 너무 많았기 때문에. 또 한번은 유럽에 가려고 했어. 하지만 그레이는 여권 때문에 번거로워진다고 하더구나. 그 사람이 말하는 번거로움이란 곧 위험을 뜻하지. 그렇게 해서 우리는 손발이 묶이게 된 거야, 애덤. 그레이, 그 사람이 우리 삶을 지배한다고 말하는 건 다 이런 일들 때문이지. 때로 사소한 방식으로 내가 그 사람에게 반항하는 것도 그 때문이고. 널빤지를 덧댄 방에 가지 않고 이렇게 여기서 얘기하는 것도. 그러고 나서는 나 때문에 너와 네 아빠가 위험에 노출되었다는 생각에 걱정하게 돼. 이제 나는 어떻게 되든 아무 상관이 없어……."

갑자기 애덤에게는 슬픈 마음이, 너무나 슬픈 마음이 들었다.

"그리고 항상, 애덤, '아무도 모르는 것'이 참 많아. 누가 믿을 만한지 아무도 몰라. 마을에 나타난 저 낯선 사람이 누구인지 아무도 몰라. 전화벨이 울리면 생각하지. 나를 늘 걱정하게 만드는 그런 종류의 전화가 아닐까? 우리가 발각됐다는 내용의. 전에 한 번도 본 일이 없는 여자가 슈퍼마켓에서 나를 쳐다봐도 나는 걱정이 돼. 왜냐하면 아무도 모르는 일이니까. 그레이조차도. 어떨 때는 그 사람을 쳐다보는 것 자체가 두려워. 사실 나는 그 사람을 피하지. 우리 운명이 그 사람 손에 달려 있으니. 당장 내일이라도 그 사람이 손가락으로 딱 소리를 내면 우리 삶이 또 완전히 바뀌게 될지도 몰라."

애덤은 자기도 나름대로 '아무도 모르는 것'들로 괴로워한다는 걸 깨달았다. 집이나 학교에 있을 때는 편안한 느낌이 들었지만, 시내 거리를 걸어갈 때면 불안을 느꼈다. 그는 본능적으로 낯선 사람들, 전에 한 번도 보지 못했던 사람들이 없는지 두리번거렸다. 그는 갑자기 다른 사람들의 행동을 예민하게 의식했다. 저 남자는 원래 가려던 쪽으로 가는 것일까? 누군가 자기 뒤를 너무 바짝 붙어서 따라오는 건 아닐까? 베이커 잡화점의 신문꽂이 앞에 있을 때 옆에 있던 그 남자는 자신을 살펴보는 것 같지 않나? 애덤은 스스로 미친 게 아닌가 생각했다. 십사 년 동안 한결같았던 것처럼 여전히 나는 같은 사람이야. 이 사람들도 그동안 내가 줄곧 봐왔던 종류의 사람들과 똑같아. 옛날과 다른 게 있다면 전에는 그렇게까지 눈여겨본 게 아니라는 것뿐이지. 마뉴먼트의 인구는 삼만 삼천 명. 그는 중얼거렸다. 학교에서 사회 시간에 마뉴먼트에 대해 배운 적이 있었다. 그렇게 많은 사람들을 다 알기란 불가능했다. 그러니 처음 보는 얼굴이 있는 건 당연했다.

　갑자기 애덤에게 삶이 참을 수 없이 유쾌해졌다. 이상한 얘기지만 삶에 대한 위협이, 오랫동안 영원히 계속된다는 듯 당연하게 여겼던 일상사와 반복적으로 지나가는 낮과 밤을 소중한 것으로 만들었다. 음식을 먹어도 그렇게 맛있는 건 처음 먹는 것 같았다. 학교가 파하고 집으로 가는 길에 '미스터 굿바'(네모나고 넓적한 초콜릿 바 상표—옮긴이)나 '스리 머스커티어즈'('삼총사'라는 뜻의 유명한 초콜릿 바 상표—옮긴이)를 사 먹곤 했는데, 그때 먹는 초콜릿 바는 난생처음

먹어보는 것처럼 맛있었다. 또한 애덤은 전보다 더 많이 엄마 아빠를 사랑했고, 두 사람과 같이 있으려고 했다. 함께 저녁을 먹다가 그는 두 사람에게 단순한 아들 이상의 굉장히 친밀한, 그들의 말을 듣고 잠자리에 들거나 쓰레기를 버리러 가는 사람 이상의 누군가가 된 듯한 느낌을 받았다. 애덤은 엄마 아빠의 일부였다. 때로 두려움은 사랑을 만들어내기도 한다.

T: 그럼, 그건 악몽만은 아니었구나, 맞니?
A: 예. 우리가 한 가족이었을 때는 좋은 순간들도 있었죠. 하지만 때때로 거울에 비친 내 모습을 바라보면서 나는 내 안 어디에 이탈리아의 핏줄이 흐르는 것일까 생각할 때가 있었어요. 웃긴 일이야, 혼자서 그렇게 농담하곤 했죠. 나는 스파게티도 좋아하지 않는걸요. 거울을 보면서 내 이름을 발음해봤어요. 태어날 때 받았던 그 이름, 폴 델몬트. 그냥 중얼거려본 거죠. 나는 이미 아빠의 통제 속에, 그레이 씨의 통제 속에 살아가던 중이었어요. 그런데 지붕 꼭대기에 올라가 세상을 향해 "나는 폴 델몬트다. 나는 뉴욕 주에서 사고로 죽은 적이 없다."고 외치고 싶은 순간들이 찾아왔죠. 불쌍한 폴이라고 생각했어요. 폴이 내가 아니라 다른 누군가라도 되는 양 말이에요. 아빠는 우리가 현재에 살아야지, 과거에 머물면 안 된다고 말했어요. 한 번 과거로 간 적이 있는데, 그건 엄마 덕분이었어요.

T: 그 이야기를 해보렴.

A: 순간에 불과했어요. 눈 깜빡하는 순간…….

    과거에 대해 알아가기 시작하던 그 시절, 애덤은 엄마의 성정이 부드럽고 생각이 깊어 보이긴 해도 자신들이 처한 상황에 대해 아빠보다 훨씬 더 도전적이라는 걸 깨달았다. 아빠는 보험 대리인으로, 로터리클럽 회원으로, 상공회의소에서 자신의 역할을 완벽하게 수행했다. 그게 다 남들 보라고 하는 일이라는 걸 알게 된 뒤 애덤은 아빠의 능력에 감탄을 금치 못했다. 아빠는 늘 가상 인물로 살고 있었다. 한때 아빠가 개혁적인 신문기자였다는 사실이 믿기지 않았다. ("글쎄, 개혁적이라는 건 정확하지 않아. 취재기자는 진실과 다른 소리를 내는 말을 찾기 위해 수많은 말 속을 헤매 다니는, 세상에서 지루하기로 둘째가라면 서러운 직업이니까.")

    엄마는 정말 반항적이었다. 엄마는 종종 그레이 씨에 대해서 헐뜯는 말을, 거의 모욕에 가까운 말을 내뱉곤 했다.

    "애덤, 나는 때로 우리가 너무 무조건적으로 그 사람 말을 들은 게 아닐까 생각해. 너무 순진한 거야. 정말 네 아빠는 신문사 일을 그만둬야만 했던 걸까? 다른 방법은 없었던 걸까?"

    이런 반발을 보고 애덤은 기뻤다. 그는 엄마가 이전까지 알던, 고분고분한 사람이 아니라는 걸 깨달았다. 웃는 일이 거의 드물고, 대부분 슬픔에 사로잡혀 있긴 했지만, 엄마도 화를 낼 수 있고, 남을

속일 수도 있었던 것이다. 하루는 뭔가 결심하려는 듯이 엄마가 애덤의 얼굴을 자세히 들여다봤다. 그러다 마침내 엄마가 말했다.

"같이 가자, 애덤."

엄마는 아래층으로 그를 데려갔지만, 그 널빤지를 덧댄 방은 아니었다. 지하실 한쪽 구석에는 낡은 가구 따위로 채워진 그늘진 골방이 있었다. 애덤은 오래전 여름이면 뒷마당에서 사용하던 버들고리 의자가 있는 걸 봤다. 엄마는 지난 세월의 잔해물들 사이를 헤치고 나아가 구석에 있는 상자로 가는 길을 만들었다. 길이가 4피트쯤 되는 그 상자는 낡은 밧줄로 묶여 있었는데, 엄마는 짜증 내지 않고 그 밧줄을 풀었다. 그리고 상자를 열었다. 상자 안에는 깔끔하게 접어놓은, 푸른색과 흰색 천으로 만든 퀼트 담요들이 있었다. 엄마는 책의 페이지를 넘기듯이 담요를 걷어냈다.

"이거 보렴."

어딘지 군인들이 입는 것처럼 보이는 외투를 들고 엄마가 말했다.

"네 아빠가 군대에서 입던 옷이야."

엄마는 부드럽게 접혀 있던 초록색 스카프를 펼쳤다. 스카프는 어찌나 얇은지 안개처럼 보였다.

"어느 해 밸런타인데이에 네 아빠가 준 거란다. 네 아빠는 늘 그렇게 다정다감했지."

엄마는 그 스카프를 뺨에 대고 눈을 감았다.

"우린 정말 멋진 인생을 살았어, 애덤. 그러다가 네가 왔고, 그때는 진짜라고 믿을 수 없을 만큼 좋았지. '우린 가진 게 너무 많아. 나중에 잘못되면 어떻게 하지?' 그런 생각을 여러 번 할 정도였어."

축축한 지하실 공기 속에서 엄마가 약간 몸을 떨었다. 엄마는 초록색 스카프를 다시 넣고, 다른 담요를 펼쳤다.

"벌써 오래전에 이것들을 다 버려야만 한다고 생각했지. 우리가 살았던 다른 삶의 유물이니까, 그리고 네 아빠는 위험을 피하려면 그 삶은 다 잊어야만 한다고 했으니까. 물론 네 아빠의 말이 맞아. 하지만 나는 그런 네 아빠를 속였어. 그날 밤, 도망쳐 올 때 나는 몇몇 물건을 챙겼어. 애처로울 정도로 얼마 안 되지만. 네가 아기였을 때 쓰던 물건 몇 개, 네 아빠가 쓰고 다니던 모자……."

"너무 마음 아파하지 마세요, 엄마."

애덤이 말했다. 그는 자기가 아기였을 때 쓰던 물건이 뭔지 궁금해하며 상자 안을 힐끔 들여다봤다. 사실 그건 그의 것이 아니라 폴 델몬트의 것이었다.

위쪽에서 현관벨 소리가 들렸고, 엄마는 흠칫했다. 애덤도 마찬가지였다. 벨이 다시 울렸다.

"내가 제일 싫어하는 거야."

다시 상자 안의 담요를 정리하고 뚜껑을 닫으며 엄마가 중얼거렸다.

"'아무도 모르는 것'. 현관벨이 울리면 꼭 경고음 같아."

"제가 가서 누군지 보고 올게요. 천천히 상자를 묶으세요."

애덤이 자청했다. 난생처음으로 애덤은 엄마에게 삶이 과연 어떤 느낌일지 알 수 있었다. 감추는 것, 그리고 위험에 대한 지속적인 두려움이 엄마 삶의 일부라는 걸. 위험이 없었다고 해도 그 가능성은 존재했을 테고, 그래서 더욱 나빴을 것이다. 나가 보니 벨을 누른 사람은 에이미였다.

"에이미뿐이에요."

엄마에게 아무런 문제가 없다는 사실을 알리기 위해 애덤이 큰 소리로 말했다.

"무슨 소리야? 에이미뿐이라니? 그딴 식의 인사가 어디 있어."

애덤이 문을 열자, 에이미가 물었다.

이 무렵 그는 에이미에게 살갑게 굴지 않았다. 학교가 끝난 뒤에 잠깐 만나서 집까지 걸어오긴 했지만, 함께 지내지 못하는 이유를, 또 숫자놀이를 같이 하지 못하는 이유를 만들어야만 했다. 에이미는 궁금하다는 듯이, 더 정확하게는 뭐가 뭔지 모르겠다는 듯이 그를 바라봤지만 아무런 말도 하지 않았다. 그는 교회 주차장에서 숫자놀이를 함께하지 못한 점에 대해서 사과했다. 하지만 사실은 그 일을 하지 않아도 돼 다행이라고 생각했다.

"아무 문제 없어. 다음 회 초대권을 대신 줄 테니까. 다음 결혼식 때 보자고."

에이미는 그렇게 말했다.

어느 날 오후, 에이미의 집 근처 길모퉁이에서 헤어지는데, 에이미가 애덤을 불렀다.

"너 괜찮니, 애덤? 요즘 좀 달라진 것 같아. 골칫거리라도 있는 거야?"

골칫거리라. 그는 지하실의 널빤지를 덧댄 방을 생각했다.

"아니야, 에이미. 엄마 때문에 그래. 요즘 기분이 별로 좋지 않으셔서 집에서 엄마와 함께 더 많이 지내는 것뿐이야."

그가 말했다.

실제로 애덤은 고민에 빠졌다. 그는 에이미에게 자신의 처지를 얘기하고 싶어 죽을 지경이었다. 자기에게 일어나는 일은 모두 에이미에게 말해주고 싶었다. 하지만 아빠는 애덤에게 누구에게도 절대로 말해서는 안 된다고 누누이 얘기했다. "죽고 사는 문제가 달린 거다, 애덤."이라고 아빠는 말했다.

죽고 사는 문제라…….

T: 눈동자를 보니 또 겁에 질렸구나. 죽고 사는 문제라는 말 때문이니?

A: 모르겠어요. 이따금 먹구름이, 먹구름 같은 것이 마음속으로 지나가요.

T: 어떤 말이나 생각을 할 때 그런 먹구름이 지나가는 거니?

A: 그럴 때도 있어요. 하지만 아무것도 생각나지 않을 때 늘 먹구름 같은 게 지나가요. 사실 항상 그런 건 아니에요. 아무것도 생

각나지 않아도 견딜 만할 때도 있어요. 그렇지만 어떤 경우에는 아무것도 생각나지 않는 게 그저 무서울 뿐이에요.

T: 예를 들어, 조금 전 같은 경우인가?

A: 예. 제가 궁금한 건 이제 무슨 일이 생길 것인가, 아니, 그보다는 그때 무슨 일이 있었는가 하는 점이에요. 그런데 모르겠어요. 난 몰라요. 그럴 때 두려움이 찾아와요. 맞아요, 바로 그때 두려움이 찾아오는 거죠.

(10초간 침묵)

T: 좀 쉬어야겠다. 마음이 흔들리면 안 된다. 알약이 필요할지도 모르겠구나. 일단은 마음을 가라앉혀라. 단지 걱정이 앞선 것뿐이니까. 이 호흡곤란, 이건 그저 불안 증세일 뿐이야. 좀 쉬도록 해라.

(5초간 침묵)

A: 그때 무슨 일이 있었을까요? 무슨 일이?

(10초간 침묵)

A: 아빠는 어디 계시나요? 또 엄마는?

T: 일단 진정해라.

A: 엄마 아빠에게 무슨 일이 일어난 거죠? 어디에 계신 거죠?

T: 제발 차분해졌으면 좋겠다.

A: 이게 다 무슨 일이죠? 지금 내게 무슨 일이 일어나고 있는 건가요? 도대체 무슨 일이? 나는…….

T: 약이 필요한 것 같구나. 벨을 눌렀으니까 사람들이 올 거야. 약
   을 먹으면 마음이 가라앉을 거다. 두려움이 사라질 거야.

A: 무슨 일이죠? 무슨 일이 일어나고 있는 거죠?

T: 여기서 그만하자. 그게 제일 좋겠구나. 사람들이 곧…….

A: 제발…….

T: 그만하자.

테이프 끝 OZK013

나는 스파이다. 버몬트 주 훅셋 어퍼 메인 스트리트에 있는 바니네 집에서 길을 건넌다. 날은 이미 어두워진 데다 공기는 차갑고 나는 모자를 내려 양쪽 귀를 다 덮었다. 아빠의 꾸러미를 쥔 손은 냉기로 뻣뻣해진다. 구세군 빌딩과 문을 닫은 슈퍼마켓 사이의 돌벽에 몸을 기댄다. 어퍼 메인 스트리트는 고요하니, 러시아워는 끝났다. 이따금 보도를 따라 사람들이 지나가고 손을 뻗으면 그 사람들의 팔꿈치에 닿을 정도지만, 사람들은 나를 보지 않는다. 도로 너머로 시선을 던지면 자전거가 보인다. 아니, 앞쪽 현관의 난간 너머로 최소한 툭 튀어나온 손잡이는 보인다. 그렇게 가까운 곳에 자전거가 있지만, 한편으로는 여전히 멀리 있다. 진입로로 달려가 자전거를 낚아채고 페달을 밟아서 도망가는 일은 정말 쉬워 보인다. 하지만 집으로 연신 사람들이 오간다. 바니네는 대가족인 모양인지, 다양한 연령대의 사람들이, 마치 거기가 하숙집이라도 되는 양 집을 들락거린다. 그래서 드나드는 사람이 없어질 때까지, 좀 더 밤이 깊어지기를 기다린다.

적어도 머리 아픈 건 없어졌다. 잡화점에 들어가 아스피린 작은 통을 하나 산 뒤, 탄산수 꼭지 앞에 선 점원에게 물 한 잔만 달라고 했다. 나는 아스피린 세 알을 삼킨 뒤, 나머지는 쓰레기통에 던졌다. 몸에 알약을 지닌 채로 발견되고 싶지 않았다. 그게 아스피린이라는 걸 누가 알겠는가? 알약들은 죄다 비슷하게 생겼는데. 나는 또 오늘 아침에 가져오지 않은 캡슐들을 떠올렸는데, 지금은 가져오지 않기를 잘했다고 생각한다. 그런 것 없이도 나는 끔찍한 순간들을 잘 넘겼으며 내 머릿속은 맑고 감각들은 되살아났다. 이제 신경을 예민하게 모아서 다시 자전거 위로 올라타야 한다. 허튼 동작없이 빠르게 움직여야만 한다. 내겐 머뭇거리거나 주저할 시간이 없다.

물론 경찰을 찾아갈 수도 있었다. 하지만 위험을 감수할 마음은 없었다. 이제 루터버그가 거의 지척이다. 벨튼 폴즈와 그 모텔까지는 겨우 1, 2마일 정도 떨어져 있고, 내일 아침이면 루터버그까지 가는 건 일도 아닐 것이다. 이 상황에서 경찰에게 이런저런 질문을 꼬치꼬치 받거나, 왜 이 밤에 매싸추쎄츠 사람이 버몬트에 있는지 의심하게 만들고 싶지는 않다. 내가 바라는 건 다시 자전거를 타고 그 모텔을 찾아가 지친 뼈와 아픈 다리가 쉬도록 잠을 잔 뒤, 내일 아침 햇살을 받으며 버몬트 주 루터버그까지 페달을 굴려 가는 일이다.

바니네 집의 앞문이 소리 나게 닫히고, 나는 숨을 참으며 온 신경을 집중시킨다. 온몸이 긴장 상태다. 내 또래 아이가 집에서 나와 잠시 앞에 서서 누군가 지켜보고 있다는 걸 눈치 챈 것처럼 주위를, 거리 여기저기를 둘러본다. 나는 돌벽 쪽으로 몸을 바짝 붙인다. 녀석은 자전거로 가서 어루만지듯이 두 손으로 손잡이를 만져본다. 녀석이 자전거를 살펴보는 동안, 아줌마 한 분이 집에서 나와 녀석에게 다가간다. 두 사람은 뭔가 얘기하지만, 무슨 이야기인지 들리지 않는다. 아줌마는 녀석의 어깨에 손을 올리고, 녀석은 몸을 비틀어 손을 뿌리친다.

갑자기 엄마가 그리워진다. 울고 싶다. 내 어깨에도 엄마가 손을 올려주면 좋겠다. 녀석의 옆에 서 있는 아줌마를 본다. 여전히 아줌마는 뭐라고 말하지만, 녀석은 바라보지도 않고 등을 돌린다. 녀석이 밉다. 내 자전거를 훔쳐 갔기 때문이기도 하지만 자기 엄마에게 등을 돌렸다는 이유만으로도. 녀석은 엄마가 있는데도 엄마에게 등을 돌린 것이다. 나는 당장이라도 길을 가로질러 녀석에게 달려가 박살 내고 싶다. 내 주먹의 울퉁불퉁한 뼈들이 녀석의 턱주가리에 부딪히는 그 느낌을 맛보고 싶다. 하지만 나는 분노와 외로움을 건디며 거친 숨을 몰아쉴 뿐, 엄마에 대해서는 더 이상 생각하지 말기로 하고 기회만 엿보고 있다. 그러다 아줌마는 집으로 들어가고 녀석은 거기에 잠시 더 서 있다. 녀석은 자전거를 잡고 계단까지 밀고 가, 현관에서 세 계단 아래의 진입로로 내려놓더니 잔디밭 위로 밀고 간다. 녀석은 집 모퉁이를 돌아 뒤쪽으로 향한다.

이제 내가 움직일 차례다. 녀석이 내 시선에서 벗어나 뒤뜰로 사라지게 내버려 둘 수 없다. 왜냐하면 뒤뜰이 어떤 곳일지 나로서는 상상할 길이 없기 때문이다. 그래서 나는 목청껏 "저기, 주니어 바니."라고 소리치면서 도로로 뛰어든다. 막 도로를 뛰어들려는 순간, 자동차 한 대가 스치듯 지나간다.

주니어 바니는 멍한 표정으로 멈춰 선다. 그게 방패라도 된다는 듯이 자전거를 자기 쪽으로 바짝 당긴다. 녀석에게 다가가는 동안, 내 심장은 터질 듯 뛴다. 당황스럽게도 녀석은 나보다 키도, 몸집도 크다. 나는 슬프게 한숨을 내쉰다. 도무지 쉬운 일이 하나도 없다. 하나도 없어.

"그거 내 자전거야."

내가 말한다.

"지금 무슨 소리를 하는 거야?"

녀석이 호전적으로 대답한다. 녀석은 싸울 태세고, 나는 다시 울고 싶어진다.

"자전거. 그거 내 거야. 메인 스트리트에 있는 걸 네가 훔쳐 간

거잖아."

"미친놈 아냐. 오늘 오후에 어떤 애한테 내가 돈 주고 산 자전거야. 50달러를 주고 산 거라고."

"거짓말하지 마."

"거짓말하는 놈은 너지. 제기랄, 빌어먹을 거짓말쟁이. 지금 당장 꺼지지 않으면 개박살 날 줄 알아."

나는 겁에 질렸지만, 손을 뻗어 손잡이를 잡는다. 나는 아빠의 꾸러미를 던지고 자전거에 매달린다. 이건 내 자전거이고, 내일 아침 나는 이 자전거를 타고 버몬트 주 루터버그까지 가야만 한다. 그 무엇도 나를 막을 수는 없다. 그 무엇도. 나는 자전거를 끌어당긴다. 지구상에 우리 둘뿐인 것처럼, 다른 아무런 소리도 없이 그저 숨소리만 내며 나와 주니어 바니는 자전거를 사이에 두고 우스꽝스러운 줄다리기를 한다. 그러다 바니에게 밀리면서 나는 중심을 잃고 넘어진다. 땅에 넘어져 몇 번 구른다. 녀석은 손잡이를 잡고 달려가려고 한다. 나는 녀석에게 몸을 던진다. 녀석의 발을 잡는다. 녀석이 발을 헛디뎌 앞쪽으로 곤두박질치며 자전거에서 떨어진다. 녀석의 몸이 포장길에 넘어지며 콘크리트에 부딪히는 끔찍한 소리가 들린다. 충격을 받은 녀석이 다시 몸을 추스르려는 그 찰나에 나는 자전거를 손에 넣는다. 이건 내 것이다. 나는 자전거를 돌린다. 몸을 수그려 꾸러미를 집는다. 녀석이 무릎을 일으켜 세우는 동안, 자전거를 타고 거리로 나선다. 뒤를 돌아보니 비틀비틀 서서, 멍한 표정으로 턱을 만지작거리는 녀석의 모습이 보인다. 이제 나는 자전거를 타고 계속 거리를 달린다. 방향은 틀리고 자전거에는 불도 없지만, 어쨌든 나는 달리고 또 달린다. 이제 자전거가 내게 돌아왔으니 나는 멋지게 자전거를 굴려 다시 루터버그로 향한다.

T: 나를 불렀구나. 할 말이 있니?

A: 예. 아니, 모르겠어요. 늦었다는 건 알지만, 잠이 안 와요. 일찍 잠들었어요. 주사를 맞았거든요. 그러다 깼는데 잠은 다시 오지 않고, 또 주사를 맞고 싶지도 않아요.

T: 나한테 얘기하고 싶다니 기쁘구나.

A: 얘기하고 싶은 건지 아닌 건지 모르겠어요.

T: 다시 신뢰의 문제인 걸까?

A: 예. 그런 것 같아요.

T: 너는 왜 나를 믿지 않지?

A: 왜냐하면 전 선생님에 대해서 하나도 모르니까요. 이름이 브린
트라는 건 들었지만, 그게 다예요. 의사인지 아닌지도 몰라요.
여기에는 의사도 있죠. 나한테 주사도 놓고, 약도 줘요. 그런 사
람이 의사죠.

T: 그 사람은 의사고 나는 아니라고 말하는 근거는 뭐니? 그 사람
은 하얀 가운을 입었는데, 난 회사원처럼 양복을 입고 있어서?
그 사람은 네게 약을 주지만, 나는 그렇지 않아서? 그 사람은 간
호하듯이 널 달래주는데, 나는 전혀 그렇지 않아서?

A: 그 정도가 아니죠.

T: 그럼 뭐지?

A: 처음에는 과거로 저를 이끌어서 저 자신에 대한 많은 기억들을
되찾아주려는 정신과 의사라고 생각했어요.

T: 내가 한 일이 그거 아니니?

(10초간 침묵)

A: 맞아요.

T: 근데 왜 의심을 하고, 계속 나를 믿지 못하게 된 거지?

A: 왜냐하면 항상 저를 어떤 방향으로 이끄니까요.

T: 그게 내 탓이기만 한 건 아니잖니? 나는 너를 과거로 이끄는 데
도움을 주는 사람일 뿐이라고 얼마나 말했니? 나는 너를 이끌지
않아. 사실대로 말하면 나는 네가 이끄는 곳으로 따라갈 뿐이야.

A: 하지만 선생님은 내게서 어떤 걸 캐내는 것 같아요. 항상 구체적인 것들이 필요하다고 말하잖아요. 나에 대한 다른 어떤 것보다도 그게 더 중요한 게 틀림없어요.

T: 이 녀석아. 이걸 생각해보렴. 우리가 얼마나 멀리까지 왔는지. 처음에는 정말 별것 아닌 단서들뿐이었지. 버스. 개. 하지만 지금은 네가 누구인지에 대해서 정말 많은 것들을 알게 됐어.

A: 알아요. 그런 것들을 알게 된 것은 고맙게 생각해요. 그렇지만……

T: 그렇지만 뭐?

A: 아직 완벽하진 않아요. 여전히 빈 곳이 있죠. 사실, 나 자신이 텅 빈 것처럼 느껴질 때가 있어요. 지금 여기서 선생님에게 말하고 있지만, 내가 어디서 왔는지, 이곳의 내가 지내는 그 방에서 온 건지, 아니면 거기가 아니라 다른 곳에 있다가 온 건지 아무런 기억도 나지 않아요. 때로는 지금까지 이런 일을 숱하게 한 것 같은 생각도 들어요. 전에 똑같은 질문을 듣고 또 들었던 것 같은 느낌도 든다고요.

T: 반복은 어느 정도 필요하단다. 넌 대답을 잘할 때도 있지만, 그렇지 않을 때도 있으니까.

(15초간 침묵)

A: 힘들어요. 마음이 지쳤어요.

T: 방으로 돌아가고 싶니?

A: 아니요. 이상한 일이에요. 적어도 여기 있으면 내가 살아 있다는 건 알 수 있거든요.

T: 그럼 잠깐 얘기 좀 하자. 너를 힘들게 하지 않을 것들로. 즐거운 이야기들.

A: 어떤 걸 캐내지 않고요?

T: 어떤 걸 캐내지 않고.

A: 에이미. 에이미 생각이 많이 나요.

T: 에이미 생각을 하면 행복하니?

A: 대개 그래요. 그 숫자놀이도. 때로 그 일들은 정말 생생하게 떠올라요. 에이미도 생생하게 기억나요. 그다음에는 또 생각들이 사라져요.

T: 에이미 생각이 나면 그냥 생각나는 대로 내버려 두면 돼. 숫자놀이들. 좋았던 시절. 너는 에이미를 사랑한다고 했지. 에이미에게 네 삶에 대해서 말한 적이 있니?

A: 아니요. 하지만⋯⋯.

하지만 얼마나 그러고 싶었던지. 부모님을 통해 과거와 현재의 상황에 대해 알게 되던 혼란의 시기가 시작될 즈음, 그는 죄책감에 가까운 심정을 느끼면서도 뭔가 신나는 일이 자신의 삶에서 벌어지고 있다고 생각했다. 학교에 있는 다른 아이들과는 완전히 동떨어진 존재였다. 하지만 수줍은 성격 때문에 때로 고독을 느끼는 것과는 달랐다. 이건 다른 느낌의 고독이었다. 남들은 모르는, 심지어 달콤하기까지 한. 고통이라면 비밀을 지켜야만 한다는 것, 누구에게도, 심지어 에이미에게도 말하지 않겠노라고 맹세한 일이었다. 물론 이 부분에 아픔을 느꼈다. 그는 에이미에게 이렇게 말하고 싶었다. "우리 가족은, 엄마와 아빠와 나는, 세상에서 제일 큰 숫자놀이를 하며 살고 있어."라고. 당시에 그가 에이미를 피했던 까닭은 자신이 에이미에게 모든 걸 다 말해버릴까 봐, 혹시 실수로라도 비밀을 누설할까 봐 겁이 났기 때문이었다. 그는 에이미에게 영화 같은 삶을 살아가는 자신에 대해 말하고 싶은 마음을 참을 수 없을까 봐 두려웠다.

"있지, 에이미. 나는 수줍음 많고 내성적인 애덤 파머가 아니야. 이중생활을 하면서 떠도는 도망자야. 난 폴 델몬트야."

그래서 그는 에이미를 피해 다녔고, 전화도 걸지 않았다. 항상 할 일이 있다거나 엄마가 편찮으시다고 둘러댔다. 그러므로 그 시절의 그에게는 슬픔이 있었다. 표면으로 떠오르려고 하면 스스로 억누르는, 고요하고도 깊은 슬픔.

"일이 이렇게 돼서 미안하구나."

그런 슬픔에 대해 눈치 채고 있었던 아빠가 그렇게 말한 적도 있었다.

애덤은 아빠에게 에이미에 대해서, 또 그녀를 향한 열망에 대해서, 무엇보다도 가장 위험한 열망에 대해서는 말하지 않았다. 그러니까, 에이미가 그에게 더 큰 매력을 느끼고 영웅처럼 우러러 보게 만들려고, 자신에게 무슨 일이 일어났는지 뽐내고픈 열망 말이다.

T: 그래서 에이미 허츠에게 뭐라고 말한 게 있니? 사소한 것이라 도?
A: 전혀. 절대로요. 그날만 빼고요…….
T: 무슨 날?

전화가 걸려 온 날. 엄마가 두렵다고 말한 그날. 그들의 삶을 다시 한 번 바꿔놓을 수 있었던 그 전화. 토요일 아침 늦게, 애덤은 마침내 에이미와 교회 주차장에서 숫자놀이를 하고 집에 돌아와 그 전화에 대해 들었다. 그 숫자놀이는 실패로 돌아갔다.

"미안, 에이스. 이건 영광의 순간과는 거리가 멀군."

에이미가 말했다.

계획은 좋았지만, 실행은 불발에 그쳤다. 에이미의 뜻만으로 할 수 없는 일이 있었다. 둘은 결혼식이 시작하기 삼십 분 전부터 드문 드문 자동차들이 들어오는 동안, 주차장 한쪽 구석에서 서성거렸다. 결혼식은 오전 10시에 열릴 예정이었다. 그는 가족끼리 잘 차려입고, 꼬마의 손을 잡은 엄마 아빠 들이 교회로 들어가는 모습을 감상적으로 바라봤다.

만약 그의 마음속을 읽을 수 있었다면, 에이미는 이렇게 말했을 것이다.

"멋지지 않아, 애덤? 결혼해서 아이들이 온 집 안을 뛰어다니는 모습을 보면 정말 멋질 것 같아."

에이미는 마음이 애잔해지는 순간에만 그를 애덤이라고 불렀다.

그는 손을 뻗어 에이미의 손을 잡은 뒤, 얼마간 만지작거리다가 꽉 잡았다. 그는 "사랑해, 에이미."라고 말하고 싶었다. 하지만 그럴 순 없었다. 그랬다면 에이미는 웃음을 터뜨리고 신랄하게 쏘아붙인 뒤, 애덤을 다시 '에이스'라고 불렀을 것이다. 갑자기 그의 기분이 가라앉았다. 비밀이 있는 한, 이제 자신은 그 어떤 사람과도 넘을 수 없는 간극을 둬야만 하는 게 아닐까? 다시는 누군가와 둘도 없이 친한 사이가 될 수 없는 걸까?

"이번에 할 숫자놀이는 뭐야, 에이미?"

그가 혼란스럽고 슬픈 마음으로 말했다.

"좋아, 시작하자."

에이미가 마지못해 말했다. 에이미는 극적 효과를 최대로 만들기 위해 가능한 시간을 끌다가 어떤 숫자놀이를 할 것인지 말했다. "나는 극적인 게 좋아."라고 에이미는 늘 말했다.

"잘 봐, 에이스. 안에서 결혼식이 시작되면 주차장에는 백 대 정도의 차가 있을 거야. 보면 알겠지만, 대부분의 차가 문을 잠그지 않았어. 왜 그런지는 모르지만, 아마 사람들은 교회 주차장이라면 안전하다고 생각하나 봐. 어쨌든 사람들이 교회로 다 들어가면 우리가 시작하는 거야."

"어떤 일을 시작한다는 거지?"

애덤이 물었다. 아름다운 아침이었다. 바람에 작은 풀잎의 잎새까지 흔들렸고, 주차장으로 들어오는 자동차들의 엔진 뚜껑과 앞유리로는 햇살이 춤추고 있었다.

"간단해. 우리 둘이 차들을 반으로 나눠서 안에 들어가면 돼. 사람들은 교회에서 신부를 보느라 정신이 하나도 없을 테니까 전혀 걱정할 건 없어. 우린 두 가지 일을 할 거야. 첫째, 라디오를 켜고 볼륨을 최대한으로 높인다. 둘째, 유리창 와이퍼를 켜놓는다. 그다음에는 다른 차로 가서 똑같은 일을 하면 돼."

"무슨 소린지 모르겠는걸. 시동이 꺼져 있잖아. 그럼 라디오도 안 나오고, 와이퍼도 움직이지 않을 텐데."

애덤이 말했다.

"바로 그거지. 수백 명의 사람들이 자동차에 올라타기 전까지는 아무런 일도 일어나지 않는 거야. 나중에야 사람들이 시동을 걸겠지. 그럼 귀청이 터질 것처럼 라디오 소리가 울릴 거고, 와이퍼가 미친 듯이 움직일 거야. 운전석에 앉아서 도대체 이게 무슨 일인지 생각할 사람들을 상상해봐."

"아하."

애덤이 말했다. 그는 무슨 소리인지 알 수 있었지만, 어쩐지 신나지 않았다. 우선 그는 다른 사람들의 차 안으로 들어가는 일이 당기지 않았다. 만약 잡히면 큰 문제가 생길 것 같았다. 둘째, 라디오와 와이퍼가 차 안에 있는 사람들을 얼마나 깜짝 놀라게 할지 알 수 없었다. 그렇지만 그는 에이미의 얼굴을 바라봤다가 눈동자에 서린 흥분을 보고는 그 애를 실망시킬 수는 없다고 생각했다. 하지만 나 자신은 좀 실망스러운걸, 정말이지. 그는 '이제는 숫자놀이도 시시할 만큼 내 문제가 커져버린 걸까?', '내 인생에 하도 많은 일들이 일어나서 이제 그런 것들에는 관심이 없어진 걸까?'라고 생각했다.

"문제라도 있는 거야, 에이스?"

에이미가 갑자기 걱정된다는 듯이 물었다.

잠시 깊은 절망 속에서 그는 에이미에게 모든 걸 다 털어놓고 싶다고 생각했지만, 그럴 수 없다는 걸 스스로 잘 알고 있었다.

그는 "아무것도 아니야."라고 말했다.

애덤의 성격을 잘 알고 있던 에이미는 더 이상 묻지 않았다. 잠시 후, 에이미는 "시작하자."고 말했다. 둘은 영화에 나오는 인디언처럼 주차장으로 숨어 들어가 자동차 안에서 다이얼을 마구잡이로 돌렸다. 그러다 낡은 뷰익 컨버터블(자동차 상표 중 하나로 지붕을 접을 수 있다—옮긴이)에 들어가 어디 있는지 알 수도 없는 와이퍼 버튼을 찾고 있는데, 갑자기 누군가의 고함 소리가 정신을 흔들어놓았다.

그는 고개를 들고, 교회에서 나와 주차장을 향해 달려오는 남자를 봤다. 그 사람은 코르덴 재킷을 입고 있었다. 결혼식 하객은 아닌 것 같았다. 어쩌면 교회 수위일지도 몰랐다.

애덤은 얼어붙은 것처럼 가만히 서서, 들키면 끝장이라고 생각했다. 근처에 있던 에이미의 목소리가 들렸다.

"달려, 에이스. 도망가. 우릴 봤어."

애덤은 문손잡이를 잡고 돌렸다. 달려오는 발소리를 듣고 힐끔 뒤를 돌아봤더니, 그 사람은 술 취한 농구 선수처럼 자동차 사이를 헤집으며 에이미를 향해 소리쳤다. 거기 서라고, 멈추라고, 지금 당장 이리 오라고…….

주차장 옆에 있는 나무들 사이로 달려가는 에이미의 모습은 흐릿했다. 에이미를 잡을 수 있는 사람은 아무도 없었다. 애덤은 그 사람이 자신은 보지 못했다는 걸 알 수 있었다. 남자가 지나간 뒤에 애덤은 "어디에 있든지 아무렇지도 않은 듯 태연하게 행동해."라고 말하던 에이미의 충고를 떠올리며 아무런 일도 없다는 듯이 주차장 입구로 걸어가서는 거리를 향해 달리기 시작했다. 그는 주차장을 달려가면서도 자신에게 먼저 도망가라고 말했던 에이미를 생각했다. 그게 에이미였다. 사랑스러운 에이미.

미리 약속한 대로(에이미는 이렇게 주도면밀하게 행동하는 걸 즐겼다.) 둘은 베이커 잡화점에서 만났다. 숫자놀이를 시작하기 전이나 끝난 뒤에 두 사람이 만나기로 한 장소였다.

"미안해, 에이스."

에이미가 말했다. 애덤보다 먼저 도착한 에이미는 벌써 아이스크림 탄산수를 마시고 있었다. 늘 그렇듯이 바닐라와 초콜릿을 얹은.

"넌 몇 대나 했니? 난 겨우 다섯 대밖에 못 했는데, 그 사람이 나를 봤어. 영화처럼 나한테 '거기 서라, 도둑놈아.'라고 소리치더라. 얼마나 웃기던지………."

에이미가 말했다.

그러고 나서 둘은 뭐가 그리 즐거운지 킬킬거리다가 큰 소리로 웃음을 터뜨려, 마흔 살 아래 손님은 곱게 봐주지 않는 예순 즈음의 점원 헨리 쌔닛을 화나게 만들었다. 애덤은 바닐라 밀크셰이크를 두 잔이나 마셨고, 둘은 옛날에 했던 숫자놀이와 A&P에 대해서 떠들었다. 햇살을 머금은 따뜻한 바람이 부는 날, 그렇게 가게에서 맞은편에 얼굴이 붉게 상기되어 사랑스럽기만 한 에이미와 마주 앉아 있는 일은 정말 좋았다. 에이미는 내 여자친구야, 그렇지? 내 여자친구. 그런 생각이 스쳐 갔다.

헤어진 뒤, 애덤은 밀크셰이크로 배가 가득 찼음에도 점심을 먹으러 집으로 갔고, 에이미는 신문사에 있는 아빠를 만나러 갔다.

"전화해."

떠나면서 어깨 너머로 돌아보며 에이미가 말했다.

애덤은 인도의 돌멩이를 발로 차면서 집으로 걸어갔다. 걸어가면서 애덤은 에이미를—자동차 라디오와 와이퍼와 이런저런 것들을—생각했고, 집에 왔을 때는 악몽이 이미 시작됐다는 걸 알게 됐다. 자기가 없는 동안.

문에 나온 엄마의 얼굴은 잿빛이었고, 눈동자는 산산조각 난 대리석과 같았다.

"무슨 일이라도 생겼어요?"

애덤이 물었다.

"그레이가 전화를 했어."

엄마가 말했다.

"비상사태라고."

T: 아, 왜 너한테 내가 필요한지 알겠지? 왜 이 상담이 그렇게 중요
한지?

A: 왜죠?

T: 구태여 네가 그러려고 하지 않아도 기억을 떠올리게 하니까. 오
늘 밤에 왔을 때 너는 불안했고 나를 믿지 않는다고 했고, 그래
서 에이미에 대해서 생각나는 대로 얘기하기 시작했는데, 그러
다가 결국 우리는 더 많은 사실을 알게 됐잖아. 방금 말한 비상
사태 말이지…….

(5초간 침묵)

A: 아마도 그걸 떠올리기 싫었던 모양이죠. 토할 것 같아요. 힘들
어요.

T: 그 문제에 있어서는 피해 갈 방법이 없는 것 같은데.

A: 무슨 뜻이죠?

T: 그걸 네가 뭐라고 부르든, 이제 더 이상은 기억을 억누를 수 없

는 지점에 도달한 것 같다는 것이지. 사실 오늘 밤에 네가 이 방까지 자청해서 온 것도 그 때문, 즉 기억할 필요가 있었기 때문이었을 거야. 기억들은 거기에 있어. 밖으로 나와야 해. 이제 꺼내야 하는 거야. 더 이상 곪아 터지게 내버려 둘 수 없는 거지.

(8초간 침묵)

T: 이건 누굴 믿고 안 믿고의 문제가 아니라 불가항력적인 문제야. 진실은 드러나게 돼 있어. 네가 막을 수 있는 게 아니야.

A: 알아요, 저도 알아요……

그도 분명히 알고 있었다. 진실이 거기 있으면서 드러나려고 한다는 걸, 자기 안에서 들끓는다는 걸, 그가 표현하기를, 말하기를, 그리하여 이게 다 실제 일어난 일이라는 걸 밝혀주기를 기다리고 있다는 걸 그도 알고 있었다. 하지만 동시에 그는 주저했다. 자기 안의 어떤 부분은 이에 맞서고 있었다.

T: 또 왜 그러니?

A: 잠깐만 기다려주세요.

T: 기다리는 동안에도 시간은 지나간단다.

그도 알고 있었다. 하지만 동시에 그는 자기 앞에, 마치 육식동물이나 적처럼 — 이제는 그렇다고 확신했다 — 앉아서 자신의 말을 기다리는, 브린트인지 뭔지 하는 사람이 있다는 것도, 또 결국 자신이 모든 걸 그에게 털어놓으리라는 것도, 혼자서는 그 일을 할 수 없다는 것도 알고 있었다.

그가 바라는 단 한 가지는 자신에 대한 진실을 알아내되 배신하지 않는 일이었다. 배신이라면, 과연 누구에 대한 배신일까?

T: 말해보렴. 그레이가 말한 비상사태가 뭔지 말해봐.
A: 예. 말할게요…….

그는 엄마가 충격 받았다는 것과, 그래서 자기를 거실로 끌고 갈 때 잡은 손이 떨렸다는 것에 대해서 말할 수 있었다. 게다가 엄마의 목소리는 낮았고, 그 어휘들은 명징했다는 점이 인상에 남았다. 엄마는 충격을 받은 건 확실하지만, 자제력을 잃지는 않았다.

"다 괜찮아질 거야."

목에 단호해야만 한다고 명령이라도 내린 것처럼 단호한 목소리로 엄마가 말했다. 애덤은 언제나 부모님들이 다 괜찮다고 아이들을 달랠 때는, 사실은 괜찮지 않지만 부모로서 아이들을 위해 그러는 거라고 생각했다.

"아빠는 어디 있어요?"

애덤이 물었다.

"아래 사무실에, 챙길 게 있으니까. 애덤, 우린 며칠 떠나 있어야겠어."

"어디로 가요? 또 왜요? 도대체 뭣 때문에?"

커지는 자신의 목소리를 들으며 엄마처럼 자기도 자제력을 잃지 않기를 바라면서 애덤이 물었다.

엄마는 그의 손을 잡고 거실로 끌었다.

"애덤, 이건 한번쯤은 일어나는 일이야. 학교에서 하는 소방 훈련이나 폭발물 설치 신고가 들어온 것 같은 거지. 아무튼 한 시간 전쯤 그레이가 전화를 걸었어. 우리 신원이 밝혀진 것 같다는 거야. 확실하지 않으니까 그레이가 실수한 것일 수도 있어. 하지만 어쨌든 대비는 하라는 거지."

"그 사람은 어떻게 알게 된 거죠?"

엄마는 답답하다는 듯이 숨을 내쉬었다.

"우스꽝스러운 일이지 뭐니, 애덤. 내가 '아무도 모르는 것'에 대해서 말한 걸 기억해보렴. 그런 상황에서 안전하게 지내려면 네가 어떻게 해야만 했는지도. 글쎄, 그레이에게도 '아무도 모르는 것' 같은 건 있었겠지. 부하가 도청하다가 마뉴먼트에 대한 이야기가 오가는 걸 엿들었다고 했는데……"

"도청이라고요?"

정말 어처구니가 없군, 이라고 애덤은 생각했다. 그런 건 나와 에이미 허츠와 숫자놀이와 학교와 엄마 아빠와는 아무런 상관도 없어야만 하는 것 아닌가.

"그래, 그 부서에서는 어떤 사람들의 대화를 항상 살펴보고 있어. 그런데 어떤 대화 중에 마뉴먼트 얘기가 나왔다는구나. 날짜도 얘기했고. 그게 내일이야. 어쩌면 아무 일도 아닐지 몰라. 사실 이 도시, 마뉴먼트에 대한 얘기를 했다고 그게 다 우리 얘기일 수는 없을 테니까. 아니면 진짜 기념비(monument, 지명 마뉴먼트와 동음이의어─옮긴이)에 대한 얘기일 수도 있지. 하지만 그레이는 만일의 경우라도 심각하게 여겨야만 한다고 생각했어. 그래서 며칠간 우리에게 이 도시를 떠나 휴가를 가지라고, 여행을 하라고 권했지. 그동안 그 사람 부하들이 여기로 와서 어떤 의심스러운 일들이 일어나는지 집을 살펴볼 거야."

"전에도 이런 일들이 일어났다고 말씀하셨죠?"

애덤이 물었다.

"그래. 두 번 그랬지. 첫 번째 경우는 자주 일어나는 일은 아니었어. 몇 해 전 이 마을이 만들어진 지 이백 주년이 되는 걸 기념해서 행사가 열렸거든. 이 지역에서는 제일 먼저 사람들이 정착한 마을이니까. 건국 이백 주년 행사처럼 퍼레이드를 비롯해서 다양한 행사들이 열렸지. 여기저기─보스턴, 우스터, 심지어 뉴욕─에서 이 행사를 카메라에 담으려고 방송국 사람들이 찾아왔어. 한 방송국은 이 작은 마을이 이백 주년 행사를 어떻게 진행하는지에 대한 특집 방송까지 편성했지. 방송국에서는 한두 주 동안 사람들을 인터뷰하고 여기저기를 찍어 갔어. 그레이는 그 두 주 동안은 우리가 떠나 있는 게 좋겠다고 생각했지. 정부 돈으로 메인 주에서 휴가를 보내라는 거였어. 두 주 동안의 연안 지역과 바닷가 여행. 하지만 그걸 온전히 즐기기는 힘들었어. 왜 거기 가야만 하는지 알고 있었으니까."

"그 여행은 기억나는 것 같아요. 꽤 실망했었거든요. 보이스카우트에서 멋진 퍼레이드를 계획하고 있었는데, 갑자기 우린 메인으로 가야만 했죠. 엄마하고 아빠는 거기 가면 얼마나 멋진지 얘기했지만, 저한테는 어쩐지 사과하는 말처럼 들렸어요."

애덤이 말했다.

엄마가 고개를 끄덕였다.

"엄마 아빠가 너한테 지은 죄가 많단다, 애덤."

다시 엄마의 목소리에 슬픔이 배어 있었다.

"다른 한 번은 언제였나요?"

"이번처럼 한바탕 소동이었지. 워싱턴 의회 소위원회에 출석한 증인 한 명이 자기보다 먼저 증거를 제시한 전직 기자에 대한 기밀을 알고 있다고 했어. 그는 그 기자가 비밀리에 사라졌지만, 지금은 북동부에서 대리인으로 일한다고 했지. 물론 이것만으로는 명확하지 않지만, 그레이는 만일의 사태에 대비해야만 한다고 생각했어. 우리는 다시 휴가를 떠났어. 이번에는 캘리포니아 주로. 쌘프란씨스코. 일주일 동안. 매일 비가 내렸고, 너는 감기에 걸려 열이 났지. 그때 넌 겨우 일곱 살이었으니까. 그러다 그 증인이 말한 사람이 네 아빠가 아니라 다른 전직 기자로 지금은 CIA의 대리인으로 일하는 사람이라는 게 밝혀졌어."

초인종이 울렸다. 다시 긴장. 엄마는 영화의 정지 화면에 나오는 사람처럼 갑자기 굳어버렸다. 문에서 열쇠가 돌아가고 아빠가 현관으로 들어왔다.

"좋아, 애덤. 집에 있구나."

아빠는 엄마를 바라봤다.

"얘한테 얘기했소?"

애덤은 처음으로 아빠의 얼굴에 생긴 세월의 균열을 목격했다. 깊이를 알 수 없는 작은 틈들.

아빠는 활기차게 거실로 들어왔다.

"잘 들어라. 주말에 마뉴먼트를 떠나 있어야만 할 것 같아. 차를 타고 북쪽까지 가보자. 해마다 이 무렵이면 꽤 아름답거든. 멋진 모텔을 찾아서 어쩌면 옛날식 여관에 묵으며 전통 뉴잉글랜드식 식사를 손수 만들어 먹을 수도 있을 거야."

아빠가 말했다. 여행이 기대된다는 듯이, 그게 정말 멋진 여행이라는 듯이 아빠는 두세 번 정도 손뼉을 쳤다.

"우리 모두 기분 전환이 필요하다고 생각해. 어쨌든 나는 그래. 애덤, 학교에는 월요일에 여행지에서 전화해 하루 쉬겠다고 말하면 될 것 같다. 그럼 우린 오늘 일요일 오후부터 월요일까지 여행할 수 있는 거야. 또 모르지, 화요일까지 여행하고 있을지도."

아빠의 목소리는 기운차고 활기가 넘쳤다. 애덤은 문득 오싹함과 함께 어떤 진실을 깨달았다. 아빠는 지금 그레이 씨에게 전화받은 사실이 없는 것처럼 행동하고 우릴 가로막는 건 없다고 믿으면서 게임을 즐기고 있는 것이다. 아빠의 얼굴은 여전히 수척했으며 눈빛은 경계심과 근심으로 가득해, 밝고 열정적인 목소리와는 가파른 대조를 이뤘다.

"그럼, 짐을 싸볼까?"

엄마에게 고개를 돌리며 아빠가 말했다.

엄마는 힘없이 미소를 지었다.

"벌써 다 싸놨어요. 항상 여행 가방을 준비해두니까."

아빠는 애덤 쪽으로 걸어가 어깨에 팔을 둘렀다.

"다 괜찮을 거야, 애덤."

아빠가 속삭였다. 그건 정말 작은 속삭임이었다. 자기네 집 거실이었는데도. 무엇이 우리를 이렇게 만들었나? 그레이 씨가 어떤 짓을 했기에 엄마와 아빠가 이렇게 행동할 수 있는 것일까? 처음으로 자신들의 처지에 대한 두려움이 애덤에게 와 닿았다.

"가자."

애덤의 어깨를 움켜쥔 채, 눈에는 깊은 슬픔을 담고 아빠가 말했다.

"좋아요, 아빠."

애덤이 말했다.

엄마는 벌써 여행 가방을 가지러 위층으로 올라가 버렸다.

(20초간 침묵)

T: 잠시 쉴래?

A: 아니요. 계속하고 싶어요. 끝까지. 머리가 아프지만, 약은 필요

없어요. 끝을 내고 싶어요. 끝까지…….

T: 그렇다면 계속해보자…….

테이프 교환:

OZK014 끝

모텔은 벨튼 폴즈 근교에 있고, 나는 그곳을 향해 페달을 굴린다. 주위가 어두운데 카키색 외투를 입은 채로 불빛이나 반사경 없이 도로를 달리는 건 위험한 줄 알지만 마음이 바빠 걸어가고 싶지 않다. 온몸의 뼈가 고통과 피로로 들끓고, 폐는 불타오르며, 손발은 얼어붙지만, 나는 계속 페달을 밟는다. 자동차들이 지나가면 때로 전조등 불빛에 앞이 안 보이고, 이따금 나를 향해 경적이 울리면 그 소리는 어둠 속에서 포효하지만, 그럼에도 나는 계속 나아간다. 주유소에서 반 마일 정도 마을을 지나가면 모텔이 나온다. 이제 그 이름도 생각난다. 레스트어와일(Rest-A-While, '잠시 휴식'이라는 뜻—옮긴이) 모텔이다. 거기에는 오두막 방들이 있었는데, 이걸 보고 엄마는 "낭만적이지 않아요?"라고 말했고 우린 거기서 묵었다. 오두막은 대개 2인용이었지만 우리 셋이 함께 묵을 수 있도록 직원들이 간이침대를 가져다주었다. 나는 간이침대에 누워 아빠의 코 고는 소리와 엄마의 숨소리를 들으며 무서울 게 없고 안전하다고 생각했다. 엄마의 숨소리는 입술 위에서 나비 한 마리가 춤을 추는 것 같았다.

그리하여 나는 한 발 한 발 페달을 밟아 가게들을 지나, 집들을 지나, 기나긴 창고를 지나 크고 조용한 배처럼 나아간다. 오토바이 한 대가 나를 길에서 날려버릴 것처럼 추월한다. 그리고 마침내 모텔 건너편에 있는 주유소 불빛이 보이고 내 가슴은 뛴다. 나는 "만세."라고 소리친다. 모텔까지 온 것이다. 나는 이렇게 멀리 떨어진 곳까지 왔고 무엇도 나를 막지 못했으며, 앞으로도 막지 못할 것이다. 나는 오늘 밤, 작년에 엄마 아빠와 함께 잠들었던 오두막에서 잠들 것이고, 부모님을 생각하면 이번에도 무서울 것 없이 안전할 것이다. 그리고 내일 일어나면 강을 건너 버몬트 주 루터버그를 향해 출발할 것이다.

모텔은 어둡다. 간판 위의 불빛은 꺼져 있고, 바람을 맞은 간판은 으스스하게 흔들린다. 오두막들은 더 이상 사용하지 않는 것처럼 보인다. 오는 길에 본 아이스크림 노점처럼 휴가철이 끝났기 때문에 문을 닫은 것일까? 나는 사무실로 쓰는 오두막을 살펴보지만, 그곳 역시 사람이 없는 듯하다. 자전거를 세우고 사무실까지 걸어간다. 문은 잠기지 않은 채 조금씩 흔들린다. 그 문을 열었더니 뭔가 칙칙한 냄새가, 오래되고 낡은 냄새가 콧구멍을 가득 채운다. 가로등 불빛이 사무실 안으로 창백한 빛을 드리운다. 의자 두 개가 야릇한 모양으로 서로 쌓여 있다. 책상 위에는 황급히 떠나간 자리처럼 서류와 책 같은 것들이 흩뜨려져 있다. 지금이 몇 시인지, 오늘 밤 묵을 만한 다른 곳을 찾을 수 있을지 궁금해진다. 머리가 욱신거리고 몸은 쓰러질 것 같다. 오늘 밤에는 약이 없어도 잠들 수 있겠다.

나는 의자 두 개를 서로 떼어놓은 뒤, 의자 위에 앉아서 잠시 휴식을 취한다. 너무 지쳤다. 불과 작년에 다녀간 장소가 이처럼 달라질 수 있다는 사실에 좀 놀란다. 오두막은 수년간 아무도 사용하지 않은 것처럼 느껴진다. 쇠락하는 것들의 속도가 얼마나 빠른지 몸이 떨린다. 나는 알약들을 떠올리고, 역시 그것들을 가져왔어야 한다고 천 번째로 생각한다. 주사 한 방을 얻기 위해 가게를 부수고 들어가 사람들을 살해하는 마약중독자들 이야기를 떠올리면서 그 사람들을 이해할 수 있게 된다. 바로 이 순간, 알약의 마술적인 효과로 편안하게 침대에서 잠들 수 있다면 나는 그 무엇이라도 줄 수 있을 것만 같다.

어떤 소리가 정적을 깬다. 바깥에, 자전거 옆에 누군가 있다. 나는 벌떡 일어나 풀린 다리로 성큼성큼 문 쪽으로 걸어간다.

개 한 마리가 자전거 앞바퀴에 코를 박고 있다. 장난기 많고 잠시

도 쉬지 않는 작은 코커스패니얼이다. 코커스패니얼은 무섭지 않기 때문에 나는 녀석을 쫓는다. "저리 가. 저리 가. 비켜."라고 말한다. 잠시 나를 살펴보던 녀석은 꼬리를 흔들며 깡충깡충 뛰어간다.

길 건너편 주유소에서 점원이 자동차에 기름을 넣고 있다. 검은 긴 머리가 어깨 너머로 흘러내리는 십 대다. 나도 저런 사람이 되고 싶다. 일자리가 있고 그 일을 잘해내며 주말이면 주급을 받아 에이미 같은 여자친구와 데이트하는. 나는 그 사람을 알지도 못하면서 부러워한다. 그 사람에게도 친구와 가족은 있을 테니 그들에 대해서 생각해본다. 나는 외롭다. "괜찮아."라고 혼잣말을 한다. "멍청한 생각 그만, 불쌍한 표정도 그만. 아무짝에도 쓸모없으니."

바람이 불어오고 나는 다시 떨면서, 주유소를 바라보던 몸을 돌린다. 바람에 사무실 문이 소리 나게 닫히고 나는 내가 해야만 할 일이 뭔지 깨닫는다. 뭔가 먹을 것을 구한 뒤 여기로 돌아와서 자는 거다. 안전하게 의자로 문 쪽을, 문손잡이 쪽을 막은 뒤, 바닥에 웅크리고 하룻밤만 자면 되는 일이다. 내일이 되면 푹 쉬었으니 피로도 풀릴 것이고, 그러면 루터버그까지 남은 몇 마일을 쏜살같이 날아서 갈 수 있을 것이다. 지금은 먹을 것을 구하고 에이미 허츠에게 전화해서 내 모험이 거의 끝나간다는 사실을 말한 뒤, 다시 돌아와 날이 샐 때까지 달콤하게 자는 게 우선이다. 그러다가 더 좋은 생각이 떠오른다. 굳이 사무실에서 잘 필요는 없지 않은가? 다른 오두막을 살펴보는 건 어떨까? 어쩌면 침대와 매트리스와 담요가 있는 곳도 있을지 모른다. 나는 자전거를 타고 첫 번째 오두막까지 가서 창문을 들여다본다. 창문은 덕지덕지 얼룩이 져서 더럽고 혼탁하다. 나는 눈을 가늘게 뜨고 시트가 벗겨진 매트리스가 비뚜름하게 놓인 침대를 본다. 빌어먹을, 에이미라면 그렇게 말했겠지. 하긴 그래도 땅바닥보다는 매트리스가 낫다.

나는 도로를 가로질러 건너간다. 직원은 계량봉을 찔러대며 자동차의 오일을 체크하고 있다.

"공중전화 있나요?"

내가 묻는다.

머리를 들고 나를 바라보자, 그 사람의 긴 머리가 소용돌이친다.

"전화박스는 없고, 벽에 붙어 있는 전화기뿐이야."

그가 말한다. 그는 별 흥미가 없다는 듯이 나와 자전거를 바라본다. 나는 어떻게 하든 그 사람의 관심사가 될 수 없을 것 같다.

기름이 스민 포장 바닥을 가로질러 사무실로 들어간다. 온통 기름 냄새였다. 그리고 묵은 고무 냄새. 한쪽에는 막대사탕을 파는 자동판매기가 있는데, 오늘 저녁을 위해 몇 개 챙겨놓아야겠다고 생각한다. 어디선가 초콜릿이 빠르게 에너지를 보충해준다는 걸 읽은 기억이 난다.

전화는 차고로 곧장 연결되는 문 근처 벽에 붙어 있었다. 나는 잔돈을 한 움큼 꺼내 10센트를 넣고 교환원을 기다린다. "교환원입니다."라는 남자의 목소리가 들린다.

나는 조심스럽게, 실은 우스꽝스럽게, 큰 목소리로 전화번호를 말한다. 웃기게 들려도 상관없다. 잘못된 번호로 연결되는 것보다는 나으니까. 지나가는 자동차들의 불빛이 깜박거리고, 이 밤에 이렇게 멀리까지 나 혼자서 자전거를 타고 왔다는 믿기지 않는 사실을 깨닫는다.

전화벨은 울리고 또 울린다.

나는 몇 번이나 울리는지 헤아리다가 놓친다.

그리고 "여보세요, 여보세요."라는 소리가 들린다. 에이미의 아빠도 아니고, 내가 아는 그 어떤 사람도 아닌, 다시 퉁명하고 참을성 없는 그 목소리.

"여보세요. 에이미 있나요?"라고 내가 말한다.

그런 말 자체가 무의미하다는 걸 알기 때문에 나는 질문이 터무니없다고 느낀다.

잠시 침묵이 이어지다가 참을 만큼 참았다는 듯이 말이 흘러나온다.

"여기에 에이미라는 사람은 없어. 너 전에도 전화했던 애지? 다시 말하지만, 여기에 에이미라는 사람은 없다."

사무실 안이 갑자기 쌀쌀해진다.

"아저씨, 잠깐만요. 뭔가 잘못된 것 같네요. 거기 매싸추쎄츠 마뉴먼트 537-3331번이 맞나요?"

나는 다시 조심스럽게, 번호를 하나하나 정확하게 발음한다.

"맞아. 여기는 매싸추쎄츠 마뉴먼트 537-3331번이야."

내 목소리를 흉내 내며 놀리듯이 그가 말한다.

수화기를 잡고 있는 내 손이 떨린다. 누군가 문을 열어놓아 바깥의 차가운 공기가 밀려드는 것처럼 사무실 안이 점점 추워진다.

"뭔가 잘못된 게 틀림없네요."

내가 말한다. 전화 회사가 그런 멍청한 실수를 저지를 수 있단 말인가. 같은 마을의 두 집에다 똑같은 전화번호를 부여하다니.

"그래, 그런 것 같다. 얘야, 나는 지금 감기가 걸려서 침대 속에 쏙 들어가 있기 때문에 이런 전화를 받으려고 나오려면 정말 힘들어."

남자가 말한다.

"아저씨, 귀찮게 해서 죄송합니다. 하지만 537-3331번에다가 건 것 맞거든요. 이 번호는 허츠 씨네 전화번호예요. 지난 여섯 달 동안 저는 이 번호로 전화를 걸었어요. 어제도 걸었다고요. 큰 소리로 울고 싶었거든요."

이제 냉기가 내 몸속을 감싸고 뼛속 깊이 파고든다. 이렇게 혹독하고 극심한 추위는 한 번도 느껴본 일이 없었다.

"이봐, 전화 회사에서 그런 실수를 할 리가 없잖아. 여긴 매싸추쎄츠 마뉴먼트고, 우리 집 전화번호는 537-3331번이야. 난 삼 년째 이 번호를 쓰고 있지만, 성이 허츠라는 사람은 알지도 못해."

이제 온몸이 떨린다. 오늘 아침에 약을 챙겨 왔어야 했다. 그걸 버리는 게 아니었다.

나는 간신히 말한다.

"고맙습니다."

전화를 끊기 전에 그가 말한다.

"전화번호 안내원에게 물어봐라. 이 번호로는 더 이상 전화하지 말고."

나는 쇠사슬에 달랑달랑 매달린 전화번호부를 바라본다.

전화번호부를 펼친다. 전화번호 안내원과 연결되는 전화번호를 찾는다.

손이 떨리지만 다른 10센트짜리 동전을 찾아 구멍에 넣는다.

내 인생에 이처럼 혹독한 추위는 느껴본 일이 없지만, 그 추위는 내 안에서 오고 있다. 나는 번호를 돌린다. 1. 그리고 지역번호 617. 나머지 번호 555-1212.

"전화번호 안내입니다. 어느 지역입니까?"

기계에서 흘러나오는 듯한 목소리다.

"마뉴먼트요."

내가 말한다. 나는 여자에게 이름 허츠와 주소를 말하고 기다린다. 온몸이 떨리는데도 수화기를 잡고 있는 손은 흔들리지 않아 스스로 놀란다.

"허츠라. 메인 스트리트에 허츠 렌터카 사무소가 있군요. 마뉴먼트에 다른 허츠는 없습니다. 철자가 H, e, r, t, z 맞나요?"

여자가 말한다.

"고맙습니다."

나는 대답하고 전화를 끊는다. 내 손이 수화기를 다시 걸어놓는
걸 본다. 그건 마치 영화의 슬로모션처럼 보인다. 그 남자는 지난
삼 년 동안 537-3331이 자기 집 번호였다고 말했다. 삼 년 동안. 나
는 전화기에서 몸을 돌리고 움직이기 시작하지만, 한 발 한 발 떼어
놓기가 힘들다는 걸 느낀다.

내가 다가가자, 점원은 고개를 돌린다. 점원은 앞유리창을 닦고
있다. 자동차에는 여자가 앉아 있다. 유리창에 스프레이로 뿌린 액
체 때문에 여자의 얼굴이 일그러져 보인다.

"뭐지?"

별다른 흥미도 없으면서 점원이 묻는다. 그는 다 귀찮다는 듯이
턱을 움직이며 껌을 씹는다. 누가 이 모든 것을 느리게 만들었을
까? 세상이 슬로모션 속에 들어와 있는 것 같다.

"길 건너 모텔이 영업을 안 한 지가 얼마나 됐죠?"

빠르게 말해보려고 하지만, 슬로모션 상태라 힘들다.

그는 웃기다는 듯이 나를 바라본다. 내 말은, 이상하다는 듯이, 라
는 뜻이다.

유리창 바깥을 내다보는 여자의 얼굴은 여전히 일그러져 있다.

나는 길 건너편 오두막들을 바라보고, 점원 역시 마찬가지다.

"아, 제기랄, 한 이삼 년 됐나. 최소한 그 정도."

그는 다시 앞유리창을 닦기 시작한다.

나는 그의 어깨를 두드린다. 그의 어깨 쪽으로 손을 드는 것만도 힘들지만 어쨌든 천천히 조심스럽게 한다.

"지난여름에 영업하지 않았나요?"

내가 묻는다. 잘못된 질문이 아니기를 바라며 주의해서 단어들을 말한다.

그는 유리창 닦는 일을 멈추고 나를 쏘아본다. 나는 그런 눈빛을 좋아하지 않는다. 마치 내가 다른 행성에서, 다른 은하에서 온 외계인이라도 되는 듯 바라보는 그 낯선 눈빛. 여자는 창문 바깥으로 머리를 쑥 뺀다. 머리는 은발이지만, 눈동자는 고아 소녀 애니(해럴드 그레이가 연재한 만화 「고아 소녀 애니」의 주인공—옮긴이)처럼 크고 속눈썹이 없다. 그녀는 평생 한 번도 눈을 깜빡인 적이 없다는 듯이 우리를 바라본다.

"너 제정신이냐?"

점원이 묻는다. 그 역시 눈을 동그랗게 뜨고 있다. 음성과 화면이 서로 맞지 않는 것처럼 그의 목소리와 입놀림이 일치하지 않아 보인다.

왜 오늘 아침에 알약들을 챙겨 오지 않았을까?

한 손으로는 꾸러미를 움켜쥐고, 다른 손으로는 자전거를 밀면서 나는 길을 가로지르기 시작한다. 점원과 여자가 나를 바라보고 있다는 걸, 그들의 시선이 내 뒤통수를 뚫을 듯하다는 걸 알고 있지만, 나는 돌아보지 않는다. 파멸의 외침처럼 끔찍한 소음이 내 귀를 채운다. 갑자기 이가 시리다. 입이 열려 차가운 공기가 밀려들면서 이가 아프다. 나는 입을 다물려고 하지만 그렇게 되지 않는다. 내 턱이 굳어버린 것처럼, 다시는 다물 수 없는 것처럼. 그러다가 나는 내가 듣고 있는 그 소리가 내 목소리라는 걸 깨닫는다. 나는 소리 지르는 걸 멈출 수가 없다. 그 소리는 끔찍하다. 자동차가 나를 스치듯 지나간다. 그리고 또 한 대. 불빛들, 경적 소리들.

"이 녀석아, 똑바로 보고 다녀."

누군가 외친다.

마침내 나는 길을 건넌다. 자전거와 꾸러미와 나. 발밑에 와 닿는 풀잎들이 부드럽다. 이제 모든 게 조용해져서 내가 비명을 그친 모양이라고 생각한다. 입을 확인해보니 여전히 다물지 못하고 있지만, 더 이상 비명을 지르지는 않는다. 나는 아빠와 엄마와 내가 머물렀던 오두막 쪽으로 나아간다. 우리 셋이서, 함께, 멋진 밤을 보낸 그곳으로. 나는 오두막에 자전거를 조심스럽게 기대놓는다. 길 건너편 주유소를 보니 점원이 아직도 거기 서서 나를 바라보고 있다. 고아 소녀 애니를 닮은 여자도 이제 차에서 내려 나를 바라보고 있다. 나는 여전히 입을 다물지 못하고 있다. 어쩌면 아직도 비명을 지르는 것인지도 모르겠다.

나는 몸을 돌리고, 안으로 들어가고 싶다는 듯이, 제발 문을 열어

달라는 듯이 오두막 문을 두들긴다…….

어둠이 내 주위로 몰려든다.

테이프 교환 :

시작 :

테이프 OZK015   2218   날짜 삭제 T-A

A: 처음에는 모험 같았어요. 우리 셋이 차에서 내렸을 땐…….

　어둡고 음울하며, 가을의 화려한 색조들이 갑자기 바랜 10월의 흐릿한 나날들 중 하루였다. 그렇지만 마뉴먼트를 빠져나와 북쪽으로, 페어필드 쪽으로, 뉴햄프셔 주를 지나 카버로 향하던 자동차 안에서 애덤은 아빠만큼이나 들떠 있었다.

그들은 모두 앞자리에 앉았기 때문에 약간 좁았다. 엄마가 가운데 앉아 있었는데, 그게 단 한 가지 불편한 점이었다.

"같이 앉는 게 더 좋을 것 같아서."

아빠는 그렇게 말했다. 그 말에 애덤은 몸이 약간 떨렸다. 그건 뒤에 앉는 사람은 좀 위험하다는 뜻일 수도 있었다.

언제부터인지 비가 내리기 시작했지만, 그들의 기분마저 젖은 건 아니었다. 앞유리창의 와이퍼는 메트로놈처럼 움직였고 애덤은 "내가 꼬마였을 때, 「골짜기에 그 농부」 같이 불렀던 거 생각나요, 아빠?"라고 말했다.

그러자 아빠가 쉰 목소리로 노래를 부르기 시작했고 애덤이 함께 불렀으며 이윽고 엄마가 짐짓 당황스럽다는 듯이 고개를 흔들며 따라 불렀다.

"이 차에는 음정을 제대로 맞춰서 부르는 사람이 없네요."

잠시 가사를 부르지 않는 사이에 엄마가 말했다.

골짜기에 그 농부,

골짜기에 그 농부……

나중에 비가 그치고 플레밍을 지날 때쯤, 애덤이 말했다.

"아빠, 만약에 그레이 씨 말이 맞고, 누구든지 간에 그 사람들이 우리의 정체를 알게 된 게 정말이라면 이제 다시는 마뉴먼트로 돌아갈 수 없는 건가요?"

그는 에이미 허츠를 생각했다. 떠나기 전에 그녀에게 전화했어야만 하는 게 아니었을까. 다시는 에이미를 보지 못할 수도 있다고 생각하니 문득 쓸쓸해졌다.

"전에도 공연히 이런 적이 있었어, 애덤. 이번에도 그럴 가능성이 많아. 그레이는 항상 사태를 비관적으로 생각하니까. 그래서 일을 잘하는 것이겠지만."

아빠가 말했다.

"여보. 그 일은 이제 그만 얘기해요. 여행이나 즐겁게 하자니까. 주말을 마뉴먼트가 아닌 곳에서 보내는 거잖아요. 그런 칙칙한 얘기는 좀 그만해요······."

그들은 다시 차를 타고 떠났다. 아빠는 지독한 붉은색, 혹은 활기찬 노란색 이파리들이 빙글빙글 떨어져 내리는 10월을 노래한 토머스 울프의 문장을 낭송했다. 문필가였지만 완전히 바뀌어버린 아빠의 삶을 생각하니, 그 모든 것을 버리고 다른 사람이 될 수밖에 없었다고 생각하니, 그들 모두가, 그러니까 아빠와 엄마와 자신이 다른 사람이 됐다고 생각하니 애덤은 또 슬퍼졌다. 폴 델몬트, 이제는 사라진 불쌍한 폴 델몬트.

애덤이 햄버거라면 사족을 못 썼기 때문에 그들은 맥도날드에 들러서 식사를 한 뒤 다시 여행을 계속했고, 햇살은 이따금 나왔다가 사라졌다. 아빠는 어두워지기 전에 모텔을 잡은 다음, 좋은 식당에서 밥을 먹자고 제안했다. 아빠는 맥도날드를 좋아하지 않았기 때문에 시큰둥하게 피시 필레이(생선의 뼈를 발라내고 편편하게 저민 요리―옮긴이)만 집적거렸었다.

"저기 봐."

엄마가 말했다.

다들 바라봤다. 도로 옆 '레스트어와일 모텔'이라는 간판 아래로 길에서 멀찌감치 떨어진, 모텔이라기보다는 쭉 늘어선 오두막들이 보였다.

"저기서 묵으면 어떨까? 사람 냄새 안 나는 모텔보다는 저기가 훨씬 더 낭만적일 것 같아요."

엄마가 말했다.

"좋아."

운전대를 돌려 길에서 벗어나며 아빠가 말했다. 애덤과 엄마가 차에 있는 동안, 아빠가 방을 알아보러 갔다. 아빠는 돌아와서 말했다.

"세 사람 묵을 수 있는 큰 오두막이 있다는군. 간이침대를 가져온댔어. 그러면 우리 셋이 한 방에 묵을 수 있지."

다시, 애덤의 피부로 미세한 떨림이 지나갔다.

하지만 그날, 그들은 멋진 밤을 보냈다. 그들은 졸졸졸 흐르는 시냇물에 낡은 물레방아까지 완벽하게 갖춘 '레드 밀('빨간 풍차'라는 뜻―옮긴이)'이라는 이름의 식당을 찾아냈고 엄마 아빠의 기분은 좋았다. 특히 엄마는 때로 입가에 미소를 지을 정도로 슬픈 표정은 찾아보기 힘들었다.

"와인이 엄마를 잘 웃게 하는구나."

만족스러운 듯이 아빠가 말했다. 애덤은 서로 마음을 나누고 있다는 느낌이 들었다. 아빠가 자신에게 비밀을 다 말해줘서 고마웠다. 애덤은 자신도 가족의 일부분이라는 생각이 들었다. 물밀듯 밀려드는 사랑의 감정에 못 이겨 애덤은 엄마의 손을 꼭 잡았다. 엄마는 미소를 지었다. 와인 때문에 웃는 게 아니라 오래전과 마찬가지로 따뜻함과 사랑과 만족이 가득한 미소였다. 애덤은 아빠를 바라봤다. 아빠의 손을 꽉 쥐는 건, 물론 그의 나이에는 불가능했다. 그는 따뜻하고 애정이 담긴 시선으로 아빠를 바라봤다.

잠시 후, 그들은 간이침대 자리를 마련하기 위해 가구를 옮기며 오두막 탐험에 나섰다. 그건 애덤이 옛날에 텔레비전에서 본 영화 「어느 날 밤에 생긴 일」을 떠오르게 했다. 클라크 게이블과 클로데트 뭐(실제로는 클로데트 콜베르가 나왔다 — 옮긴이)라고 하는 여배우 등이 나왔는데, 엄마 아빠도 그 영화를 기억하고 있어서 서로 영화에 대해 떠들어대고 농담하고 생각나는 장면을 말하는 게 즐거웠다. 그리고 그들은 잠자리에 들었다. 애덤은 엄마 아빠가 잠든 뒤에도 오랫동안 깨어서 밤에 들려오는 소리들에, 아빠의 규칙적인 코 고는 소리와 엄마의 펄럭이는 듯한 숨소리에 귀를 기울였다.

다음 날 아침, 그들은 벌링턴과 쎄인트올반즈를 지나, 비록 국경을 넘어갈 수는 없다고 해도 캐나다 국경까지 북쪽으로 계속 여행할 계획이었다. 아빠는 북쪽으로 가는 길에 채석장으로 유명한 바르라는 곳이 있는데, 블라운트처럼 오래전 이탈리아 이민자들이 돌을 캐내던 곳이라며 들르면 재밌겠다고 했다. 그래서 그들은 단풍이 흐드러지게 물든 눈부시게 밝은 10월, 바르를 향해 출발했다. 도로는 주도(州道)였지만, 주간 고속도로처럼 간선도로는 아니었다. 길게 굽은 도로가 그들을 환영하고 멀리 농가와 헛간이 군데군데 흩어진 멋진 풍경이 펼쳐졌다.

"함께 오지 않았다면 외로울 뻔했겠어."

엄마가 말했다.

"자동차 한 대가 우릴 따라오는 것 같아."

아빠가 말했다.

날씨 같은 걸 말하기라도 하는 듯한 조용하고 단호한 목소리였기 때문에 애덤은 그게 무슨 뜻인지 바로 알아차리지 못했다.

"아침에 오두막 건너편 주유소에 있는 걸 봤는데."

아빠의 목소리는 여전히 차분하고 조용했다.

"당황하지 말자. 속도를 늦추고 갓길에다가 차를 댈 거야. 경치를 구경하려는 듯이 말이지. 그렇게 하고 좀 살펴보자고."

애덤은 엄마의 몸이 뻣뻣해지는 걸 느낄 수 있었다.

"누굴까요, 아빠?"

"누구라도 상관없지. 우리처럼 그냥 길이 나오는 대로 시골을 구경하는 사람일 거야. 그게 아니면 그레이의 부하든가. 그 사람은 감시하는 데는 도가 튼 사람이니까. 다 당신들을 위해서요, 그렇게 말하면서."

"여보, 조심해요."

엄마가 말했다.

아빠는 길가에 포장되지 않은 공터가 나오자 속도를 줄였다. 주차할 만큼 충분히 넓진 않았지만, 도로에서 떨어져 들판, 멀리 있는 농지, 장난감 같은 건물들을 바라볼 수는 있을 정도였다.

아빠가 따라온다고 말했던 별다른 특징이 없는 황갈색 닷지(미국의 자동차 상표—옮긴이)는 머뭇거리지 않고 빠르지도, 느리지도 않은 속도로 유유히 달려갔다. 앞자리에 남자 두 명이 앉아 있었다. 스쳐 가는 동안, 두 사람은 앞만 바라보고 있었다.

아빠는 고개를 흔들었다.

"그레이의 부하들이야. 어딜 가도 알아볼 수 있단다. 사생활이란 건 없는 거지."

낯을 찡그리며 아빠가 말했다.

"그 사람들이라면 다행이네요."

엄마가 말했다.

황갈색 닷지가 시야에서 사라지자, 그들은 다시 출발했고 오르막길이 계속되면서 풍경이 더 굉장해졌다. 멀리 산 하나가 하늘을 향해 완만하게 솟구쳤고 그 정상 부분이 햇살에 반짝였다.

"아, 데이비드!"

엄마가 환호성을 질렀다.

커브를 돌자, 숨이 막힐 듯 아름다운 경치가 나타났다. 발코니 같은 도로 가장자리로 몇 마일에 걸친 시골 풍경이 펼쳐지고 아래쪽에는 가늘고 검은 뱀처럼 휘어진 강이 얼룩덜룩한 대지를 지나고 있었다.

아빠가 그 도로 한쪽으로 차를 세웠다.

"다리 좀 폈다 가자."

아빠가 말했다.

"캐나다도 볼 수 있을 것 같아."

그 풍경 속으로 걸어가는 것처럼 엄마가 먼 곳을 향해 한 손을 내밀면서 말했다.

바로 그 순간, 그들은 빠르게 가속하며 윙윙거리는 자동차 소리를 들었다. 그 소리가 어디에서 나는지 알 수 없었다. 애덤은 한 바퀴 돌아봤다. 어디에서도 보이지 않던 자동차가 커브 길에서 튀어나왔다. 그들을 향해 달려오던 자동차, 햇살 속에서 반짝이던 금속 물체.

자동차는 그들을 덮쳤다, 구역질나게.

애덤은 비명을 질렀다. 아니면 엄마의 비명 소리였나? 그는 달려가다 고개를 돌리듯 돌아봤고, 터져 나오다가 중간에서 멎어버린—누구의?—비명을 들었다. 그리고 그는 보았다……

(10초간 침묵)

A: 아무것도 아니었어요.

T: 넌 무언가를 봤어. 당연히 봤을 거야.

A: 맞아요.

T: 뭘 봤니?

A: 자동차. 괴물 같은 자동차.

T: 그리고 또?

A: 아무것도요. 그냥 자동차만.

T: 그 차가 어떻게 했지?

A: 볼링공. 볼링공처럼. 충돌. 박살.

T: 뭘? 누구를?

　　(10초간 침묵)

T: 말해야 해.

　　(5초간 침묵)

T: 지금 멈추면 안 돼.

　　(6초간 침묵)

T: 지금 멈춰선 안 돼.

　그들을 향해. 아빠와 엄마와 그를 향해. 부딪치고 박살내던 자동
차. 금속 표면의 번쩍임, 반짝이는 햇살, 미친 듯이 자신을 느끼며,

허공 속을 가로질러, 아무 느낌도, 고통도, 날아간다는 감각조차 없이, 하지만 실제로는 허공 속을, 날아간다기보다는 슬로모션처럼 움직이며, 모든 것들의 속도가 느려지면서, 구르고 뒤틀리며, 뒤틀리고 구르다가, 그는 봤다, 엄마가 죽는 걸. 즉사. 의심의 여지 없는 죽음, 그리고 그는 아무런 감정 없이, 무감각하게, 마치 신기하다는 듯이 엄마를 바라봤다. 한순간, 끈에서 풀려난 팽이처럼, 그가 빙글빙글 돌듯 엄마도 빙글빙글 돌았고, 갑자기 엄마는 차의 보닛 위에 올라가더니 그 빌어먹을 슬로모션으로 앞유리창을 향해 밀렸다가, 누군가 필름을 거꾸로 돌린 것처럼 다시 차 앞쪽에 미끄러진 다음 바닥으로 떨어졌다. 엄마는 미끄러져 내린 게 아니라, 어색하게, 좀 이상하게 도로로 내리꽂혔고, 머리는 있을 수 없는 각도, 그러니까 거의 직각에 가깝게 젖혀졌다. 엄마는 놀란 눈으로 애덤을 바라봤지만, 그 눈동자가 초점을 잃고 텅 비어 있었기 때문에 실제로 자신을 보는 건 아니라는 걸 애덤은 알 수 있었다. 엄마는 죽었다, 되돌릴 수 없이 죽었다, 그 부정할 수 없는 사실과 함께 붕 떠 있던 애덤은 이제 바닥에 눕게 됐다. 어떻게 된 일인지, 언제 허공에서 천천히 움직였는지 그로서는 알 수 없었다. 그러는 동안에도 그는 더 이상 움직일 수도, 말할 수도, 뭔가를 할 수도 없게 된 엄마를 바라봤고 늪에 누워 있는 것처럼 온몸이 젖어 질척거렸다. 애덤은 엄마를, 버려진 헝겊 인형처럼 불가능한 각도로 꺾인 엄마의 머리를 바라보는 동안 따뜻하고 축축한 뭔가가 그를 둘러싸는 걸 느꼈다.

목소리: "그놈은 없어. 여기 없어."

다른 목소리: "도망가는 걸 봤어. 다쳤어."

또 다른 목소리: "그들이 잡을 거야. 놓친 적이 없으니까."

애덤의 아빠. 그들은 아빠에 대해서 말하고 있었다. 애덤의 아빠는 도망가야만 했다. 애덤은 그 생각에 매달렸다.

땅을 두드리는 발소리가 포장도로를 울리는데, 애덤이 바닥에 귀를 대고 있어 그 울림은 더욱 커졌다. 뺨에 멍이 들고 살갗은 찢어졌다는 걸 느끼면서 그는 이미 죽어버린 엄마를, 기묘한 각도로 꺾인 그 머리를, 계속 바라보고 있었다. 그는 더 이상 엄마를 보고 싶지 않았다. 귀로 울리는 소리를 빼고는 진공상태에서 무기력하게 누워 있었다. 포장도로에서 고개를 들려고 했으나 들 수 없었고 눈을 감으려고 했으나 감을 수 없었다. 더 이상 엄마를 바라보는 일을 견디기 힘들었다. 그는. 더 이상. 엄마를. 보고. 싶지. 않았다. 엄마는. 이제. 죽었다.

그는 움직여야 한다고, 일어나야 한다고, 바닥에서 몸을 일으켜 돌려야 한다고 생각했다. 그는 온 힘을 모아, 의지를 모아, 몸을 움직이려고 했지만 포장도로의 표면이 사포처럼 뺨을 긁었고, 마침내 그의 머리가 조금 움직여 눈을 돌렸을 때, 그는 보고야……

T: 뭘 본 거냐?

그. 그 사람. 애덤과 엄마에게 다가오던, 키가 큰, 포장도로에서 올려다봤기 때문에 그보다 더 큰 사람은 없을 것처럼 보이던 그. 그는 걸어오면서 입을 움직였다…….

T: 말해보렴. 중요한 거야.

점점 다가오는, 굽어보면서, 여전히 점점 다가오는, 누군가 과장한다면 거인의 다리 같았던 그의 다리. 그리고 그의 입에서 흘러나온 단어가 들려왔다.
"그놈 절대로 못 도망갈 거야."
하지만 도망갈 것이다, 아빠는 도망가야만 했다. 다리는 엄마 쪽으로 움직이고 그 입이 말했다.
"여자는 끝냈어."
그 단어들을 들으며, 그 단어들을 듣고 싶지 않았다. 그가 다가오는 걸, 다시 그 다리들이 자신을 향해 다가오는 걸, 이제 바로 위에 있는 걸 보며.

T: 누군지 봤니?

회색 바지. 그 사람. 그의 목소리가 다시 말하는 걸 듣는다.
"빨리 움직여. 여자를 치워. 애는, 살펴봐. 그 애는 필요할 거야.

빨리, 더 빨리."

　　손들이 그의 몸을 잡았지만, 여전히 고통은 없었다. 대신 갑작스럽게 피로가 그를 둘러쌌다. 달콤하고 맛 좋은 피로가 그를 감싸고, 달랬다. 애덤은 피로에 몸을 내맡겼다. 그의 얼굴과 눈은 무거워지고, 그를 감싸 안는 피로는 아름다웠다. 그의 눈은 오래전 엄마의 숨소리처럼 펄럭였고, 그는 그 피로를 향해 몸을 일으켰다가 다시 그 속으로 빠져들었다. 부드럽고 다정하고 포근한…….

T: 누구? 누구였니?

　　(5초간 침묵)

T: 지금 회피하면 안 돼.

　　(5초간 침묵)

T: 물러서면 안 돼.

　　(5초간 침묵)

T: 반응을 보일 수 있니? 반응을 보일 수 있겠어?

　　(5초간 침묵)

T: 반응을 보일 수 있다면 손을 들어봐.

　　(30초간 침묵)

T: 기록이 보여주는 대로, 아무 반응 없음.

테이프 끝 OZK015

모퉁이를 돌았다. 나는 루터버그에 있다.

아침의 서늘한 기운으로 상쾌해진 나는 쉽게 페달을 굴린다.

루터버그는 과학소설에 나오는 대재앙을 맞이한 것처럼, 보이는
사람 하나 없이 텅 비어 있다.

나는 부드럽게 페달을 굴리고, 내 팔다리는 조화롭고도 아름답
게 움직인다. 이제 자전거 페달을 밟는 일은 나의 두 번째 본성인
양, 내 존재의 한 부분인 양, 태어날 때부터 내가 하기로 되어 있던
일인 양 느껴진다.

나는 전화박스를 찾지만 하나도 보이지 않는다. 왜 전화박스를
찾는 것인지 나도 잘 모르겠다. 사실 전화박스를 생각하기만 해도

슬프다. 왜 슬픈 것인지 모르겠지만, 어쨌든 그렇다. 구멍처럼, 깊고 어두운 구멍처럼 전화박스는 나를 고독 속으로 끌어들인다. 그 구멍은 조금 무섭다. 너무 커지면 나를 통째로 삼켜버릴 수도 있기 때문에 되도록 그 생각을 하지 않으려고 한다. 그런 생각을 하지 않는 데는 늘 약이 최고다.

모퉁이를 돌자 병원이 보인다. 햇살을 받은 철문이 반짝인다. 최근에 끔찍한 오렌지색 페인트를 칠해놓았는데, 듀판트 선생님은 그게 밑칠일 뿐, 나중에 다시 검게 칠할 것이라고 한다. 나는 그 문을 향해 페달을 밟는다. 돌아와서 기쁘다. 내 다리는 뻣뻣해지고 손가락은 감각이 없다. 나는 정문에 도착하고, 듀판트 선생님이 나를 기다리고 있다. 그는 항상 나를 기다리고 있다. 백발에 수수한 검은 턱수염, 그리고 목소리는 언제나 부드럽고, 늘 따뜻한 덩치 큰 사람이다.

"아, 이제 왔구나."

그가 말한다. 나를 봐서 기쁜 모양이다. 자전거를 얼마나 잘 타는지 보여주기 위해 나는 의기양양 자전거에서 내린다.

정문 틈으로 바깥을 바라본다. 언젠가 나는 내 자전거를 타고 저기 바깥을 달릴 것이다.

"약을 먹지 않았어요, 선생님."

내가 말한다. 지금은 꽤 춥고 내 몸은 떨리기 시작한다. 그는 내 어깨를 팔로 감싼다.

"괜찮아."

그가 중얼거린다.

나는 병원으로 이르는 길을 따라 자전거를 밀고 가고, 그는 내 옆에서 따라 걷는다. 병원은 우리 앞 작은 언덕 위에 있다. 남부의 맨션처럼 검은색 덧문이 있고 정면에는 돌기둥이 세워진 하얀색 건물이다.

"돌아온 걸 환영한다, 날쌘돌이."

누군가 외친다. 나는 고개를 들어 나이 든 관리인 하비스터 씨를 본다. 그의 목소리는 우렁차다. 그는 나를 향해 미소를 짓고 나도 그를 향해 미소를 짓는다. 그는 잔디를 깎고, 그 밖의 자질구레한 일들을 하면서도 항상 책과 지도와 여행 잡지를 읽으면서 어딘가로 떠날 계획을 세운다. 하지만 그는 그 어디든 절대로 가지 못한다. 그의 얼굴에 붉거진 동맥은 그가 항상 들여다보는 지도를 닮았다.

선생님과 계속 걷다가 나는 갑자기 피곤해진다. 이게 다 자전거를 탔기 때문이다.

"글쎄, 아는지 모르겠지만, 그런 걸 여행자의 요통이라고 하지."

면도칼이 말한다. 그는 두 친구 다비, 루이스와 함께 현관에 앉아 있다. 그들은 잘난 척하는 녀석들이다. 나는 그들을 보지 않는다. 그들은 항상 못된 짓을 즐긴다. 내가 자전거를 타고 마당을 돌 때면—듀판트 선생님은 그곳을 떠나지 않는 조건으로 자전거 타는 걸 허락했다—면도칼과 친구들은 나를 쫓아와서 쓰러뜨렸고, 그

때마다 나는 진창으로 날아갔다. 내가 지나가는 동안 면도칼이 나를 쳐다보는데, 그 얼굴에 썩은 미소가 어린다. 쳐다보지도 않지만, 썩은 미소라는 걸 안다. 녀석은 항상 내 상자를 훔쳐 가려고 한다. 면도칼을 지나가는 동안, 나는 상자를 꽉 끌어안는다.

건물 안에는 여느 때와 마찬가지로 라일락 향기가 가득 차 있다. 듀판트 선생님은 그곳을 집처럼 유지하려 애쓴다.

"여긴 시설이 아니라 집이야. 문제가 있는 사람들의 안식처지."

그는 그렇게 말한다.

복도를 걸어가는 동안 나는 으르렁대는 소리를 듣는다. 오랫동안 자지 못한 것처럼 피곤하다. 개가 으르렁대는 소리를 듣지만, 나는 너무나 피곤해서 겁을 낼 힘도 없다.

"자, 자. 모든 게 아무 문제 없어."

듀판트 선생님이 말한다. 그는 다른 방을 향해 소리친다.

"씰버를 내보내. 안에 들여놓지 말라고 했잖아."

씰버는 사나운 독일산 셰퍼드다. 사람을 쫓아가서 넘어뜨리는 걸 즐긴다. 내가 자전거를 탈 때마다 나를 뒤쫓는 개다.

우리는 복도 끝에 있는 사무실을 지나간다. 거기에는 늘 교환원인 루크가 배치돼 있다. 때로 루크는 식사를 나눠주기도 하는데, 내게는 힘내라며 특별히 더 주기도 한다. 지나가면서 나는 루크를 향해 손을 흔들고, 루크 역시 턱에 송화구를 붙인 채 고개를 끄덕이며 손을 흔든다.

듀판트 선생님과 나는 계단을 밟고 올라가고, 위에서는 아서 하인즈가 난간에 몸을 기댄 채, 나선형 계단을 올라가는 우리를 지켜본다. 아서 하인즈는 몸집이 크고 살쪘으며 항상 땀을 흘린다. 그는 아무 말도 하지 않고 올라가는 우리를 바라본다. 표정이 슬프다. 그는 언제나 몸을 긁는다. 보고 있으면 섬뜩한 느낌이 든다. 아서 하인즈는 언제나 2층, 난간 뒤에 있으면서 눈으로 지나가는 사람들을 좇는다. 나는 그와 눈이 마주치지 않으려고 한다.

계단 꼭대기까지 올라간 우리는 내 방을 향해 걸어가기 시작한다. 이곳을 좋아하지 않으면서도, 또 어쩐지 내가 여기 있을 사람이 아니라고 생각하면서도 내 방이라는 느낌, 집에 있다는 느낌은 든다. 나는 주니어 바니가 어딘가 숨어서 내 자전거를 훔치려 든다는 걸 알고 있다. 나는 밤이 안 좋은 시간이라는 것도 안다. 그 방이 사람들이 내게 질문을 던지는 곳이라는 것도 안다. 하지만 나는 지쳤고, 내 방이 있어서 다행이라고 생각한다.

내 방은 작고 아늑하다. 푸른 벽지를 발라놓았는데, 그 푸른색 위로 황금빛 새들이 날아간다. 듀판트 선생님은 내 담당 부서에 가서 약을 가져온다. 나는 두 알 삼킨 뒤, 물을 마신다.

의자에 앉아서 창을 바라본다. 유리창 가장자리에 서리가 내렸다.

"아빠는,"

나는 창문을 보면서 말한다. 내가 앉아서 질문에 대답하는 다른 방과 달리, 이 창에는 쇠창살이 없다. 다시는 그 방에 가지 않기를 바랄 뿐이다.

"아빠는 죽었나요?"

내가 묻는다.

"그만. 지금은 좀 쉬도록 해라. 약 기운이 돌 거야. 얘기는 그다음에 하자."

듀판트 선생님이 말한다. 그의 목소리가 달래준다. 마치 시럽 같다. 다른 방에서 듣는 그 목소리와는 다르다. 그 다른 방에 대해서는 생각하고 싶지 않다. 하지만 아빠에 대해서는 계속 생각한다.

"아빠는 죽었어요, 맞죠?"

내가 묻는다. 엄마가 죽었다는 건 안다. 나는 엄마가 죽었다는 사실을 안다. 어떻게 아는 것인지 모르지만, 어쨌든 안다. 하지만 아빠는 다르다. 혹시 저기 바깥 어딘가에서 내가 오기만을 기다리는 건 아닐까 하는 생각이 든다. 저기 바깥 어딘가에서 다치고 상처 입은 채, 내가 찾아와 도와주기를 바라는 게 아닐까.

"우린 모두 죽는다."

듀판트 선생님이 나지막한 목소리로 말한다.

"우린 모두 언젠가 죽는다."

그의 목소리가 어찌나 부드러운지 나는 의자에 기대앉는다.

"불쌍한 아빠. 아빠는 죽었어요, 맞죠? 도망가지 못했어요, 그렇죠?"

내가 말한다.

선생님의 얼굴은 슬프다. 아빠에 대한 얘기를 꺼낼 때마다 그의 얼굴은 슬프고, 그래서 나는 다시 한 번 아빠가 죽었다는 걸 알게 된다.

선생님은 내 손에서 꾸러미를 가져가고 나는 노래를 부른다.

골짜기에 그 농부,
골짜기에 그 농부,
하이 — 호, 메리 — 오,
골짜기에 그 농부……

노래를 부르면 기분이 좋아진다. 노래를 부르면서 나는 듀판트 선생님을 지켜본다. 그는 상자를 열고 있다. 그는 친절한 사람이다. 약이 효과를 내기 시작하고 나는 약 기운이 혈관 속에 퍼지는 걸 느낀다. 약도 혈관 속에서 나와 함께 노래한다.

그 아이 고양이를 얻어,
그 아이 고양이를 얻어,
하이 — 호, 메리 — 오,
그 아이 고양이를 얻어……

그 방에 가서 질문에 대답하지 않아도 된다는 걸 알기 때문에 나는 즐겁게 노래 부른다. 물론 나중에는 모르겠지만, 어쨌든 지금은 아니니까.

　　그 고양이 생쥐를 얻어,
　　그 고양이 생쥐를 얻어,
　　하이 — 호, 메리 — 오,
　　그 고양이 생쥐를 얻어……

　선생님은 상자를 열고 안에서 돼지 포키를 꺼낸다. 내 오랜 친구다. 선생님은 좋은 사람이고 나를 위해서 돼지 포키를 찾아냈다. 그는 가서 돼지 포키를 찾아냈고, 아빠의 오래된 군복 외투와 낡은 모자도 찾아냈다.
　그는 내 품에 돼지 포키를 안긴다.

　　그 생쥐 치즈를 얻어,
　　그 생쥐 치즈를 얻어,
　　하이 — 호, 메리 — 오,
　　그 생쥐 치즈를 얻어……

　나는 품에 있는 포키를 흔들며, 아빠의 외투를 입고 아빠의 낡은 모자를 쓴다. 아빠가 죽었다는 걸, 엄마 역시 죽었다는 걸 알면서도 나는 더 이상 슬프지 않다.

나는 계속 노래를 부른다. 나는 계속 노래를 부른다.

그 치즈 혼자서 남아,

그 치즈 혼자서 남아,

하이 —호, 메리 —오,

그 치즈 혼자서 남아.

"잠시 휴식(Rest awhile). 모두 다 잘될 거야, 폴."

듀판트 선생님이 말한다.

나는 선생님이 누구에게 말하는지, 그가 말하는 폴이 누구인지 궁금하다. 폴은 누구지? 내가 폴이 아니라는 건 안다. 내가 아는 사람 중에 폴이 있는지 생각해보려고 하지만 어쨌든 지금은 노래를 부르는 게 너무 바빠서 생각할 수가 없다. 나는 돼지 포키를 꽉 끌어안고 미소를 지으며 노래를 부른다. 왜냐하면 나는, 당연히, 내가 누구인지 또 앞으로도 누구일지 알고 있기 때문이다.

나는 치즈다.

테이프 OZK016 1655 날짜 삭제 T

T: 파일 데이터 865-01에 관한 연례 보고. 특별 참조: 인물 A, 요원 번호 2222, 기관 기본 절차.

첨부한 테이프들(OZK 시리즈)에 증명된 바와 같이, 1-R국이 찾던 정보를 인물 A에게서 끌어내는 건 불가능하다. 약물에 의한 유도 방법(참조: 의학조사국)과 사전 정보 수집에 의한 심문으로도 인물 A가 알고 있을 것으로 짐작되는 사실들을 밝히는 데 실패했다. 정신과 보고서들(참조: 정신과 인물 보고와 분석)은 OZK 시리즈 테이프들의 결과물을 보강한다. 초기 면담에서 인물 A는 일관성 있게 응답했다.(참조: B-2국 테이프 시리즈 ORT, UDW) 인물 A가 제공한 데이터 역시 초기 반응과 일관성을 보였다. 1-R국과 관련한 주제(참조: 증인 재정착 제도, 파일 데이터 865-01, 증인 번호 599-6)에 접근하면 심하게 회피한다. 질의에 대한 결과: 부정적.(참조: 테이프 시리즈 ORT, UDW에 나타난 부정적 결과)

요약:

이는 인물 A에 대한 3차 연례 질의로, 앞서 12개월의 시차를 두고 가졌던 1, 2차 면담과 일치한다. 인물 A는 증인 번호 599-6에 대해 1-R국이 제시한 데이터에 어떤 자각도 드러내지 않는다. 완전히 회피해서 증인 번호 599-6과 관계자(배우자)의 종결만 반복한다. 하지만 정보는 인물 A의 내부에 심리적 잔여물로 남아 있을 수 있다.

권고:

B-2국은 권고 입력과 자문 기능에 있어 어떤 권한도 없다. 다음 권고는 앞선 연구에 우선한다.

권고 1:

1-R국에 의한 종결 절차를 허용하지 않는 현재의 979 방침을 제거하도록 기관 기본 절차 개정.

권고 2:

원칙에 근거해 요원 번호 2222의 대기 발령을 중단하고 완전히 복귀시킨다. 반대편에 의해 증인 번호 599-6의 위치가 노출된 것이 사실이나, 요원 번호 2222가 증인 번호 599-6과 관계자(배우자)의 종결을 방치했다는 가설이 성립되지 않는다.(증인 번호 599-6의 위치와 관련해 요원 번호 2222가 반대편과 접촉한 사실은 정황상의 증거뿐이다.) 요원 번호 2222가 종결 이후 활동을 능률적으로 해냈고 아래와 같이 처리한 것에 주목한다: (a) 반대편에 의해 증인 번호 599-6이 종결됐음을 추적하여 확인, (b) 사건 현장에서 관계자 사체 이동, (c) 폐쇄 시설로 인물 A 이전. 이 모든 활동은 지방 당국의 연루 없이 완벽하게 이뤄졌다. 3년간의 필수 재검토 결과, 요원 번호 2222는 현존하는 기관 기본 절차의 범위 내에서 활동했다.

권고 3:

인물 A는 증인 번호 599-6과 파일 데이터 865-01 사이에 마지막 남은 연결 고리이므로 다음과 같은 두 방안을 권고함. (a) 개정 중인 기관 기본 절차(참조: 방침 979)의 종결 절차가 승인될 때까지 인물 A의 억류를 계속한다, 혹은 (b) 인물 A가 제거될 때까지 인물 A의 상태를 유지한다.

테이프 시리즈 끝 OZK016

나는 지금 자전거를 타고 가고 있으며, 여기는 매싸추쎄츠 주 마뉴먼트에 있는 31번 도로이고, 버몬트 주 루터버그가 목적지인데, 지금 미친 듯이 페달을 굴리는 까닭은 이 자전거가 변속기도 없고 흙받기도 없는, 있는 것이라고는 갈라진 고무 손잡이가 달린 핸들에다 제대로 먹지 않는 브레이크와 뒤틀린 바퀴뿐인 낡은 것이기 때문이다. 평범한 자전거, 오래전 아빠가 소년 시절에 타던 종류다. 페달을 밟는 동안 차가운 바람은 마치 뱀처럼 내 소매 속을 기어 올라가고 외투와 바지 다리 안으로 들어간다. 하지만 나는 계속 페달을 밟고 또 밟는다……

1977년 처음 출간된 로버트 코마이어의 『나는 치즈다』(*I Am the Cheese*)는 청소년소설로 보기에는 특이한 점이 많다. 대개의 청소년소설이 개인의 내면적 변화에 초점을 두는 반면 『나는 치즈다』는 개인을 둘러싼 사회의 어두운 모습에 주목한다. 이건 그의 대표작인 『초콜릿 전쟁』(*The Chocolate War*)에서도 확인할 수 있다. 『초콜릿 전쟁』에 대해 코마이어는 다음과 같이 말한 바 있다.

"(『초콜릿 전쟁』은) 1972년부터 1973년까지 13개월에 걸쳐 주요 출판사 일곱 군데에서 거절당했다. 이유가 뭐냐고? 이런 이유들이었다. 이야기가 너무 복잡하다. 인물이 너무 많이 나온다. 1970년대의 십 대들이 받아들이기 어려운 비관적인 결말이다. 너무 폭력

적이다. 어른에게 충분히 공감이 가지 않고, 그렇다고 청소년소설
이 되기에는 내용이 너무 복잡하고 미묘하다. 너무 믿기지 않는 이
야기다, 등이었다."

코마이어의 이 말은 『나는 치즈다』에도 고스란히 적용된다. 플
롯은 주인공 애덤 파머가 아빠의 꾸러미를 들고 버몬트 주 루터버
그까지 자전거를 타고 여행하는 내용이다. 하지만 이 여행의 과정
에서 독자들은 단순한 이 세계의 이면에 감춰진 거대한 음모를 알
게 된다. 소설에서는 이 음모가 두 개의 계기를 통해서 드러난다.
하나는 애덤의 자전거 여행. 다른 하나는 브린트와 나누는 대화다.
브린트와 나누는 대화는 처음부터 등장하는데, 독자들은 당연하게
도 이 대화가 어디서 벌어지는 것인지 궁금하게 여길 수밖에 없다.
그 의문은 소설의 마지막 부분에서 해결된다.

그런 점에서 이 소설은 소년 애덤 파머가 현실의 참된 모습을 알
아가는 과정을 담은 것이라고도 볼 수 있다. 그런데 로버트 코마이
어가 제시하는 이 현실이 참으로 충격적이다. 헤르만 헤세의 『데미
안』 이래, 성장소설에서 아이가 알아가는 현실이 그 아이가 기대하
듯이 장밋빛일 수만은 없다는 건 흔히 등장하는 주제다. 그런데 코
마이어는 현실이 음울하다는 사실을 보여주기 위해 자신만의 독특
한 방식을 사용한다. 그건 곧 당대의 사회적 문제를 끌어들이는 방
식이다. 본문에서도 나오지만, 코마이어가 이 소설을 쓰던 1970년
대 미국은 이전의 목가적인 세계가 완전히 사라진 곳이다. 여행을

시작할 무렵 애덤 파머가 만난 노인은 다음과 같이 충고한다.

"누구도 믿지 마라, 날쌘돌이. 모르는 사람이 가까이 오면 신분증을 보여달라고 해. 하지만 신분증도 믿어서는 안 돼. 요즘에는 무엇이나 위조하니까. 여권이든 면허증이든. 그러니까 꼭 가야만 한다면, 조심해라. 날쌘돌이, 조심해야만 한다."

사실상 노인의 이 말에 이 책의 결론이 다 숨어 있는 셈이다. 1960, 70년대를 거치면서 미국 사회는 그 누구도 믿을 수 없는 곳으로 바뀌어버렸다. 그렇다면 나 하나만 믿고 열심히 살아가면 되는 일이라고 여기면 좋을 텐데, 문제는 그렇게 간단하지 않다. 누구도 믿을 수 없다는 말은 결국 고스란히 자기 자신에게 돌아온다. 그렇다면 나는 누구인가? 이 소설의 방식대로 말하자면, 나는 애덤 파머가 맞는가? 이건 오래된 질문이면서도 1970년대 이후의 미국인들에게 가장 적절한 질문이기도 하다. 또한 2000년대 초반을 살아가는 우리에게도 이는 적절한 질문이다. 국가는 국민을 위해서 존재하는가? 정부는 국민들에게 오직 선의만을 지녔는가? 이웃들은 우리가 생각하듯이 이타적인가? 정의는 언제나 우리가 생각하는 방식대로 작동하는가? 코마이어는 어쩌면 그렇지 않다고 말하는데, 이 소설의 힘은 바로 여기에서 나온다. 그게 바로 현실이 움직이는 방식이니까.

『초콜릿 전쟁』은 미국 학교에서 금서로 지정되기도 했는데, 그 이유는 따져보지 않아도 짐작된다. 코마이어는 학교에서 배운 진리들이 현실에서는 아무런 소용도 없다고 주장하기 때문이다. 나 자신마저도 믿을 수 없는데, 교과서에 실린 문장을 어떻게 믿을 수 있겠는가? 1925년생인 로버트 코마이어가 이렇게 어두운 청소년소설들을 쓰게 된 데에는 신문기자로 일한 경력이 큰 영향을 미친 듯하다. 그가 전성기에 쓴 세 작품 『초콜릿 전쟁』, 『나는 치즈다』, 『첫 죽음 이후』(*After the First Death*)는 공히 부정부패, 배신, 음모 등을 다루며 주인공은 비참한 최후를 맞이한다. 이 세 작품은 모두 문학상을 수상했다.

두 가지 점을 지적하고 싶다. 우선 제목. '나는 치즈다'는 물론 애덤 파머가 부르는 노래의 가사에 나오는 구절이다. 이 가사는 마지막 부분에서 등장하는데, 거기까지 읽게 되면 과연 애덤 파머가 누구인지 독자로서도 알기 힘들어진다. 그가 실제로는 폴 델몬트라고 한다면, 폴 델몬트는 과연 실재한 인물인가? 그것 역시 누군가의 상상 속 인물은 아닐까? 어쩌면 애덤 파머라고 말한 그 사람은 정말 치즈일지도 모른다.

이런 혼란이 어지럽다면, 소설 속에 나오는 에이미 허츠의 전화번호로 한번 전화해보라고 말하고 싶다. 전화를 걸면 이 소설의 내용과 마찬가지로 한 남자가 전화를 받았다. 거기다 대고 "에이미 허츠 좀 바꿔주세요."라고 말한다면 이 남자는 뭐라고 대답했을까? 아마도 "그런 애는 살지 않는단다."라고 대답했겠지. 이 책이 출판되고 몇십 년 동안 호기심 많은 아이들이 그렇게 전화를 걸었고, 그 남자와 통화했다. 그렇다면 애덤 파머도, 폴 델몬트도 실제로 존재했던 소년들이 아닐까?

2000년 11월 2일 이전까지는 전화를 받은 그 남자에게 직접 물어볼 수도 있었다. 그 전화번호는 로버트 코마이어가 평생 살았던 매싸추쎄츠 주 레오민스터의 집 전화번호였기 때문이다. 상상의 끝이 현실의 시작으로 이어지고, 그 현실의 꼬리는 상상의 머리에 닿아 있다. 그게 지금 우리가 살아가는 이 세상일지도 모른다. 그런 점에서 『나는 치즈다』는 현실과 상상의 경계선에서 살아가는 새로운 세대를 위한 성장소설이랄 수 있다. 마지막으로 이제는 그 번호로 전화하지 않기를 바란다. 로버트 코마이어는 이 세상 사람이 아니니까 아마 이젠 전화번호도 바뀌었으리라.

2008년 12월
김연수

'창비청소년문학'을 펴내면서

　우리에게는 10대 청소년의 세계를 다룬 본격적인 문학작품이 드 뭅니다. 그래서 청소년이 읽는 문학작품은 어른들이 읽는 것과 별 다른 차이를 보이지 않습니다. 출판사에서 청소년에게 읽히고자 펴낸 문학작품 중에는 이른바 대표작가의 대표명작을 모은 선집들 이 무척 많습니다. 인류의 문화유산으로서 전수되는 뛰어난 고전 과 현대의 창작물을 청소년이 자기 것으로 만드는 일은 자연스럽 고 또 바람직합니다. 문제는 그것들이 대개 입시를 겨냥한 수업의 연장선상에서 읽힌다는 점입니다. 더욱이 초등학교 시절에 동화책 을 읽던 아이들이 그다음 단계에서 성인문학의 세계로 곧장 비약 하게 됨에 따라 놓치는 것이 적지 않습니다. 청소년 고유의 감수성 이라든지 청소년기에 직면하는 문제 등 작품과 대화를 나눌 수 있 는 요소가 많지 않다면, 문학작품을 읽는 일은 점점 자기 삶과 무관 한 요식행위처럼 되기 쉽습니다. 동화책에 푹 빠져서 책 읽기를 좋 아하던 아이들이 나이를 먹어가면서 문학의 매력을 느끼지 못하 고 즐거운 책 읽기에서 멀어지는 까닭 중 하나가 여기에 있다고 봅 니다.

이런 사정을 염두에 두고 우리는 '창비청소년문학'을 새롭게 시작하려고 합니다. 그 핵심은 세상에 대한 자각을 높이고 성장의 의미를 함축한 뛰어난 문학작품입니다. '지금 여기'의 청소년과 공감대를 넓힐 수 있는 새로운 감수성과 문제의식을 충실하게 담아 즐겁고도 의미 있는 책 읽기가 되도록 힘쓸 생각입니다. 최근 청소년문학의 중요성이 새롭게 인식되면서 의욕을 보이는 작가들이 속속 모습을 드러내고 있습니다만, 양적으로나 질적으로나 아직 충분치 않을뿐더러 마땅한 청소년문학의 모범이 없어 작가들도 어려움을 겪는다고 합니다. 청소년문학이 아동문학과 성인문학 양쪽에서 소외되어 자기 정체성을 확립하지 못한 채 표류하는 현상은 마치 경계의 존재라 하여 주변부로 밀려난 청소년의 현재 모습을 떠올려 주는 것이겠습니다. 우리는 '지금 여기'의 청소년을 뚜렷이 의식하되 현대 세계문학의 다양한 흐름을 적극적으로 받아 안으면서 새로운 도전에 나서고자 합니다. 장르와 영역을 넓히는 국내 창작물과 외국작품의 소개는 물론이고, 참신한 시각으로 재구성한 숨은 작품들과 창의적인 기획물의 모색 등이 여기에 포함될 것입니다. 새 길을 여는 '창비청소년문학'에 많은 관심을 부탁드립니다.

2007년 5월

창비청소년문학 기획편집위원회

창비청소년문학 14

나는 치즈다

초판 1쇄 발행 • 2008년 12월 12일
초판 11쇄 발행 • 2021년 9월 16일

지은이 • 로버트 코마이어
옮긴이 • 김연수
펴낸이 • 강일우
책임편집 • 이하나
펴낸곳 • (주)창비
등록 • 1986년 8월 5일 제85호
주소 • 10881 경기도 파주시 회동길 184
전화 • 031-955-3333
팩시밀리 • 영업 031-955-3399 편집 031-955-3400
홈페이지 • www.changbi.com
전자우편 • ya@changbi.com

한국어판 ⓒ (주)창비 2008
ISBN 978-89-364-5614-6 43840